KB253454

패왕록 1

송진용 新무협 판타지 소설

초판 1쇄 찍은 날 § 2007년 1월 5일
초판 1쇄 펴낸 날 § 2007년 1월 15일

지은이 § 송진용
펴낸이 § 서경석

편집장 § 문혜영
편집 § 서지현 · 심재영

펴낸곳 § 도서출판 청어람
등록번호 § 제1081-1-89호
등록일자 § 1999. 5. 31
어람번호 § 제2-1096호

주소 § 경기도 부천시 원미구 심곡1동 350-1 남성B/D 3F (우) 420-011
전화 § 032-656-4452 팩스 § 032-656-4453
http://www.chungeoram.com
E-mail § eoram99@chollian.net

ⓒ 송진용, 2007

ISBN 978-89-251-0487-4 04810
ISBN 978-89-251-0486-7 (세트)

송진용 新무협 판타지 소설
패왕투

| 나는 어둠이다 |

1

霸王鬪

가장 지독한 원한, 그리고 가장 지독한 사랑, 그건 서로 같은 거야. 나를 미치게 하거든.
강렬한 주인공이 있고, 막강한 원수가 존재하며, 그들 사이에도 몇 경의 여인이 있다. 현실에서는 불가능한
통쾌한 활극과 모험이 펼쳐진다!

패왕두

송진용 新무협 판타지 소설
Fantastic Oriental Heroes

도서출판 청어람

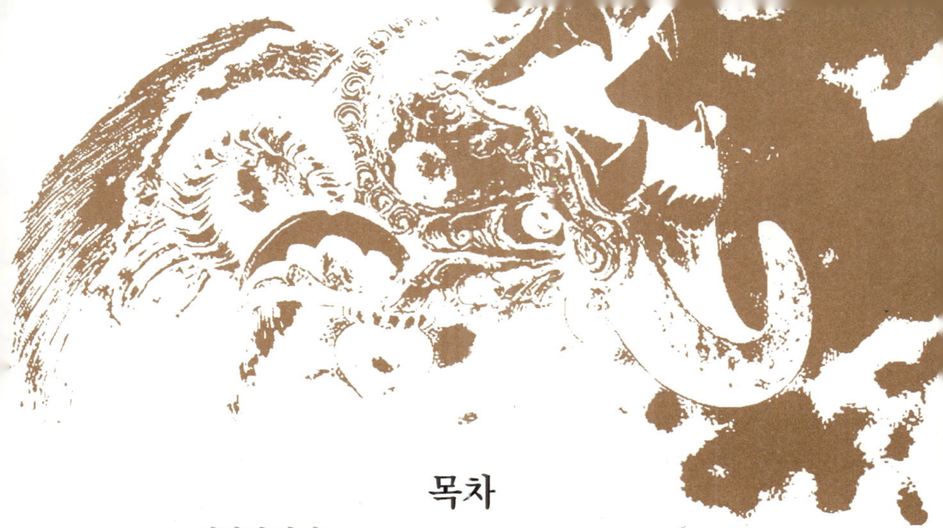

목차

돌이켜 보니 꽤 많은 세월이 지났고, 꽤 많은 이야기들을 세상에 선보였다.

'몽검마도(夢劍魔刀)'를 시작으로 최근의 '불선다루(不善茶樓)'에 이르기까지 그동안 써냈던 이야기들에 대하여 나는 몇 가지 자부심과 부끄러움을 가지고 있는데, 자부심 중의 하나가 늘 새로운 시도를 해보았다는 것이다.

그건 그동안 꾸준히 내 글 스타일과 이야기 구조의 변신을 모색했다는 것도 될 것이며, 더 나은 것을 쉬지 않고 추구해 왔다는 의미도 될 것이다.

불선다루를 끝낸 지금, 또 다른 스타일의 이야기를 독자제현께 선보이고자 한다. 바로 이 글, '패왕투(覇王闘)'다.

이 글은 '복수'라는 전형적인 무협의 테마를 큰 줄기로 하지만, 그것을 이끌어가는 것은 로맨스적인 코드가 될 것이다.

강렬한 주인공이 있고, 막강한 원수가 존재하며, 그들 사이에 몇 명의 여인이 있다. 그래서 컬트적인 폭력과 로맨스의 달콤 쌉쌀함이 공존하는 것.

이것이 내가 쓰고 싶었던 것이다.

무협에서 고민하고 갈등하는 주인공은 매력이 없다고들 말한다. 하지만 무협도 인간을 이야기하는 것인데 어찌 고민과 갈등이 없을 수 있겠는가.

나는 터미네이터 같은 기계 인간을 묘사하고 싶지 않다. 뜨거운 감정을 가지고 있는 차가운 인간을 그리고 싶다.

그래서 이 글에서의 주인공은 고민도 하고 갈등도 하면서 변해갈 것이다. 그것을 매력없는 일이라고 한다면……

할 수 없다. 그래도 나는 내가 원하는 곳으로 갈 테니까.

그럼 과연 어떤 이야기가 될 것인가?

자, 그것이 궁금한 분들은 지금부터 함께 이 이야기 속으로 여행을 떠나보도록 하자.

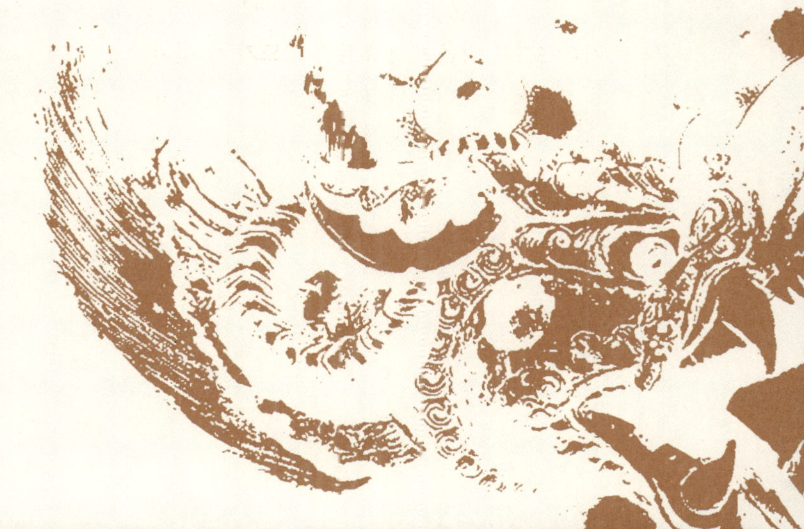

시간이 흐르거나, 다른 곳에 살거나, 죽었다고 해서 원한이 사라지는 건 아니다. 사랑도 그와 같지.

때문에 가장 지독한 원한, 그리고 가장 지독한 사랑, 그건 서로 같은 기야. 나를 미치게 하거든.

第一章

미안해……

第一章

나의 삶을 채우고 있는 것은 절반의 절망과 절반의 증오다.
나는 그것을 낙인(烙印)처럼 간직하고 산다.
부끄러워하지 않는다.
두려워하지 않는다.
더 이상 절망하지 않는다.
다만 싸늘한 살의(殺意)를 은밀히 키우고 있을 뿐이다.
굶주린 늑대처럼.

*　　*　　*

비명 소리.

가슴을 후벼 파는 처절한 단말마와 고함 소리들.

병장기 부딪는 날카로운 소음.

불 냄새.

전각이 으르렁거리며 무너지는 소리.

사부는 말이 없다.

나도 말을 하지 않는다.

청풍헌(淸風軒).

사부의 거처.

평소에는 이곳에 아무도 출입하지 못한다.

하지만 지금은 다섯 사형이 있고 내가 있다.

아무도 말을 하지 않는다. 그래서 텅 빈 것 같다.

"으아악!"

조금 더 가까운 곳에서 들려오는 또 한 번의 참혹한 비명.

"나는……."

사부가 비로소 어눌하게 입을 뗀다.

"어쩌면 가슴 졸이며 이날을 기다리고 있었던 건지도 모른다."

언젠가 이런 날이 올 줄 예상하고 있었던 것이다. 다만 생각보다 빨리, 그리고 강력하게 다가왔다는 것이 문제다.

나는 사부가 그래서 이처럼 절망하고 있다고 짐작한다. 사부에게는 아직 준비가 되지 않았으니까.

“아버지!”

문짝을 걷어차고 뛰어드는 한 소녀.

붓 대신 검을 움켜쥐고 있다.

“아버지! 마지막 방어진이 곧 무너질 거예요!”

그녀가 겁에 질린 얼굴로 소리치지만 사부는 돌아보지 않았다. 내 눈을 붙들고 있을 뿐이다.

사부와 마찬가지로 나를 바라보고 있는 다섯 사형의 얼굴에 비통함이 더해진다.

성미가 불같은 둘째 사형. 검을 쥐고 있는 그의 손이 푸들푸들 떨리고 있다.

그들을 보고, 밖에서 들리는 처절한 비명 소리를 듣지만 두렵지는 않다.

죽는다는 것. 내가 언제는 삶에 가치를 둔 적이 있었던가.

돌이켜 보면 사부의 손에 이끌려 이곳에 오기 전까지의 내 삶은 매일매일 죽음과 직면하는 것이었다.

지난 삼 년 동안, 사부와 사형들의 사랑을 한 몸에 받으며 그런 삶을 잊고 있었다.

내 삶이라는 것도 이처럼 행복하고 안락할 수 있다는 걸 처음 느꼈을 때의 어리둥절함.

지금 나는 그 어리둥절함으로 나에게, 사부와 사형들에게 닥친 이 비극을 바라볼 뿐이다.

안타깝다.

나를 위해서가 아니라 그들, 그리고 사저의 죽음을 예감하기 때문이다.

나를 직시하는 사부의 볼이 창백해졌고, 주름살이 갑자기 배는 더 늘어난 그 얼굴 전체가 푸들푸들 떨리고 있다.

사부가 당신의 폐부를 토해내듯이 힘겹게 말했다.

"내가 달려온 곳은 여기까지다."

나는 말하지 않는다. 부릅뜬 눈으로 사부의 얼굴을, 흔들리는 눈을 노려볼 뿐이다.

분을 애써 참고 있는 사형들의 숨소리가 점점 거칠어졌다. 하지만 그들은 한마디도 하지 않았다.

지금은 사부의 시간인 것이다.

사형들은 그럴 각오가 이미 되어 있었다.

삶에 대한 애착은 버렸다. 오직 그들이 사부와 함께 은밀히 지켜왔던 한 가지 일에 대한 집념이 있을 뿐이다.

사부가 그 일에 대해서 비로소 말한다.

"외워보아라."

"사부님……."

"시간이 없다."

마지막 순간이 왔다.

나는 떨리는 음성으로 조용조용하게 그것을 외운다.

얼마나 외우고 또 외웠던 것인가.

늘 인자하고 따뜻하게 나를 감싸주었던 사부가 그것을 외우게 했을 때만은 그렇지 않았다.

나는 처음으로 사부에게 매를 맞았다. 한 구절을 틀릴 때마다 종아리를 한 대씩 맞았고, 그때마다 엉엉 울었다.

아픔 때문이 아니다.

맞는 일이라면 어렸을 때부터 밥 먹듯이 해온 내가 아니던가.

몽둥이로 두들겨 맞으면서도 한 덩이의 찬밥을 악착같이 뜯어 먹던 나다.

그런 내가 사부의 회초리에는 견디지 못하고 울었다.

사부를 흡족하게 하지 못하는 나의 어리석음이 분해서 운 것이다.

고작 스무 쪽 남짓한 그 책을 처음 외웠을 때는 오십 대를 맞았다.

그리고 열흘 뒤에는 다섯 대를 맞았고, 보름이 지났을 때 나는 비로소 한 대도 맞지 않을 수 있었다.

그때의 기쁨은 나를 미치게 할 만큼 컸다. 활짝 웃으며 안아주던 사부님 때문이다.

내가 드디어 사부님을 기쁘게 해드렸다는 것. 그건 세상의 그 어떤 상보다 나를 들뜨고 황홀하게 했다.

이제 그 책을 사부와 사형들 앞에서 다시 한 번 외운다.

내 음성은 떨려 나오고, 뜨거운 눈물이 볼을 타고 흐른다.

이것이 마지막이라는 걸 알기 때문이다.

틀리고 싶다. 그래서 사부님이 든 회초리를 맞고 싶다. 하지만 그렇게 할 수 없다는 것. 그게 나를 더 슬프고 화나게 했다.

마지막 구절은 터져 나오는 울음 때문에 알아들을 수 없는 웅얼거림이 되고 말았다.

"장하다."

사부의 눈에도 물기가 가득 고였다.

"장하다."

다시 한 번 말하고, 나를 가만히 안아주었다.

코에 익숙한 사부의 냄새. 나는 더욱 운다. 이제는 이 냄새를 맡을 수 없다는 걸 알기 때문이다.

"막아라! 으악!"

"크아악!"

병장기 부딪는 소리. 비명 소리.

그것이 점점 청풍헌에 가까이 다가오고 있다.

"너희들은? 할 말이 없느냐?"

사부가 나를 떼어놓고 비로소 다섯 사형을 돌아보았다. 그들의 볼도 비통한 눈물로 젖어 있다.

"사부님!"

"저희는 사부님과 마찬가지로 이날, 장렬하게 죽을 바로 이날을 기다려 왔습니다!"

그들이 한목소리로 소리쳤다. 그리고 대사형이 내 손을 잡았다.

"막내야, 너에게 우리 모두의 삶과 사문의 한을 떠넘겨야 하는 내 마음이 견딜 수 없이 아프구나."

"대사형……."

지난 삼 년 동안 그는 나에게 큰형 같은 존재였다. 때로는 아버지 같다는 생각도 들었다.

늘 엄격하게 대했지만 그 속에 깃들어 있는 따뜻한 애정을 어찌 잊을 수 있을 것인가.

그가 내 손을 잡고 눈물을 흘리고 있다.

나는 비로소 내 앞에서 벌어지고 있는 이 일들을 현실로 느낀다. 싫어진다.

이렇게 만들고 있는 바깥의 저 알 수 없는 자들에게 증오가 불붙어 오른다.

옛날이야기를 구수하게 해주던 이사형과 꿀밤을 때려가며 무공을 가르쳐 주던 삼사형…….

다섯 사형을 바라보는 내 눈에서 피눈물이 흘러내린다.

넷째 사형은 늘 말이 없었다. 마주치면 그저 빙긋 웃었을 뿐인데, 때로는 지나가면서 슬쩍 볼을 꼬집기도 했다.

그때마다 나는 심통을 부렸지만, 두뚝뚝한 넷째 사형이 마음속으로 얼마나 나를 좋아하는지 너무 잘 알았다.

그리고 나와 제일 잘 놀아주던 다섯째 사형. 그는 이제 열아홉 살이다. 한창 꿈과 희망에 부풀어 있는 그가 죽어야 한다는 게 너무 가슴 아프다.

그것도 나 때문이라니…….

"막내야…… 미안해……."

그가 내 손을 잡고 미안하다고 말한다.

미안하다니, 그 말은 내가 해야 하는 말 아닌가.

"사제, 미안해……."

나와 눈이 마주친 사저도 그렇게 말한다.

비로소 온 세상이, 내 영혼마저도 사정없이 떨리고 흔들리기 시작한다. 그녀의 말을 온몸으로 이해하기 때문이다.

네 마음을 뿌리쳐서 미안해. 네 사랑을 외면해서 미안해.

미안해…….

그녀는 그렇게 말하고 있다. 하지만 여기가 끝이다.

"컥!"

의지와 상관없이 한 모금의 선혈이 토해진다. 앞자락을 적시는 붉은 피.

사부는 꼼짝하지 않았다.

그리고 말한다.

"우리 모두의 삶은 여기서 끝난다. 그게 운명이다."

나는 사부의 말을 아주 잘, 화가 날 정도로 명확히 이해하고 있다.

사부가 말하는 '여기'는 지금 이곳이 아니다. 지금 이 시간도 아니고, 지금 이 공간도 아니다.

그것은 바로 분노와 절망, 안타까움과 슬픔으로 뛰고 있는 내 가슴속이다.

우르르르—

가까운 곳에서 전각 무너지는 소리가 우렛소리처럼 들려왔다. 담 밖에 있는 낙화각(落花閣)이다. 불길에 휩싸였던 그것이 기어이 재가 되어 무너져 내린 것이다.

이곳에서 가장 아름답고 오래된 전각. 그것이 사라졌다.

"받아라."

사부가 품속에서 한 권의 낡은 책을 꺼내 사저, 기련화(奇蓮花)에게 건네주었다. 그녀는 우리 사형제들 중 경공신법의 조예가 가장 뛰어난 사람이다.

사부는 하나뿐인 자신의 딸을, 내 첫사랑을 미끼로 삼으려 하고 있다. 오직 나를 안전하게 도피시키기 위해서.

책.

나는 사저가 부들부들 떨리는 손으로 받아 들고 있는 그 책을 본다.

그동안 외우고 또 외워서 이제는 그 내용 하나하나가 머릿속에 새겨져 버린 그것.

구양진결(九陽眞訣).

"왜!"

갑작스럽게 터져 나온 나의 고함 소리에 내가 놀란다.

"왜 나입니까? 왜 나 혼자 살아야 하는 겁니까?"

"내가 이 진결을 너무 늦게 얻었기 때문이다."

나는 사부를 노려본다. 사형들과 사저의 죽음을 보면서 나 혼자 살아야 한다는 걸 받아들일 수 없다. 나도 그들과 함께 죽고 싶다.

하지만 사부는, 사형들과 사저는 그것을 허락하지 않는다.

"왜 사부나 사형들은 그 책을 가지고 달아나지 않는 겁니까? 지금이라도 늦지 않았습니다!"

"소용없다."

사부가 내 속을 들여다보았다는 듯, 그 궁금증에 대한 대답을 해주었다.

"우리의 희망은 바로 이 책 한 권에 있다. 그건 삶보다 무겁고 죽음보다 큰 의미다. 하지만 네 사형들은 더 이상 이 책을 통해 희망을 실현할 수 없다. 그러니 죽음이 오히려 그들을 편하게 해줄 테지."

사부의 말속에 진한 후회와 한탄이 섞였다.

"그들은 그동안 너무 많은 것을 배웠고, 이제는 버릴 수 없게 되었다. 나는 더 말할 것도 없지. 네 사형들과 나는 그동안 배우고 익힌 무공 때문에 이 책을 익힐 수 없단 말이다."

사부의 얼굴에 자조적인 웃음이 스쳐 갔다.

"하지만 너는 배운 지 얼마 되지 않았으니 여기에 와서 익힌 무공을 모두 버릴 수 있다. 잊어야 구양진결을 대성할 수 있는 것이다."

사부는 수십 년 동안 은밀히 천하를 뒤져서 가까스로 이 책을 찾아냈다고 했다. 삼 년 전이다.

그리고 돌아오는 도중 길에서 나를 주웠다.

나는 그때를 기억한다.

허겁지겁 상한 음식을 먹은 탓에 심한 복통을 일으켰고, 아무도 돌보아주는 사람 없이 사흘을 앓다가 죽어가는 중이었다.

저잣거리의 지저분한 골목 구석에 버려진 병든 개새끼.

나는 그것과 다를 바 없이 몸을 웅크린 채 끙끙거리고 있었다.

열두 살의 짧은 삶을 마감하고 있었던 것이다.

"나는 이것을 익히기 위해 지난 삼 년 동안 공을 들였다. 그리고 비로소 알게 되었지. 모두 다 허무한 짓이었다는 걸 말이다."

사형들도 마찬가지라는 걸 나는 억지로 이해한다.

나는 그동안 배운 공부가 일천하니 그것들을 버릴 수 있을 것이라는 말도 이해한다.

하지만 왜?

"이것은 구양무존(九陽武尊) 곽부경(郭釜慶)이 남긴 비급이다. 이 안에는 그가 얻은 평생의 심득이 담겨 있다."

나는 구양무존이 누구인지 모른다.

그가 일백 년 전 무신(武神)으로 불리던 절대고수였다는 걸 어찌 알겠는가. 그가 독보강호(獨步江湖)하여 홀로 천하를 평정했고, 아직까지 그만한 자가 세상에 나오지 않았다는 걸 알지 못한다.

하지만 그 이름은 이제 내 머릿속에 새겨졌다.

사부의 말을 들으며 한 가지는 확실히 알았다.

천목산(天目山) 오운장(梧雲莊)의 장주, 탈혼비검(奪魂秘劍) 기철목(奇鐵木).

절정은 아니지만 그래도 오래전부터 강호에 고수로 이름 높았던 사부와 당신이 공들여 키워낸 사형들.

그들은 구양무존의 진결을 체득해야만 할 어떤 이유를 가지고 있었던 것이다. 그리고 그것은 죽음과도 바꿀 만큼 절박한 것이리라.

그러나 나는 여전히 그게 무엇인지 알지 못한다.

사부는 물론 사형들도 지난 삼 년 동안 나에게 한마디도 그에 대한 이야기를 해주지 않았기 때문이다.

나는 그저 사부에게는 막내 제자, 사형들에게는 막내 사제였을 뿐이다. 응석받이였다.

그들은 어려서 부모에게 버림받고 거지가 되어 저자를 떠돌다가 죽어가던 내 처지에 대한 연민을 가지고 있었을 뿐이다.

　　그건 곧 애정이기도 했다. 그래서 나는 열다섯 살이 된 오늘까지, 지난 삼 년 동안 이곳 오운장에서 사부와 사형들의 보살핌과 관심을 받으며 마음껏 행복하고 즐거울 수 있었다.

　　그게 다였다.

　　어쨌든, 나는 사부가 어쩌면 크나큰 야망을 가졌던 것인지도 모른다고 추측한다.

　　자신의 야망이 화를 불러왔고, 그것을 뉘우쳤을 때는 이미 늦은 것이리라.

　　"또 하나의 이유가 있다."

　　비통하던 사부의 얼굴이 갑자기 근엄해졌다.

　　모든 소음이 한순간에 사라져 버렸다고 느낄 만큼 나를 사로잡는 사부의 눈과 표정은 바위처럼 딱딱하고 무서웠다.

　　그가 천천히 말했다.

　　"홍화(弘和)의 누명을 벗기고 그것의 바른 이념을 반드시 세워야 한다. 나는 틀렸다. 그래서 너에게 그 짐을 물려준다."

　　"홍화?"

　　처음 들어보는 말이다. 사람 이름인가? 이름이라기엔 좀 어색하다. 알 수 없다.

　　하지만 나는 이것이야말로 사부가 나를 택한 가장 큰 이유라는 걸 어렴풋이 짐작한다. 그 말을 할 때 사부의 눈이, 입술이 떨리고 있었기 때문이다.

"알게 될 날이 있을 것이다."

하지만 나는 구양무존이 누구인지 모르는 것처럼 홍화가 무엇인지 조금도 알지 못하고 있다.

그러나 내가 해야 할 일이 어떤 건지는 이제 알았다.

사부가 왜 모두를 희생시키면서까지 나를 살리려고 하는 건지 조금은 이해할 수 있을 것 같다.

그들은 여기서 끝나 버리지만 그들의 영혼은 '구양진결' 속의 한 글자 한 글자에 맺혀서 내게로 넘어왔다.

나는 이제 내가 아니다.

"사제……."

유일한 사저(師姐).

처음 눈뜬 내 사랑.

그녀가 떨리는 음성으로 나를 부른다. 나는 아무 말도 할 수가 없다.

"부탁해……."

그 한마디에 들어 있는 천 가지, 만 가지의 뜻을 나는 하나도 빠뜨리지 않고 알아듣는다.

"으악!"

문밖에서 다시 처절한 비명 소리가 들려와 나의 상념을 깨뜨렸다.

"아버지……."

피가 나도록 입술을 깨물고, 사부를 한 번 바라본 그녀가 벌떡 일어났다.

검을 쥐고 달려나가기 전, 마지막으로 나를 돌아보았다.

그리고 잠깐 머뭇거리다가 다시 한 번 말한다.

"미안해……."

떨리는 그녀의 입을 보면서 나는 웃었다. 최대한 활짝 웃으려고 애쓴다.

하지만 빠르게 일그러지고 경련하는 차가운 내 입술을 겨우 보여줄 수 있을 뿐이다.

"받아라."

사부가 금낭(錦囊) 한 개를 불쑥, 내밀었다.

"백 알의 벽곡단이 들어 있다. 그걸 다 먹을 때까지는 절대로 나오지 마라."

"……?"

나는 사부의 말을 이해하지 못한다. 대신 목청껏, 분노를 실어서 부르짖었다.

"사부! 저놈들은 누구입니까?"

번쩍!

대답 대신 눈앞에서 창백한 빛이 쏟아졌다. 그리고 가슴을 관통하는 서늘한 기운. 심장을 아슬아슬하게 비껴 나간 그것.

불로 지지는 듯한 고통이 정수리로 치닫고, 나는 사부의 소매 속으로 빨려 들어가는 그 빛의 정체를 생각했다.

'유성비검(流星秘劍)!'

소매 속에서 불쑥 튀어나오는 한 자루의 단검. 그것이 유성 비검이다.

사부의 최대 절기.

유성처럼 빠르며 정확하고 무자비하다.

사부에게 탈혼비검(奪魂秘劍)이라는 별호와 함께 평생의 명예를 안겨준 그 은밀한 검격.

그것이 이 절박한 순간에 내 가슴을 꿰뚫었다는 걸 믿을 수 없다.

덜컹!

바닥이 푹 꺼진다.

"오늘을 잊지 말라는 뜻이다."

사부의 말이 귓속으로 파고든다.

'오늘을 잊지 말라는 것……'

그 말의 의미는 명백하다.

나는 마지막으로 사부의 안타까운 눈길을 바라보며 어둠 속으로 꺼져 들어갔다.

좌우의 어깨가 꽉 낄 만큼 좁은 공간.

수직으로 뚫린 그것 속으로 빠르게 미끄러져 내려간다.

쿠앙!

쿠르르르—

천지를 진동시키는 폭음과 함께 지진이 일어난 듯 세상이 요동을 쳤다. 머리 위에 쏟아져 내리는 흙과 바윗덩이들.

나를 빨아들인 어둠이 그것들로 채워졌다.
　사부는 마지막 순간에 청풍헌에 설치해 놓은 폭약을 터뜨려 버린 것이다.

第二章

그리고
나는 짐승이 되었다

第二章

콰앙!

우르르르—

엄청난 폭음과 함께 그토록 아끼던 청풍헌이 무너졌다.

탈혼비검 기철목.

그의 노안이 분노로 일그러졌다. 눈길이 닿는 곳이 모두 피바다였다.

걸레처럼 찢겨 흩어져 있는 수하들의 참혹한 주검이 즐비하다.

"기철목! 다 끝났다!"

흑의복면인이 핏물이 뚝뚝 떨어지는 검을 들어 겨누며 소리쳤다.

눈앞에 버티고 서 있는 스무 명의 흑의복면괴한들. 그들을 노려보는 오운오걸(梧雲五傑)의 눈에 분노의 광망이 이글거렸다.

"내가, 이 기철목이 고작 이따위 암습에 무너질 거라고 생각했단 말이냐?"

"흐흐흐, 오운장이 이 지경이 되도록 겁먹은 개새끼처럼 꼬리를 말고 숨어 있던 그 기철목 말이냐?"

"으음―"

"비급을 내놓아라. 그러면 너의 늙은 목숨은 살려주마."

"복면을 쓰고 있다고 해서 내가 네놈을 모를 줄 아느냐? 이 한은 저승까지라도 가지고 갈 테다."

"흐흐, 내가 누구인지 알면서도 그런 말을 지껄인단 말이지?"

음침하게 웃은 복면인이 소리쳤다.

"한 놈도 놓치지 마라!"

"이야압!"

복면인의 수하들보다 오운오걸과 한 소녀, 기련화가 먼저 분노의 외침을 터뜨리며 쏟아져 나갔다.

다섯 방위로 부챗살처럼 퍼져 나가는 그들의 중앙에 그녀가 있다.

"이얍!"

기철목도 목청이 터져라고 외치며 흑의복면인에게 부딪쳐
갔다.

쩌르릉―

복면인의 검에서 쇠 구슬 굴리는 소리가 났다. 검에 맺혀
있는 기운이 대기를 두드리는 소리다.

번쩍!

기철목의 소매 속에서 튀어나온 한줄기 창백한 빛이 그것
을 거침없이 가르고 뻗어나갔다.

유성비검.

"흥!"

복면인의 검이 망설임없이 그것을 끊었다. 따앙! 하는 맑고
높은 울림. 그리고 연이어 쩌르릉거리는 소리가 허공을 뒤흔
든다.

오운장의 다섯 제자와 기련화는 죽음을 두려워하지 않는
악귀, 야차들이 되었다.

그들의 검격이 스무 명의 흑의괴한을 맞아 뇌전처럼 흐른
다.

따다다당―

이글거리는 불길을 찢어내는 사나운 검기.

여섯 개의 풍뢰검(風雷劍)이 휩쓸어가는 곳에 스무 명의 괴
한이 있다.

그들이 펼친 구궁연환검진(九宮連環劍陣)은 거대한 늪이었

다. 그것이 분노에 사로잡힌 오남일녀의 검격을 남김없이 빨아들인다.

그리고 뻗어 나오는 스무 가닥의 뼈 시린 검기.

슈아아아―

허공을 조각조각 가르는 그것의 예리함 앞에서 오운장의 제자들은 주춤거리며 밀렸다.

더욱 옥죄어드는 검진. 이리저리 닥치는 대로 부딪치며 몸부림치는 여섯 젊은이의 검이 그 속에서 점점 빛을 잃어갔다.

"연화야, 가라!"

기철목의 절박한 외침 소리.

"아버지!"

힐끔 돌아본 소녀, 기련화가 목청이 터져라고 외쳤다.

늙은 아버지의 목을 꿰뚫고 있는 검. 기철목이 두 손으로 그것을 힘껏 움켜쥔 채 눈을 부릅뜨고 있었다.

"한 놈도 놓치지 마라!"

흑의복면인이 다급하게 소리치고 힘껏 검을 흔들었다.

파아―!

기철목의 목이 좌우로 터져 나가고, 그의 머리통이 허공에 둥실 떠올랐다. 이를 악물고, 눈을 부릅뜨고 있다.

"사부님!"

피를 토하며 외친 다섯 제자가 있는 힘껏 검을 휘둘렀다.

사방으로 흩어졌던 그들이 일제히 한곳으로 뛴다.

한 덩어리가 된 기철목의 다섯 제자가 피눈물을 쏟아내며 검을 휘둘렀다.

"콰앙―!

그들의 목숨을 도외시한 무모한 돌진에 검진의 북쪽 방위에 한줄기 혈로가 뚫리고, 기회를 노리고 있던 기련화가 온 힘을 다해 그 사이로 질주했다.

"저 계집을 잡아!"

기철목을 죽인 흑의복면인이 소리치며 훌쩍 몸을 날렸다. 그의 신형이 빨랫줄처럼 쭉, 늘어지며 허공에 긴 잔상을 남긴다.

"우와아악―!"

다섯 제자가 단말마 같은 외침을 터뜨리며 그를 가로막았다.

"비켜라!"

파앙―

흑의복면인이 허공에서 멈칫하며 검을 휘둘렀다. 허공이 몸부림치며 쪼개져 나간다.

그리고 긴 채찍을 휘두른 듯, 한 가닥 맹렬한 검기가 그들을 한꺼번에 휩쓸었다.

"크아악!"

"아악!"

동시에 터져 나오는 참혹한 비명.

첫째와 둘째, 다섯째의 몸이 길게 베어져 피와 내장을 쏟으며 쓰러졌다.

"이 악마!"

셋째와 넷째가 피눈물을 뿌리며 미친 듯 달려들었다.

"으하하하하—!"

흑의복면인의 광소가 하늘로 치솟았다.

검진을 펼쳤던 흑의괴한들은 더 이상 그들을 상대하지 않았다. 일제히 기련화의 뒤를 쫓을 뿐이다.

기련화의 입가에 비통과 분노, 그리고 한줄기 득의의 미소가 스쳐 갔다.

자신을 맹렬하게 뒤쫓아오고 있는 흑의괴한들.

힐끔 뒤돌아본 그녀의 눈에 셋째 사형과 넷째 사형의 몸이 두 토막이 나 쓰러지는 광경이 보였다.

빠드득!

그녀가 부서지도록 이를 갈았다.

친 오누이나 다름없이 절친했던 사형제들이다. 그들이 지금은 끔찍한 주검이 되어버렸다.

그들의 우아하고 아름다운 형체를 이제는 어디에서도 찾을 수 없다.

저 참혹한 주검이 자신을 아끼고 사랑해 주던 바로 그 사람들이라는 걸 믿고 싶지 않다.

복수심이 그녀를 미치게 했다.

하지만 그녀는 자신이 돌아갈 수 없는 몸이라는 걸 잘 알고 있었다.

고작 이빨이 부서지도록 이를 갈 뿐이다. 그리고 최대한의 힘을 기울여 더욱 빨리 달려간다. 조금이라도 시간을 끌어야 하기 때문이다.

'기다려. 나도 곧 사형들의 뒤를 따라갈 거야.'

그녀의 눈에 눈물이 가득해졌다. 앞이 보이지 않는다.

훌쩍, 몸을 날린 그녀가 드디어 오운장의 담을 뛰어넘었다. 눈앞에 보이는 어두운 소나무 숲을 향해 미친 듯 달려간다.

눈앞이 훵하게 뚫렸다. 오운장 밖, 일백여 장 떨어진 곳에 있는 공터에 이른 것이다. 사방을 울창한 송림이 둘러싸고 있어서 언제나 아늑하고 고요했던 곳.

기련화가 힐끔 그 공터 끝에 우뚝 솟아 있는 커다란 바위를 돌아보았다.

'제발 잊지 말아줘, 우리 모두를. 그리고 내 모습을.'

홀로 살아서 숨어 있을 막내에게 간절한 염력(念力)을 담아 보낸다.

머리 위에서 옷자락 펄럭이는 소리가 나더니 눈앞에 검은 구름덩이 하나가 뚝, 떨어졌다.

흑의복면인. 수하들보다 뒤늦게 쫓아온 그가 오히려 한발 앞질러 도착한 것이다.

"호호호, 더 이상 갈 곳은 없어. 내노라."

핏물이 뚝뚝 떨어지고 있는 검을 들어 가슴을 가리킨다.

기련화가 옷소매를 들어 눈물을 훔치고 이를 악물었다.

그들이 청풍헌에서 뛰쳐나온 지 향 한 자루쯤 탈 시간이 흘렀을 뿐인데 모두 죽었다.

그리고 오운장의 막내.

사부와 사저, 사형들의 한을 온통 짊어진 소년은 은밀한 동굴 끝에서 그들을 보고 있었다.

사저.

나는 살아 있는 사람이 그녀 혼자뿐이라는 걸 믿을 수 없다.

겨우 여기까지 나를 보내기 위해서, 겨우 향 한 자루 탈 만큼의 시간을 벌기 위해서 사부와 사형들이 모두 희생당했다는 걸 아직 실감할 수 없다. 상관없는 남의 일인 것만 같다.

청풍헌 밑에 좁은 입구가 있던 동굴은 수직으로 두 장 남짓 떨어지다가 직각으로 꺾었다.

나는 사부의 검에 가슴을 찔리고, 엉덩이가 바닥과 부딪치는 충격을 고통스러워할 새도 없이 급히 꺾어진 통로 속으로 몸을 굴려 넣었다.

그리고 엄청난 굉음을 내며 돌무더기가 쏟아져 동굴 입구를 완전히 메워 버렸다.

이제 동굴은 세상에서 감쪽같이 사라져 버린 것이다.

청풍헌의 잔해를 다 들추어낸다고 해도 흙과 돌무더기로 메워져 버린 동굴 입구를 찾아낼 수는 없을 것이다.

구불구불 뚫린 습하고 좁은 글 속을 나는 정신없이 기었다. 코앞에 손을 뻗어도 보이지 않는 어둠 속이지만 두려움 따위는 느낄 새도 없다.

가슴을 움켜쥔 채 여기저기 부딪치그 긁히며 어디를 어떻게 기었는지도 모른다.

저 앞에 실낱같은 빛 한줄기가 흐릿하게 보였다.

밖에서 들려오는 비명과 병장기 부딪는 소리들이 어슴푸레 들린다.

"연화야, 가라!"

사부의 마지막 음성을 어찌 잊을 것인가.

대사형, 그리고 이사형과 삼사형…….

비명 소리만으로도 그들의 최후를 알 수 있었다.

나는 입술을 악문 채 흐느꼈다. 그러면서, 그들의 처참한 죽음을 목격하지 않아도 된다는 게 차라리 다행스럽다고 생각했다.

엉금엉금 기어서 드디어 지하 암도(暗道)의 끝에 이르렀다.

커다란 바위로 가로막혀 있는게, 땅 위로 솟은 바위틈에 작은 구멍이 뚫려 있었다.

손가락 한 개가 들락거릴 만한 그것이 바위 아래 뚫려 있으니 밖에서는 아무리 눈이 밝은 자라고 해도 발견할 수 없다.

나는 가슴에 난 상처의 고통마저 잊은 채 그 작은 틈에 눈을 붙였다.

울창한 송림과 텅 비어 있는 공간. 잡초가 무성하다.

나는 비로소 내가 오운장을 빠져나와 사저와 둘이 놀곤 했던 송림 속의 공터 아래에 있다는 걸 알았다.

이 바위는 사저가 몸을 숨기곤 하던 공터 끝의 바로 그 바위다.

그리고 저 앞에서 사저가 복면의 괴한에게 가로막히는 걸 보았다.

"이, 악마! 비급이 그렇게 탐나면 나를 죽여! 죽이고 빼앗아 가라!"

사저의 울부짖음 같은 호통 소리가 비수가 되어 나의 가슴을 찌른다.

후드득거리며 스무 명의 복면괴한이 주위에 떨어져 내렸다. 사저에게는 더 이상 빠져나갈 길이 없다.

"이얍!"

나는 땀과 눈물로 흐려지는 눈을 부릅뜨고 사저가 비호처럼 흑의복면인에게 달려드는 걸 보았다.

쨍!

어두운 숲을 떨게 하는 날카로운 쇳소리.

사저의 검격은 복면인의 몸 근처에도 이르지 못했다. 빙글 돌며 가볍게 그녀의 검을 쳐올린 복면인이 한 발을 불쑥 내딛어 다가서며 왼손을 뻗는 게 똑똑히 보인다.

펑—!

기격(氣擊).

사저가 복면인의 일장을 감당하지 못하고 훌훌 날려간다. 그녀의 가슴이 움푹 함몰되어 있고, 입에서 뿜어내는 선혈이 허공에 긴 궤적을 남긴다.

쿵!

던져진 통나무처럼 이 장이나 날려가 떨어진 사저의 몸이 몇 바퀴 구르더니 멎었다.

그녀의 온몸에 잔경련이 일었다. 그리고 필사적으로 고개를 돌린다. 빠르게 초점이 사라져 가는 그녀의 눈이 마지막으로 붙들고 있는 곳.

공터 끝의 바위 아래였다.

나를 바라보는 것이다.

나는 주먹을 피가 나도록 깨물어서 겨우 비명을 참았다.

저 앞에 있는 사저의 얼굴이, 그녀의 간절한 눈길이 마주 보인다. 울컥, 울컥, 피를 토해내면서도 눈물 가득한 그녀의 눈이 웃고 있다.

'이게 다야. 너를 위해서 더 이상 해줄 게 없구나.'

그 눈이 그렇게 말하고 있다. 그리고 감긴다. 잠잠해진다.

"찾았다!"

숨이 끊어진 사저의 품을 함부로 뒤진 복면인이 기어이 구양진결을 꺼내 높이 쳐들었다.

"크하하하하—!"

그의 광소가 우르릉거리는 하늘 끝까지 치솟아올랐다. 그리고 그에 화답하듯 후드득거리며 굵은 빗방울이 떨어지기 시작했다.

이내 폭우가 되어 세상을 뒤덮어 버린다.

콰아아아—

일백 알.

사부가 준 금낭 안에는 일백 알의 벽곡단이 들어 있었다.

하루에 그것 한 알을 먹고 버틴다는 건 견디기 힘든 고통이었다. 사흘 만에 위와 창자는 등에 달라붙어 버렸다.

하지만 해내야 한다.

나는 눈앞에서 죽어갔던 셋째 사형의 마지막 모습을 떠올렸고, 귀를 찌르던 사형들과 사저, 사부님의 비명 소리를 떠올렸다.

그들을 생각하면서 또 한 알의 벽곡단을 바닥에 고여 있는 물과 함께 씹어 먹는다.

이것은 사부님이다.

내일은 사저를, 그녀의 소중한 영혼을 씹어 먹을 것이다.

바드득, 바드득.

이빨에 눌려 으깨지고 침과 함께 천천히 녹아가는 벽곡단.

나는 그것을 목구멍에 넘기기 전에 악착같이 씹고 또 씹었다.

뜨거운 눈물이 쉬지 않고 흘러내렸다. 겨우 탈수 증세를 면했을 뿐, 형편없이 쇠약해진 몸 안 어디에 이처럼 많은 눈물이 감추어져 있던 건지 불가사의하기만 하다.

그들은 사흘 동안이나 폐허를 샅샅이 뒤져 자신들이 살해한 자들의 주검을 모두 끌어 모았다. 흩어진 뼈와 살점 하나도 놓치지 않았다.

그것들을 내가 숨어 있는 동굴 앞, 공터에 쌓아놓고 불을 질렀다.

나는 한 덩어리가 되어 불타오르는 사부님과 사형들의 주검을 피눈물을 뿌리며 훔쳐보았다.

지글거리고 기름을 뚝뚝, 떨어뜨리며 일그러져 가는 그것들을…….

그리고 사저. 기련화.

그녀는 겨우 열여덟 살이었다.

그 꽃보다 아름답고 고귀한 몸뚱이가 숯덩이로 변해가는 것을 바위 밑에 뚫려 있는 작은 숨구멍을 통해 똑똑히 보았다.

눈을 부릅뜨고 그것을 지켜보며 거듭거듭 맹세했다.

기다려라. 기다려라. 내가 세상에 다시 나올 때, 그때까지 제발 너희들의 하나뿐인 목숨을 소중하게, 잘 간직하고 살아 있어라.

반드시 살아 있어라.

나에게 겨우 향 한 자루 탈 만큼의 시간을 벌어주기 위해 사부님과 사저, 사형들이 그렇게 죽었다는 게 처음에는 이해되지 않았다.

하지만 이제는 안다.

재가 되어 바람에 날려가는 그들의 살과 피를 보면서.

하얀 뼛조각으로 남아 쌓여 있는 그들의 흔적을 보면서.

사부님과 사형들은 내가 이 비밀 통로 끝까지 기어오는 시간을 그렇게 예상했던 것이다.

사저가 그 많은 길을 놔두고 굳이 이 바위 앞 공터로 도망쳐 와 죽은 것도 이제는 이해한다.

나에게 보여주려던 것이다.

잊지 말라고 온몸으로, 죽음으로 다시 한 번 말해준 것이다.

그리고 또 한 가지의 이유.

나를 숨겨주기 위해서였다.

사저가 죽은 공터를 그들은 더 이상 수색하려 하지 않았다. 그럴 필요를 느끼지 못한 것이다.

이곳은 오운장의 담 밖이었으니까. 그저 숲 속에 오롯이 비어 있는 백여 평의 공터에 지나지 않았으니까.

사저의 몸에서 원하던 비급을 찾아낸 뒤라 마음이 느슨해
진 탓도 있으리라.

그래서 오운장의 참극 속에서도 그 굴터는 가장 안전한 장
소가 되었다.

나는 이를 악물고 숨구멍을 통해 그곳에서 일어나는 일들
을 똑똑히 지켜볼 수 있었다.

사부와 사저, 그리고 사형들은 단지 그것을 원했던 것이다.

내가 할 수 있는 일이라고는 사부가 남겨준 마지막 흔적인
가슴의 통증을 참으며 눅눅한 어둠 속에 누워 머릿속에 들어
있는 '구양진결' 의 구결을 외우고 또 외우는 일이 다였다.

진결(眞訣).

무를 통해 지고무상한 깨달음을 얻은 자가 자신의 심득 중
에서도 정수라고 할 비결을 기록해 남겨놓은 책이다.

그것의 현묘한 이치를 나는 이해하지 못한다.

하지만 사부가 그것을 나에게 준 이유는 너무도 잘 안다.

나는 이것의 단 한 구절, 한 글자라도 잊어서는 안 된다.

가물거리는 정신 속에서도 꿈결처럼 구결이 떠올랐다.

그것은 이제 내가 되었고, 사부와 사저와 사형들의 모든 것
이 되었다.

그렇게 내 정신 속에 깊이 뿌리내려 버린 것이다.

그리고 그놈.

흑의복면인의 음성을 똑똑히 기억한다. 결코 잊을 수 없을

것이다.

　보름이 지났다.
　가슴의 상처에서 통증이 거의 사라졌고, 그놈들이 비로소 떠났다.
　지독해도 보통 지독한 놈들이 아니다.
　그러나 나는 밖으로 나가지 않았다.
　땅과 맞닿은 바위틈. 우묵한 그곳에 뚫려 있는 작은 구멍을 통해 낮과 밤을 구분하고, 숨을 쉬고 있다.
　다시 열흘이 지났다.
　가슴의 상처가 아물어간다.
　원흉들도 모두 떠난 것 같다.
　인기척이라고는 없다.
　밤이 되면 산짐승이 내려와 폐허 속을 어슬렁거리다 인골(人骨) 한 개를 물고 돌아가곤 할 뿐이다.
　나가고 싶다는 충동이 걷잡을 수 없이 일었다. 하지만 사부는 백일을 명령했다.
　일백 알의 벽곡단이 다 떨어져야 나갈 수 있다.
　나는 사부님의 그 마지막 명령을 어겨서는 안 된다.
　이를 악물고 참았다. 그리고 또 닷새가 지났다. 참극이 있은 지 어느덧 한 달이 지난 것이다.
　흐릿한 달빛 속에 몇 놈이 유령처럼 나타나 바위 주위를 어슬렁거렸다.

"없는 거지?"

"한 달이 지났는데도 나타나지 않는 걸 보면 이곳에는 귀신밖에 없는 게 틀림없어."

"맞아. 숨어 있는 자가 있었다면 더 견디지 못하고 나왔을 거다."

그렇다. 그놈들은 나처럼 끈질기게 어둠 속에 몸을 숨기고 한 달 동안 버텨왔던 것이다.

나의 존재를 그들이 아는지 모르는지는 중요하지 않다.

자칫 참지 못하고 밖으로 나갔더라면?

등줄기에 소름이 오싹 돋았다. 그래서 나는 더욱 숨을 감추고 웅크린다.

세 놈이 주위를 한 번 돌아보고 훌쩍 몸을 날려 사라졌다.

텅 빈 공허와 온전한 적막. 하지만 나는 여전히 숨을 감춘다.

두 달이 더 지났다.

다시 몇 놈의 기척이 바위 곁에 다가왔다. 몇 마디의 말을 소곤거리고는 사라진다.

그때까지도 이놈들은 한 가닥 가능성을 의심하고 또 의심했던 것이다.

보통 치밀하고 지독한 놈들이 아니다. 그래서 나는 극도로 피폐해져 가는 육체와 정신을 악착같이 붙들고 또 참았다.

이제는 죽음이 코앞에 보인다.

눈을 뜨고 있어도 환상이 보이고, 정신이 흐려진다.

이렇게 목내이(木乃伊:미라)가 되어버리는 건 아닐까? 하는 생각마저 든다. 그럴 때마다 머리 위의 흙을 헤치고 밖으로 나가고 싶어졌다. 그리고 그럴 때마다 마음속에서, 아니, 내 영혼 속에서 울려오는 소리를 들었다.

'벽곡단을 다 먹을 때까지 꼼짝하지 마!'

사부의 호통.

'사제, 너에게 이처럼 큰 고통을 주어서 미안하구나.'

사형들.

'미안해……'

그리고 사저의 울먹이는 그 음성이 나를 놓아주지 않았다.

그러면 나는 주문처럼 그 저주받아야 마땅할 책, 구양진결을 외고 또 외웠다.

그리고 드디어 마지막 벽곡단을 손에 쥐고 있다.

부들부들 떨리는 내 손과 그 위에 놓여 있는 대추알만 한 벽곡단을 내려다본다.

백일. 드디어 백일이 된 것이다.

그리고 나는 짐승이 되었다.

그것을 마지막으로 오운장은 끝났다. 세상에서 완벽하게 사라져 버린 것이다.

나에게 정이라는 걸 알게 해준 사람들.

오운장의 다섯 준걸로 불리던 사형들도 끝났고, 남흑봉(南黑鳳)으로 불리던 그녀도 끝났다.

삼 년 동안의 달콤했던 내 행복도 그렇게 끝나 버린 것이다. 다시는 돌아오지 않으리라.

오래전부터 강호에 이름을 날렸던 사부, 탈혼비검 기철목도 끝났다.

그는 부랑아가 되어 천하를 떠돌던 나를 거두어 사랑과 행복이라는 걸 알게 해준 은인이다.

그때 나는 열두 살이었다.

하지만 마음에 품고 있는 증오와 원강은 내 나이의 몇 배만큼 크고 깊었다.

나를 버린 세상과 나를 멸시하는 사람들.

나는 그들에게서 한 덩이의 차가운 밥을 얻으면서 한 덩이의 증오도 함께 받았다.

사부는 그런 나를 구해주었고, 사형제들은 그런 나에게 정이라는 걸 알게 해주었으며, 사저는…….

이제 그들은 모두 사라졌다.

나는 가슴에 사부가 남겨준 상처를 가졌으며, 그들의 영혼을 씹어서 삼켰고, 그래서 그들은 내가 되었다. 나는 그들의 삶을 살아줄 것이다.

　　　　　*　　　　　*　　　　　*

“비급은 쓸모없는 종잇장에 지나지 않았다.”

툭.

“…….”

마른 몸집에 칼날 같은 날카로움을 두르고 있는 사내는 제 코앞에 떨어진 낡은 책자를 물끄러미 내려다보았다.

‘구양진결(九陽眞訣).’

오래되어 흐릿해진 그 표제의 글자가 눈을 찌른다.

“가장 중요한 대목마다 훼손되어 알아볼 수 없다. 이것은 더 이상 구양무존 곽부경의 절세진결이 아니야! 너는 껍데기를 가져왔다!”

‘그렇다면 누가?’

사내가 눈살을 찌푸렸다. 감쪽같이 속았다는 그 사실이 비수가 되어 가슴에 박힌다.

견딜 수 없는 치욕감으로 그가 어깨를 떨었다.

그의 눈앞, 단상에 태산처럼 앉아 있는 중년의 거한 앞에서 사내는 더욱 위축되는 자신을 느껴야 했다. 풍기고 있는 위엄만으로도 만인을 억누르기에 부족하지 않을 장중한 기도를 지닌 인물.

세상은 그를 무극검제라고 불렀다.

무극검제(無極劍帝) 조작량(趙爵梁).

그는 마흔네 살의 혈기가 넘치는 장한이다.

호목(虎目)에 호안(虎顔). 호랑이의 기상을 지니고 있는 이 시대의 절대자 중 한 명. 그가 대전 높은 단 위에서 이글거리는 눈으로 바닥에 부복해 있는 사내를 노려보았다.

하남성(河南省) 북쪽, 산동과의 경계 아래.

복양현(濮陽縣) 와호산(臥虎山)에 있는 거대한 보(堡)를 강호에서는 지존보(至尊堡)라고 브르며 즌경하고 두려워한다.

사십대 중반의 나이에 이미 천하제일의 고수로 꼽히게 된 조작량의 성이기 때문이다.

그는 현 무림에 가장 큰 영향력을 행사할 수 있는 실질적인 지배자나 다름없었다.

십사 년 전, 마지막으로 있었던 마교와의 이차 정사대전에서 그는 서른 살의 청년임에도 불구하고 백도의 군웅들을 이끌고 용감히 싸워 승리를 이끌어냈다.

그 공로가 커서 오늘날 백도 제 문파의 장문, 명숙들은 물론 흑도의 마두, 괴수들도 그에게는 한 걸음 양보해 주는 걸 당연하게 여긴다.

그로부터 십사 년이 지난 지금 지존보의 명성은 소림과 무당을 넘어서는 바가 있었다. 무림의 저 왕이 기거하는 성이라 해도 과언이 아닌 것이다.

스스로 절대불가침의 성역을 일구어낸 거인. 그 앞에 부복하고 있는 사내는 조작량을 위해서라면 죽는 걸 영광으로 여길 심복 중의 심복이었다.

이십 년 전부터 추종(追蹤)과 정보 수집의 달인으로 이름을 날린 천리취향(千里取香) 서문표(徐門標).

조작량보다 다섯 살이 많은 나이지만 그는 종이고 조작량은 주인이다.

그 주인이 아무 소득이 없다고 말했다. 그렇다면 그런 것이다.

고집스럽게 꾹 다문 그의 입이 네 생각은 틀렸다고 소리쳐 말하고 있다.

그의 걸걸한 음성이 대전 가득 웅웅 울렸다.

"오운장주 기철목에게는 딸 하나와 여섯 명의 제자가 있었다."

"마지막 놈은 받아들인 지 얼마 되지 않는 소년이었지요. 얼굴은 물론 이름조차 알려져 있지 않습니다."

불쑥 튀어나온 반발심.

'아차!'

서문표의 등줄기로 식은땀이 흘렀다.

'내가 주군 앞에서 감정을 자제하지 못하다니…….'

절망적인 생각이 든다.

그리고 그의 두려움을 더 크게 하는 조작량의 무거운 침묵.

서문표는 숨조차 쉴 수 없었다.

진땀을 뚝뚝 떨어뜨리며 조심스럽게 제 말에 대한 변명을 했다.

"보름 동안 폐허를 뒤지고 다시 두 글 동안 숨어서 지켜보았지만 그놈은 나타나지 않았습니다."

"살아 있다는 증거지."

주군의 대꾸에 서문표는 가만히 한숨을 쉬었다.

소년이었을 때부터 삼십 년을 모셔온 이 불같은 주인이 제 실수를 눈감아줄 모양이라는 안도의 한숨이다.

하지만 또다시 이런 실수를 한다면 목숨을 부지할 수 없을 것이다.

"구양진결의 구결이 그놈에게 전해졌을 것이다."

"……."

"추살대를 구성해라."

"존명!"

"기한은 없다."

"……."

"죽었다면 그놈의 뼈를 가져와라. 뼈가 없다면 영혼이라도 붙잡아와."

고개를 숙이고 있는 서문표의 얼굴에 그늘이 졌다. 그의 머리 위에 조작량의 마지막 말이 무겁게 떨어졌다.

"하지만 살려서 잡아오는 게 가장 좋겠지."

서문표는 자신이 모시고 있는 주인의 의중을 잘 안다.

진결을 손에 넣거나, 그놈의 죽음이 확인될 때까지 멈추지 않을 것이다.

그날 밤.
지존보에서 서른 명의 고수가 바람처럼 달려나와 사방으
로 흩어졌다.
그리고 십삼 년이 지났다.

第三章
내 이름은 류(流)

第三章

후욱, 후욱—

뜨거운 숨결.

멀리서부터 밀려온 파도가 바위를 대리고 하늘 높이 창백
한 비말을 날린다.

그것조차 닿지 못하는 천 길의 벼랑 위.

그 위에서 한 사내가 뜨거운 숨결을 토하고 있었다.

훌쩍 키가 커서 깡마른 몸이 더욱 말라 보인다.

이목구비가 뚜렷하고 큰 눈에 독기 같은 광채가 어려 있다.

꾹 다문 입과 단단한 턱. 차돌처럼 박혀 있는 근육들뿐, 벌
거벗은 몸엔 살이 없다.

허리까지 늘어진 길고 거친 머리카락이 해풍에 마구 흩날린다. 깃대 끝에 매달린 깃발 같다.

─지나온 나의 삶은 고통이었고, 남아 있는 것도 그렇다!

까마득한 절벽 위에 꽂힌 깃대 같은 사내.
그 사내의 뜨거운 숨결이 저 넓은 바다를 향해, 저 높은 하늘과 세상을 향해 그렇게 소리치고 있는 듯했다.
"이야아아─!"
자기 안의 고통을 터뜨려 버리는 듯한 고함 소리.
벌거벗은 사내가 벼랑을 박차고 몸을 던졌다.
새처럼 하늘을 난다.
아니, 바윗덩이처럼 떨어져 내린다.
으르렁거리는 푸른 파도에 닿기 전까지 그는 세상에서 가장 자유로운 존재가 되었다.
삶의 고통도, 증오와 회한도 없는 절체절명의 공간.
사내의 자유로워진 영혼이 그 공간 속을 유영한다.
그리고 끝났다.
꽝!
등짝이다.
어제까지는 배와 가슴이었는데, 오늘부터는 등짝으로 바꾼 것이다.

검푸른 파도에 부딪친 그것이 으스러지는 것처럼 고통스럽다.

바다가 퉁, 하고 그의 몸을 튕겨냈다. 그리고 다시 떨어지는 그것을 집어삼켜 버린다.

뼈가 산산이 부서지고 살이란 살이 모두 흩어져 버리는 듯한 고통.

사내의 지독한 의지는 더 지독한 그 고통을 이기지 못했다.

의식을 잃은 채 점점 더 깊은 곳으로 빠져든다.

참지 못할 그 고통 위에 온몸을 짓이길 듯 압박해 오는 수압까지 더해지고 있다.

"푸하—!"

사내의 머리통이 불쑥 솟구쳐 나왔다. 넘실거리는 커다란 파도에 온몸이 실려 떠오른다.

사내는 바다의 호흡 속에 저를 맡겨 버렸다. 손가락 하나 까닥일 수 없는 무기력함이 그를 떠민다.

그리고 파도는 절벽의 커다란 바위에 그의 온몸을 내팽개쳤다. 다시 한 번 뼛속까지 부수는 듯한 고통이 밀려든다.

산동(山東)에서 바다로 불쑥 튀어나온 반도의 북쪽.

일천 리(一千里)의 거리를 두그 요동(遼東) 반도와 마주 보는 발해해협에 드문드문 섬들이 떠 있는데, 그중에서도 동쪽으로 뚝 떨어져 홀로 솟아 있는 고산도(高山島)라는 곳이다.

배들도 오가지 않고, 바다를 건너는 물새들만 들러 잠시 쉬어갈 뿐인 천애의 고도.

무인도인 그곳에 사내가 들어온 것은 칠 년 전이었다.

세상의 아무도 그 세월을 알지 못하고, 관심도 없다. 오직 사내와 바다와 갈매기와 섬만이 기억하고 있을 뿐이다.

그 사내는 언제나 길을 버린다.

길이 아닌 곳이 그에게는 길이다.

돌아가면 완만하게 올라가는 구릉이 있건만 그는 거울 같은 절벽에 달라붙었다.

그래서 그곳이 그에게는 길이 되었다.

찢어지고 깨져 피를 철철 흘려대는 몸뚱이를 두 팔로 끌고 있다.

세 호흡 동안 떨어졌던 천 길의 벼랑을 기어오르는 데에는 두 시진이 걸렸다.

그의 몸에서 흘러내리는 피가 절벽을 물들이고, 뼈마디가, 힘줄이 부서지고 끊어지는 듯 고통스럽다.

그는 죽었다. 그리고 다시 태어나는 것이다.

죽는 일은 쉬웠지만 그 다음에 이처럼 새롭게 태어나는 일은 너무나 힘들다.

하지만 그는 하루도 이 일을 멈추지 않았다.

매일 아침 죽었다가 다시 살아나는 것이다.

그는 스스로 신(神)이 되려는 것일까?

이곳에 온 지 이 년 뒤부터 그와 같은 일을 시작하여 오 년이 흐르는 동안 단 하루도 빠뜨리지 않았다.

그는 정말 제 껍질을 벗어버리고 초월적인 존재로 다시 태어나기를 꿈꾸는 건지도 모른다.

헉헉거리는 거친 숨소리가 허공을 뜨겁게 달군다. 어깨를 들썩이며 내쉬는 숨이 풀무 같다.

살아난 것이다.

"이야아아—!"

다시 절벽 위에 우뚝 선 그가 또 한 권의 부활을 기뻐하듯 웅장한 외침을 터뜨렸다.

하늘을 향해서, 저 막막한 바다를 향해서 터뜨리는 포효 같은 것이다.

매일매일 그렇게 바다를 향해 제 몸을 내던지는 동안 그의 몸뚱이와 그 안의 뼈와 힘줄은 무쇠처럼 단단해져 갔다.

그렇게 다시 삼 년이 지났다.

이 섬에 찾아오기까지 삼 년을 보냈고, 섬에 들어온 지 십 년이 지난 것이다.

그러므로 그가 버린 세월은 도두 십삼 년이다.

이제 그에게는 두려움이 사라졌다. 살고 죽는 것에 대한 의식의 구분도 없어졌다.

셀 수도 없이 천 길의 절벽을 기어오르는 동안 온몸의 근육들은 그에게 언제나 최고의 힘을 낼 수 있도록 해주었다. 그리고 사람의 그것이라고는 믿을 수 없는 지구력과 집념이 절로 생겼다.

그는 지치지 않는다. 두려워하지도 않는다.

까마득한 벼랑에 매달린 몸뚱이를 지탱해 주는 열 손가락. 그것이 쇠갈퀴처럼 단단해졌고, 그것의 힘이 바위를 부술 만해졌다.

그 높은 곳에서 떨어져 파도와 부딪치는 몸뚱이의 충격마저 이제는 대단치 않은 것으로 여겨진다.

처음에는 절벽을 기어올라 가는 데 두 시진이 걸렸다. 그러나 지금은 향 한 자루 탈 시간밖에 걸리지 않았다.

이제는 온몸으로 매달려 조금씩 전진하는 게 아니다. 두 발로 차고 두 손으로 몸을 이끄는 게 평지에서 달리는 듯했다.

십 년.

천애고도인 이 무인도에서 그 긴 세월 동안 자학하듯 스스로를 괴롭히며 살아온 세월의 보상이다.

처음에는 견딜 수 없이 고통스러운 삶이더니 이제는 일상이 되었다.

그래서 그는 고통을 모르는 자가 되어버렸다.

사문의 내공심법은 잊어버렸다.

사형들의 가르침도 잊어버렸다.

검법과 권법과 신법의 복잡한 규칙들도 다 잊었다.

오직 그들의 영혼만을 잊지 않고 있을 뿐이다.

그 대가로 그는 구양진결의 구결들에 대한 깨우침을 하나씩 갖게 되었다. 외우고 또 외우며, 조용히 앉아 생각하고 또 생각하자 바람이 바람을 이끌고 구름이 구름을 불러모으듯 그렇게 저절로 다가왔던 것이다.

처음에는 흐리고 미약한 어떤 느낌이었는데, 지난 십여 년의 세월 동은 조금씩 안개가 걷히더니 이제는 명확한 의식이 되어서 그의 본능과 어우러졌다. 구양진결은 그렇게 그의 영혼 속에 뿌리내린 하나의 원리가 된 것이다.

하나를 깨우치고 체득하는 게 가장 어려웠다. 그 다음부터는 노력이 가져다주는 성과가 늘어나기 시작했다.

하나가 둘을 불러오고 둘이 셋, 넷을 끌어들이니 구양진결은 갈수록 빠르게 제 비밀을 스스로 벗었다. 그는 제대로 첫 단추를 꿴 것이다.

지난 십 년 동안 매일매일 스스로를 죽음으로 몰아넣은 결과 지금 그의 근골의 강함은 무쇠와 같아졌다. 피부가 등갑(藤甲)처럼 질겨졌으며 정신의 투명함이 맑은 하늘과 같다. 그리고 가슴속에 품고 있는 원한은……

그리하여 그는 제가 버리고 온 그 세상으로 다시 돌아갈 때가 되었다는 걸 알았다.

바다 앞에서, 저 막막한 수평선을 향해, 그 너머에 있을 세상을 향해 처음이자 마지막이 될 포효를 했다.

"기다려라! 이제 내가 간다!"

*　　　*　　　*

세 개의 소나무 둥치를 나란히 붙여서 칡넝쿨로 묶은 것.

배는 아니고, 뗏목이라고 할 수도 없는 그 초라한 물건 위에 그가 팔베개를 하고 벌렁 누워 있었다.

파도가 몸 위를 넘실거리고, 갈매기가 가슴에 내려와 날개를 쉰다.

황동빛으로 그을린, 비쩍 마르고 단단한 몸이 사람의 그것으로 보이지 않는 모양이다.

어떻게 보면 죽은 것 같기도 했다. 숨을 쉬지 않는 것 같으니 그렇다.

하지만 그는 언제 끝날지 모르는 이 항해를 위해 숨 쉬는 것마저도 조심할 만큼 체력을 아끼고 있을 뿐이었다.

저 깊은 곳에서 끊임없이 출렁거리는 바다.

멈추어 있는 것 같지만 그것은 제 길을 따라 쉼없이 움직이고 있다.

너무 크기에 보이지 않는 움직임. 그는 눈을 감은 채 그것을 느끼고 있었다.

바다는 고여 있는 게 아니다. 그것은 강물처럼 흐르고 저

바람처럼 움직인다.

하지만 하늘이 멎어 있는 것처럼 늘 고요하게 보인다.

움직임을 감추고 흐름을 드러내지 않는 것.

그것은 바다가 그 모든 것을 제 안에 담아둘 수 있을 만큼 크고 또 크기에 가능한 일이다.

머릿속에 이미 지겹도록 외웠던 구양진결의 한 구절이 문득 떠올랐다.

먼저 부드럽고 후에 굳세고, 먼저 느리고 후에 빠르며, 기운을 균일하게 조절하고 허실을 가르니 행동의 변화가 무쌍하다.

하체가 온건하고 확고하며 동정(動靜)이 적합한바, 기의 흔들거림이 마치 물 위에 배가 다니는 듯하고, 정신을 집중하는 데 고양이가 쥐를 잡을 때처럼 빠르게 정진한다.

이를 일러 노자가 말하기를, '그것이 다치 용 같지 않은가'라고 했다.

진결의 세 번째 장(章)에 들어 있던 구결인데, 책에서는 그 장을 '복룡접운(伏龍接雲)'이라고 했다.

사내에게 아직까지 모호하게 남아 있던 구결이다. 하지만 망망대해에서 일엽편주보다 못한 세 가닥 나무토막에 의지하여 온몸으로 바다의 흐름을 느끼길 며칠째.

저절로 그 의미가 가슴에 와 닿고 손발이 뜨거워졌다.

　마음과 몸을 삶과 죽음의 경계에 홀로 둥실 띄워놓고 이리 저리 파도에 실려 떠돌다 보니 절로 바다의 호흡과 바다의 영성이 느껴진 때문인지도 모른다.

　그동안 살갗을 태울 듯 뜨거운 해가 뜨고 지기를 열 번이나 했다.

　사내는 갈매기와 물고기를 붙잡아 생살을 찢고 그것의 체액을 빠는 것으로 갈증을 해소했다.

　점점 한계를 느낀다.

　하지만 그는 처음이나 지금이나 두려움을 몰랐다.

　뱃가죽이 등에 달라붙을 지경이 된 지 오래다.

　그는 그것마저 잊었다.

　제 몸뚱이의 고통을 남의 것 바라보듯 관조한다.

　내가 고통스러워하는 게 아니라 덧없는 이 몸뚱이가 고통스러워하고 있다는 것.

　그리고 조금씩 죽어가고 있다는 것.

　눈을 감고 있으면서도 그의 의식은 명료했다.

　육체를 떠나 저 높은 곳에서 죽어가는 자신의 몸뚱이를 무표정하게 바라본다.

　또 다른 부활을 꿈꾸는 것인지도 모른다. 혹은, 자신의 존재가 불사(不死)임을 확인하는 것인지도 모른다.

　무표정하고 무감각하던 의식이 조금씩 흐려졌다.

　그리고 밤이 세상을 가려 버리듯 그렇게 사라진다.

따뜻한 기운.

언제 느껴보았던지 기억조차 나지 않는 부드러움과 안락함.

그리고 자갈거리는 음성.

손끝 하나 움직일 수 없는 나른함 속에서 조금씩 깨어나고 있는 그의 의식이 제일 처음 들은 건 그 소리였다.

그의 눈까풀이 바르르 떨며 움직였으리라.

호들갑스런 사내아이의 외침이 아직 먹먹한 그의 의식을 두드려 깨웠다.

"누나, 누나, 이리 와봐! 살아났어!"

"얘는, 그렇게 떠들면 어떻게 하니? 아직 환자니까 조용히 해야지."

"아빠 말이 정말 맞았네? 히—"

"아빠는 모든 걸 다 아셔. 아빠가 살아 있다면 살아 있는 거야. 죽었다고 박박 우긴 너는 바보야."

"누나도 죽었다고 했었잖아."

"언제 그랬니? 죽었을지도 모른다고 그랬지."

"쳇, 그게 그거지 뭐."

귓속에 쟁쟁 울리는 낯선 음성. 그리고 늪 속에 빠진 듯한 무기력함.

사내는 자신의 몸에 감각을 되살려보기 위해 애썼다. 하지만 여전히 육신은 그의 의식과 따로 떨어져 있을 뿐이다.

손가락의 감촉이 돌아오지 않는다.

가위눌린 것 같은 두려움과 고통 속으로 소녀와 사내아이의 짜랑거리는 음성이 메아리처럼 스며들고 있었다.

얼마 만에 들어보는 사람의 음성인가.

사내는 온통 의식을 집중해서 귀를 기울였다. 그 음성을 조금이라도 더 듣고 싶은 마음이다.

파도와 바람과 갈매기의 끼룩거리는 소리와는 다른 정감이 있다.

'사람이라는 것⋯⋯.'

사내의 의식이 가만히 중얼거렸다.

증오와 원망의 대상일 뿐인 그 존재에 대한 그리움 따위는 이미 다 잊었다고 믿었다.

그런데 아직도 자신의 마음 깊은 곳에는 그것이 숨어 있었다.

본능이라고 해야 할지도 모른다.

아니, 외로움일 것이다.

스스로 짐승이 되었다고 믿었는데, 몇 마디의 자갈거리는 음성 앞에서 불쑥 반가움을 느끼고 만 자기 자신에게 화를 내야 하는 건지, 동정해야 하는 건지 모호해진다.

이마에 선뜻하고 축축한 느낌이 와 닿았다.

느낌?

사내의 의식이 화들짝 놀랐다.

감각이 조금씩 돌아오고 있었던 것이다. 그리고 그것은 이마를 식히고 있는 물수건에서 비롯되었다.

"열도 많이 내렸네."

신열로 미지근해진 수건이 치워지고 다시 차가운 새 수건이 이마를 서늘하게 했다.

쩍쩍 갈라진 입술에도 감촉이 살아난다.

따뜻한 국물이 입술을 비집고 흘러들었다. 맛은 아직 알 수 없다.

그렇게 하루가 지났다. 사내가 기억할 수 있는 날은 그게 전부였다.

다음날, 사내는 비로소 손가락의 감각을 찾았고, 눈을 떴다.

그의 의식도 어제보다 더 또렷하고 맑아졌다.

그는 자신이 낡고 짠 냄새가 배어 있는 침상에 누워 있다는 걸 처음 느꼈다.

주위를 돌아본다.

눅눅한 비린내가 떠도는 어두컴컴한 공간.

얼기설기 대나무를 엇대어놓은 창문으로 흘러드는 햇빛.

그것이 침침한 어둠 속에 몇 가닥의 하얀 줄을 걸어놓고 있었다.

구석에는 그물이며 부러진 키와 녹슨 작살, 닻, 덕지덕지고기 비늘이 묻어 있는 나무 상자, 곡식 자루 등이 어지럽게 널려 있었다.

여기저기 쥐똥 지린내도 나고 거미줄도 늘어져 있다. 헛간 겸 방으로 쓰는 용도인 게 분명했다. 평소에는 사람이 기거하지 않았던 모양이다.

어둠의 한 덩어리가 왈칵 떨어져 나갔다. 그만큼의 밝은 빛이 철썩이는 파도 소리에 떠밀려 와르르 쏟아져 들어왔고, 사내아이와 두 갈래로 머리를 땋은 소녀가 그 빛을 뒤따라 들어왔다.

"어? 저 봐! 아저씨가 눈 떴다!"

사내아이가 소녀의 손을 뿌리치고 쪼르르 달려왔다.

흐릿한 영상이 망막에 맺힌다. 그것이 활짝 웃고 있다.

사내는 초점을 맞추기 위해 애썼다. 두 겹, 세 겹으로 겹쳐 보이던 얼굴이 조금씩 하나로 모인다.

동그랗고 새까만 얼굴. 히죽 웃는 눈이 장난기를 가득 담고 반짝거렸다. 앞니가 두 개나 빠져 있다.

"아저씨, 무슨 잠을 그렇게 오래 자?"

'잠…….'

"일하기 싫어서 꾀병 부리는 거 아니지?"

제법 매섭게 째려본다.

사내의 입이 비틀렸다. 무언가 말을 하려는 건데, 아직 목이 틔지 않은 듯 아무 소리도 나오지 않았다.

"벌써 며칠째 이러고 있는 건지 알아? 나흘이야, 나흘. 멀 쩡한 아저씨가 놀고먹으면 되겠어?"

'나흘……'

사내의 의식이 당황한다.

소녀가 짓궂은 아이를 떼어냈다. 들여다보는 동글고 까무 잡잡한 얼굴.

열일곱이나 여덟 살쯤 되었을 것이다. 눈이 크고 맑다.

"마음 푹 놓으세요. 여기는 우리 집이에요."

먼저 안심시킨 소녀가 사내가 기억하지 못하고 있는 부분 을 설명해 주었다.

"새벽에 바다에 나가려고 준비하던 아버지가 당신을 발견 했어요. 범바위 쪽 모래밭 위에 떠밀려 올라와 있더래요."

그랬었나 보다.

"처음에는 죽은 줄 알고 놀랐는데 숨이 붙어 있었대요."

"아버지가 아저씨를 업고 오느라고 얼마나 힘들었는지 알 아? 그것도 모르고 내내 잠만 자고 말이야."

꼬마 아이가 다시 눈을 흘겼다.

"누나도 지난 나흘 동안 아저씨를 돌보느라고 꼬박 붙어 있었어. 쳇, 하나뿐인 동생하고는 놀아주지도 않았지 뭐야. 밥도 안 차려주고."

소녀가 머리를 쥐어박는다.

"귀찮게 하지 말고 잘 보고 있어. 나는 죽을 데워 올 테니까."

“이 아저씨가 나를 귀찮게 하면?”

“맞을래?”

“히—”

소녀가 제법 사납게 눈을 치떴다. 그리고 앙증맞은 주먹을 쳐든다. 아이는 머리를 감싸고 피하는 시늉을 했다.

어울려 사는 가족 간의 즐거움이라는 것이 왈칵 사내의 의식 속으로 흘러들었다.

‘즐거움…… 가족…….’

생소한 단어와 생소한 느낌. 그래서 사내는 쓸쓸해졌다.

힘겹게 고개를 돌리고 바라보았다. 긴 머리를 팔랑거리며 뛰어나가고 있는 소녀의 뒷모습이 하나 가득 눈에 들어온다.

낡은 치마와 저고리를 입었고 맨발이다. 건강한 종아리가 다 드러나 있다.

“아저씨, 나 보여?”

물끄러미 들여다보는 맑고 깨끗한 눈.

사내는 그 눈에 자신의 눈을 맞추기가 부끄러워졌다.

불쑥 든 이 부끄러움이라는 감정. 그것마저 낯설다.

사람에게 사로잡힌 짐승의 불안인지도 모른다.

아니, 사람을 동경하는 짐승의 자학일까?

그래서 사내는 더 이상 피하지 않고 아이의 눈을 똑바로 바라보았다.

'내가 왜?' 하는 오기였다.

"와, 아저씨 눈 크다."

일곱 살쯤 되어 보이는 새까만 녀석이었다. 얼굴 가득 '나는 개구쟁이래요' 하고 써져 있다.

"우리 누나보다 더 큰 것 같은데?"

"……."

"아저씨 말 못해? 집 없어? 엄마 없어?"

실망이 깃드는 아이의 얼굴. 사내는 이제 그것에서 눈을 떼지 못했다.

"귀찮게 하지 말랬지?"

소녀가 귀 떨어진 나무 쟁반을 들고 들어오며 꾸짖었다.

비로소 사내는 조금 더 뚜렷하게 그녀를 바라볼 수 있게 되었다.

소녀티를 벗고 어엿한 처녀가 되기 직전의 풋풋함이 하나 가득 느껴진다.

문득 그녀가 떠올랐다.

사저.

사내가 그녀를 마지막으로 보았을 때, '미안해' 라고 말하던 마지막 음성을 들었을 때 그녀도 눈앞의 이 순박한 소녀만 했었다.

"좀 드세요."

그녀가 살짝 볼을 붉히고 말했다.

고소한 냄새.

사내의 기억은 그것이 전복죽 냄새라는 걸 금방 되살려냈다.

무려 십 년이다.

사람의 흔적도 없는 무인도에서 풀을 씹고, 고기와 새를 잡아 날로 뜯어 먹고 살지 않았던가.

생식만으로 버텨왔던 그 오랜 세월. 그래서 이제는 사람의 음식을 다 잊어버렸다고 여겼는데, 코끝에 냄새가 스치자 금방 그것이 무엇인지 기억해 냈다.

간사하다.

자신의 감각이, 자신의 기억이 그렇다는 것마저 사내에게는 불만이었다.

사내는 죽 그릇을 보고 소녀를 보았다.

악의없는 얼굴. 맑은 그 눈이 걱정 말고 먹으라고 말하고 있다.

꾹 닫혀 있는 입술에 소녀가 내미는 수저가 닿는다.

따뜻하고 고소한 냄새.

"드세요. 억지로라도 드셔야 해요."

하지만 사내는 입을 벌리지 않았다.

"아저씨, 안 먹어? 그럼 내가 먹을까?"

"저리 가지 못하니?"

"아깝잖아. 뜨거울 때 먹어야 맛있는 건데……."

소녀가 아이의 다리를 걷어찼다.

"왜 때리고 그래?"

아이가 볼을 부풀리고 투덜거리지만 소녀는 더 상대하지 않았다. 눈을 흘겼을 뿐 사내에게 다시 수저를 내민다.

사내는 망설였다.

받아먹는다면 자신의 마음이 약해질지도 모른다.

하지만 끝내 거부한다면?

소녀의 크고 맑은 눈에 조금씩 실망이 어리기 시작했다.

사내가 깨어나기를 기다리며 몇 번이나 데우기를 거듭했을 것이다.

정성과 호의. 자신의 순수한 마음이 받아들여지지 않고 있다는 데 대한 억울함.

소녀의 얼굴이 점점 슬퍼진다.

'이건 잔인한 짓이다.'

'하지만 나는 끝없이 잔인해져야 한다.'

'적의와 호의도 구분할 줄 모르는 멍청이가 되어버린 거냐?'

'나를 대하는 자들에게 호의가 있었던가? 경멸이 있었을 뿐이다.'

'두려워하는구나?'

나와 또 다른 나의 싸움에 사내가 종지부를 찍었다.

입을 벌리고 그녀가 떠 먹여주는 죽을 깨끗하게 다 받아먹은 것이다.

소녀의 맑은 얼굴이 꽃처럼 활짝 벌어졌다.

“아버지, 아버지! 이리 와보세요. 그 사람이 내 죽을 다 먹었어요! 살아났다구요!”

소녀가 우당탕거리며 뛰어나갔고, 아이가 허둥지둥 그 뒤를 따르며 소리쳤다.

“나도 죽 줘!”

“이름이 뭔가?”

‘이름…….’

사내의 눈빛이 아득해졌다.

“어쩌다가 그 지경이 되었던 게야? 대체 얼마나 오래 바다 위를 떠돌았지?”

중년의 순박해 보이는 사내였다. 스스로를 장소삼(張小三)이라고 했다.

평생 이 바닷가를 떠나본 적이 없다는 사람. 어부의 자식으로 태어나 어부로 살아가고 있는 우직한 사람.

그의 순한 눈과 넓은 가슴에서 바다가 느껴진다.

“벙어리인가? 정말 그래?”

‘이름…….’

사내는 그것만을 생각하고 있었다.

어렸을 때, 사람들은 그를 ‘야!’ 라고 불렀다. ‘이 새끼!’ 라고 부르기도 했다. '거지새끼'라는 것도 있다.

그래서 그게 제 이름으로 알고 살았다.

사부님이 처음 이름을 지어주셨다.

당신의 성을 주고, 이름이라는 것을 붙여주셨을 때 사내는 오히려 귀에 거슬렸다.

기보연(奇保緣).

그게 사내가 처음 가져 본 이름이었다.

인연을 소중히 지키라는 의미임을 안 건 나중의 일이다.

하지만 그 사부는 죽었다.

오운장도 없다.

그래서 사내는 그 이름을 쓰고 싶지 않았다.

사부와 관계된 것은 누구에게드 알려서는 안 된다.

이 세상에서 사부와 사저, 그리고 사형들을 알고 있는 사람은 나뿐이어야 한다.

지난날의 나는 죽었다.

새롭게 태어났고, 그러니 처음으로 세상에 나의 존재를 드러내는 일이다.

사내는 그것을 누구의 도움도 없이 저 혼자서 해야 한다고 생각했다.

"류(流)."

흐름이다. 나는 내 운명의 흐름을 따라갈 것이다. 저 먼 바다를 해류의 흐름에 몸을 맡기고 건너온 것처럼.

그리고 사부의 최고 절기, 유성비검의 첫 글자를 땄다.

잊지 않겠다는 또 한 번의 결의이기도 한 것이다.

"류?"

"내 이름을 물었지 않습니까?"

"그러니까 류란 말이군. 외자 이름이었어. 그럼 성은?"

"없습니다."

"응?"

부모를 모르니 성을 모른다. 사부가 준 성은 잊어야 한다.

"알았네. 말하기 싫은 모양이군."

사내, 장소삼이 빙긋 웃었다.

"몸이 많이 상해 있으니 좀 더 쉬도록 하게. 내 집이려니 여기고 마음 편히 가져."

사내, 스스로를 '류'라고 한 그는 다시 이틀 동안 꼼짝 않고 누워서 제가 이 낯선 땅에서 무엇을 해야 할지를 생각했다.

원수에 대해서 아는 거라고는 그놈의 목소리 하나뿐이고, 그들이 쳐들어온 건 구양진결을 빼앗기 위해서라는 걸 알 뿐이다.

그 밖에는 아무것도 없다.

막막했다.

처음 바다 앞에 섰을 때처럼 멍해진다.

그리고 내린 결론.

'닥치는 대로 헤쳐 나간다.'

지금으로서는 생각할 수 있는 게 그것밖에 없었다.

우선 밖으로 나갈 것.

부딪쳐 오는 바람을 맞듯, 그렇게 내 앞에 다가오는 운명을 맞이할 것.

그리고 그것의 흐름에 내맡길 것.

그래서 엿새 만에 류는 바깥 세상으로 나갔다.

第四章

은혜는 원한과 같다

第四章

"어? 벌써 돌아다닐 만한가?"

저쪽, 마당에 그물을 널어놓고 소녀와 함께 찢어진 곳을 꿰매고 있던 장소삼이 돌아보고 활짝 웃었다.

햇빛이 이렇게 강렬할 줄 몰랐다.

잔뜩 눈살을 찌푸린 사내, 류는 어지럼증을 느꼈다. 의지와는 상관없이 몸이 휘청거린다.

가까스로 문설주를 잡고 서서 헐떡거리자 소녀가 그물을 내던지고 달려왔다.

"더 누워 있지 않고 왜 벌써 나왔어요?"

책망한다. 그것이 류의 가슴에 더욱 따뜻한 감동을 가져다주었다.

"이젠, 움직일 수…… 있어……."

"안 돼요. 죽을 정도로 탈진했던 사람이 다리 힘을 되찾으려면 보름은 정양해야 하는 거예요."

"움직일 수…… 있어."

"놔둬라."

소녀가 다시 뭐라고 책망하려는 듯 입술을 오물거렸을 때 저쪽에서 그녀의 아버지, 장소삼이 그렇게 말했다.

"다른 사람이라면 보름 동안 꼼짝할 수 없겠지만 그 사람에게는 지난 엿새도 길었는지 모르지."

"쳇, 고집불통."

소녀가 입술을 삐죽 내밀어 보이고는 쌀쌀맞게 돌아섰다.

그녀의 그런 심통마저 류에게는 한없이 따뜻하고 다정한 것이었다. 그가 멍하니 소녀의 뒷모습을 바라보았다.

그는 새롭게 태어나 세상에 나온 거나 마찬가지였다. 그러니 장소삼의 가족이야말로 그가 이 세상에서 처음으로 보는 사람들이다. 이전의 사람들은 모두 잊었다.

우성촌(遇成村)은 열다섯 호가 모여 사는 작은 어촌 마을이었다. 집 근처에 텃밭을 일굴 뿐, 모두가 고기잡이로 연명하는 순박한 곳이다. 장소삼이 촌장이기도 했다.

장소삼의 집은 마을에서도 뚝 떨어진 낮은 모래 언덕 위에 있었다. 집 뒤에 한 그루의 커다란 매화나무가 있어서 마을 사람들은 '매화나무집'이라고 불렀다.

다음날이다.

장소삼은 새벽같이 배를 띄우고 바다 멀리 나가 그물질을 했다.

아버지를 배웅하고 찬 바닷바람을 맞으며 용신에게 간절히 만선을 기원하고 돌아서던 소녀, 수아(水兒)의 눈에 어슴푸레한 여명의 모래톱을 서성이고 있는 한 사람의 뒷모습이 들어왔다.

헐렁한 옷자락이, 긴 머리카락이 바람에 날리고 있었다.

범바위 아래를 서성이던 그가 하얗게 밝아오고 있는 수평선을 향해 돌아섰다.

밀려오는 파도가 쉼없이 종아리를 쓸고 가지만, 저 막막한 바다로 향해 있는 그 사람은 움직이지 않았다.

쓸쓸하고 적막해 보인다.

'류…….'

소녀, 수아가 천천히 모래톱 위를 걸어 그에게 다가갔다. 그녀의 발자국이 길게 남겨지고, 밀려 올라온 파도가 그것을 곧 지워 버렸다.

"떠날 건가요?"

류가 천천히 그녀를 돌아보았다. 아득히 멀어져 있는 눈길이 한동안 초점을 찾지 못하고 멍했다.

“왜 그렇게 묻지?”

“새벽이나 저물 녘에 바닷가에 하염없이 혼자 서 있던 사람들은 누구나 떠났거든요.”

“나는 원래 이곳의 사람이 아니었잖아.”

“상관없어요.”

소녀의 눈이 류를 붙들었다. 가지 말라고 말하고 있다.

“우리는 모두 나무 같거든요.”

그녀의 낮은 음성이 조금은 슬픈 빛을 띠었다.

류가 여전히 몽롱한 눈길을 한 채 따라 했다.

“나무······.”

“솜털에 싸인 작은 씨앗이 바람을 따라서, 혹은 새의 깃털에 묻어서 날려와요. 그리고 땅에 떨어지면 그곳에 뿌리를 내리고 싹을 틔우지요.”

어느덧 수아의 눈길도 몽롱해졌다.

“그리고 점점 자라서 큰 나무가 된답니다. 새들이 찾아오고, 개구쟁이들이 그늘에서 놀지만 나무에게 너는 어디에서 왔느냐고, 언제 떠날 거냐고 묻지 않지요.”

“······.”

“나무는 그냥 거기 뿌리를 내리고 서 있을 뿐이랍니다. 내가 왜 이곳에 왔는지 궁금해하지 않고, 떠나려고도 하지 않아요. 집 뒤의 저 매화나무처럼.”

류는 ‘운명이라는 걸까?’ 하고 잠깐 생각했다.

그녀는 운명이라는 걸 말하고 싶었는지도 모른다.

류가 천천히 곁에 서 있는 수아를 돌아보았다. 먼 수평선을 향하고 있는 그녀의 눈길이 촉촉했다.

파도에 얹혀 가라앉을 듯 위태롭게 떠 있는 아버지의 작은 배를 바라본다. 점점 멀어지고 있는 그것.

"너도 떠나고 싶었던 거로구나?"

"맞아요."

"그래서 두려워하는 거지?"

"그것도 맞아요."

수아의 눈길도 류에게 향했다. 어둠이 깃들어 있고, 슬픔이 감추어져 있었다.

"하지만 네 뿌리는 이미 깊이 뻗어 있어서 어쩔 수 없는 거지? 그래서 슬퍼하는 거지?"

"아저씨는 파도 소리를 낼 줄 아는군요."

"응?"

"파도는 온갖 소리를 낸답니다. 가간히 듣고 있으면 알아요. 언제나 제가 듣고 싶어하는 소리를 그것이 말해준다는 걸. 바다가 사람들의 마음속을 환히 들여다보고 있기 때문인지도 몰라요."

소녀의 감상이라는 것.

류의 가슴에 그것이 점점 붉어지고 있는 수평선 위의 하늘처럼 물들어왔다.

그 어떤 것보다 달콤하면서 아늑하지만 때로는 제 스스로
의 가슴을 베고, 지울 수 없는 상처를 남겨주기도 하는 위험
한 것. 류는 수아의 눈 속에서, 그녀의 말속에서 그것을 느끼
고 보았다.

"극락에 대해서 들어보았어요?"

"……?"

"그곳에는 별다른 얘깃거리가 없대요. 그저 모여서 바다의
아름다움과 바다에서 뜨고 바다로 지는 태양을 얘기할 뿐이
래요."

수아의 눈빛이 점점 몽롱해졌다. 먼 바다를 꿈꾸듯 바라본
다.

"바다 속으로 빠져들기 전에 붉고 투명하게 변하는 커다란
태양. 사람들은 자신이 보았던 그 강렬함과 이윽고 바다와 하
늘을 온통 물들여 버리는 그것의 처연한 아름다움을 말한대
요."

그녀가 천천히 류에게로 얼굴을 돌렸다.

"그러니 극락에 있는 사람들은 모두 바다를 보며 살았던
사람들인지도 몰라요. 아저씨도 그렇죠?"

"나는……."

이 소녀의 감상 앞에서 무슨 말을 어떻게 해야 하는 건지
류는 막막해지고 말았다. 이와 같은 말들을 처음 들어보고,
이와 같은 감정을 처음 접해보는 것이다.

수아가 가만히 류의 손을 잡았다.

작고 부드러운 손이다. 한낮의 햇빛 아래 따뜻해진 목화 솜을 쥔 것 같다.

"가지 마세요."

소녀는 이미 알고 있었던 모양이다. 아니, 느낌이었으리라.

류는 대답하지 못했다.

"아저씨는 파도에 떠밀려온 씨앗이에요. 벌써 조금은 뿌리를 내렸는걸요?"

두 볼이, 목덜미가 홍시처럼 붉어졌다.

제 가슴에 뿌리내린 작은 씨앗이라고 말하는 것이다.

'이러면 안 된다.'

류의 이성이 조용히 경고를 발했다.

'그것도 좋잖아? 이 평화롭고 따뜻한 곳에서 세상을 모두 잊고 사는 거야.'

그의 감성이 그렇게 속삭였다. 이성이 화를 냈다.

'너는 네 가슴의 상처를 잊을 수 있어? 네 안에 들어와 있는 그들의 영혼을 잊을 수 있겠어?'

'다 소용없는 짓이야. 분노는 숯불과 같아. 언제까지나 이글거리며 타오르지 않지.'

감성이, 수아의 따뜻한 손이 그렇게 속삭였다. 달콤하다.

'시간이 지나면 결국 식어서 재가 되어버려. 불길이 크고

맹렬할수록 저를 더 빨리 태워서, 더 빨리 재가 되어버릴 뿐
이야. 네 분노라는 것도 그래. 영원한 게 아니야. 조금씩 엷어
지다가 결국 사라지게 되는 거지.'

'비겁한 짓이야! 생각해 봐. 무엇 때문에 너는 지난 십 년
동안 스스로를 무인도에 가두었지? 어째서 매일매일 죽음 속
으로 스스로를 던져 버렸지? 겨우 이곳에 오기 위해서? 정말
그래?'

'강호는 험난한 곳이야. 곳곳에 함정이 있고 덫이 감추어
진 사냥터 같은 곳이지. 언제 죽을지 몰라. 하지만 여기를 봐.
저 수평선과 파도와 황금빛 백사장을 봐. 이곳에는 안락한 평
화가 있잖아? 달콤한 삶이 있잖아?'

'하지만……'

이번에는 류가 그렇게 말했다. 이성과 감성이 숨죽이고 그
를 바라본다.

'내게는 해야 할 일이 있어.'

그렇게 말한 순간 이성이 그와 하나가 되었고 감성은 주춤
거리며 물러섰다. 슬픈 얼굴을 하고 물끄러미 바라본다. 그리
고 슬픈 음성으로 말했다.

'바보.'

"바보."

수아의 그 한마디가 류를 놀라게 했다.

"결국 떠날 거로군요."

언제 그랬던 것일까? 그녀의 손이 제 손에서 떨어져 있었다. 류는 제가 그것을 뿌리쳤다는 걸 알지 못했다.

보름을 머물렀다.

그동안 탈진했던 체력이 빠르게 돌아와 이제는 그 어느 때보다 원기 왕성해졌다.

하지만 류는 아직 우성촌을 떠나지 못했다. 내일은 떠나리라, 하고 마음먹었을 때마다 수아의 슬픈 얼굴이, 눈이 그를 붙들었다.

"가게나."

함께 힘을 다해 그물을 끌어 올리던 류가 깜짝 놀라 장소삼을 돌아보았다.

배가 기울어질 정도로 바다 속의 그물이 무겁다.

"뭐라고 했습니까?"

"자네의 힘이 나보다 세 보이는군."

"……."

"원기를 완전히 회복했는데 더 있을 이유가 없지."

"……."

"자네는 나처럼 고기나 잡으며 살 사람이 아닐세. 처음 자네를 발견했을 때 알았지."

"그렇…… 군요."

"물건이 제가 있어야 할 곳에 있을 때 가치를 갖듯 사람도 그렇다네. 제가 있어야 할 곳에 있어야 하는 거야. 자네는 야생의 짐승과 같아. 길들일 수 없지.”

‘야생의 짐승…….’

류는 장소삼의 말을 곱씹었다. 마음에 알 수 없는 쓸쓸함이 가득해졌다. 부끄러워지기도 한다.

“자네의 바다거북처럼 단단한 피부와 굳은 손과 이글거리는 눈이 그걸 말해주고 있어. 나는 야성에 물들어 있는 위험한 짐승이라고 말일세.”

류가 말없이 그물을 끌어 올리기 시작했다. 장소삼은 아예 손을 놓아버렸다.

마르고 단단한 몸에 달라붙어 있는 차돌 같은 근육이 꿈틀거린다. 그때마다 그물이 쑥쑥 딸려 올라왔다.

평생 그물질을 해온 장소삼으로서도 혀를 내두를 만큼 류의 팔 힘은 굳세었다. 사람의 힘이라고 믿어지지 않을 정도다.

‘위험한 짐승.’

그 말이 류의 머릿속을 온통 지배했다.

‘당신은 이미 뿌리를 내리기 시작한 나무예요.’

수아의 말이 그 위에 덧씌워진다.

그것을 잊으려는 듯 류는 더욱 힘차게 그물을 끌어 올리는 일에 몰두했다.

다음날 아침.

류가 나왔을 때 마당에는 이십여 명의 마을 사람들이 모여 있었다. 넓게 편 멍석에 제각기 들고 온 말린 생선 꾸러미며 쌀과 보리, 밀 등의 곡식을 쏟아 붓고 있다.

그걸 감독하던 장소삼이 돌아보았다. 무표정한 얼굴이다.

그뿐만 아니라 류를 돌아보는 마을 사람들은 모두 무표정했다.

억센 바다와 바람과 운명에 시달려 곤한 기색이 가득한 사람들.

그들의 지치고 슬픈 눈이 류의 가슴을 찔렀다.

무언가 잔뜩 경계하고 두려워하는 기색이 담겨 있다.

장소삼이 그들을 달랬다.

"걱정 말아. 내가 바다에서 주워온 청년이라는 걸 다들 알잖아? 우리 일과는 아무 상관 없어."

"그래도 그들이 알면……."

"정 걱정이 되면 나오지 못하게 하지 뭐. 그럼 되겠지?"

무슨 일인가 일어나고 있는 모양이다.

손을 턴 장소삼이 천천히 다가왔다.

"자네는 들어가서 좀 더 누워 있는 게 좋겠어."

"무슨 일입니까?"

"자네가 신경 쓸 일이 아니라네. 이건 그냥 우리 마을의 일일 뿐이야."

“……?”

“글쎄, 우리 일이라니까.”

장소삼이 완강하게 류의 등을 떠밀었다.

헛간 같은 방 안으로 몰아넣고 문을 닫기 전에 또 말했다.

“밖에서 일어나는 일에 신경 쓰지 말게. 절대로 나오면 안 돼.”

철커덕!

빗장 지르는 소리.

류는 제 땀 냄새 배어 있는 낡은 침상에 몸을 던졌다.

마을에 무슨 일인가 벌어지려는 모양이다. 하지만 굳이 참견하고 싶은 마음도 없었다.

팔베개를 하고 멍하니 시꺼멓게 빛바랜 천장의 서까래를 올려다보면서 내일은 떠나야겠다고 생각했다.

마음에 걸리는 딱 한 가지는 목숨의 빚을 졌는데 갚아줄 수 있는 게 아무것도 없다는 것이었다.

‘천천히’ 하고 마음속으로 다짐했다. 잊지 않고 있다면 언젠가는 기회가 올 것이다.

“잊지 않는다면…….”

은혜는 원한과 같다.

잊어서는 안 된다. 반드시 갚아야 하는 것이다.

다시 잠이 들었던가 보다.

꿈속인 듯, 소녀의 비명 소리가 들려왔다.

'미안해' 하고 말하던 사저, 기련화. 첫사랑. 하지만 그녀는 열여덟 살 꽃다운 나이에 죽었다.

그녀의 비명인가?

"잊지 말라는 것이다!"

냉엄하게 소리치던 사부의 마지막 음성.

"윽!"

유성비검이 꿰뚫었던 가슴의 상처가 그때의 그 고통을 갑자기 일깨워 주었다.

그것의 상처가 다시 살아나자 심장이 터질 듯 박동 친다. 그 고통이 불처럼 류의 온몸을 훑었다.

"싫어요!"

수아다. 맑고 큰 눈을 가진 소녀.

활짝 벌어진 해당화처럼 막 피어난 우성촌의 꽃.

"누나를 놔줘!"

개구쟁이 해왕(海汪)이다. 악을 쓰는 소리에 울음이, 증오가 가득 담겨 있다.

그것들이 류의 꿈을 깨웠다. 가슴의 고통을 불러일으켰다. 그리고 더 커진다.

"윽!"

가슴을 움켜쥐고 벌떡 일어서던 류가 비틀거렸다.

이마에 진땀이 배어난다.

고통은 아무것도 아니다. 얼마든지 참을 수 있다. 남의 것인 듯 바라볼 수 있지 않은가.

하지만 그것이 가져다주는 기억의 괴로움은 어쩔 수가 없다.

류의 얼굴에 검은 그늘이 드리웠다. 눈빛이 이글거리고 악문 입술이 파르르 떤다.

"제발, 그 아이는 아직 어리지 않습니까? 제가 대신 따라갑지요."

"사내는 넘치도록 많아. 우리가 필요한 건 요리 하고 빨래해줄 계집이야."

"그 계집애는 아무것도 할 줄 모른답니다. 오히려 나리들의 식량만 축낼 겁니다."

"우리 누나를 건드리지 말란 말이야!"

"요런 맹랑한 꼬마 놈이?"

"아앗!"

해왕이의 비명 소리가 들렸다. 그리고 잠잠하다. 죽지는 않았겠지.

"대체 이게 무슨 짓이오!"

장소삼의 악쓰는 소리.

"이런 일은 없었지 않소!"

"식량이 부족하잖아. 모자라는 양만큼 네놈들의 피로 채워갈까?"

"그런, 그런 억지가……."

“너희 버러지들에게 손 하나 까닥하지 않았다. 네놈들의
피 대신 저 계집애를 데려가겠다는 거야. 그러니 감사하다고
절해야 하는 것 아닌가?”
“아악! 아버지! 살려주세요!”
끌려가는 모양이다. 수아의 절규에 껄껄 웃는 웃음소리와
호통치는 소리들이 마구 뒤섞였다.
“수아는 안 돼!”
장소삼의 외침이 악에 받쳐 있다.
그때쯤 류는 두 걸음 앞에 잠긴 문을 두고 있었다. 거북이
가 기어가듯 그렇게 느릿느릿 움직인다.

마을 사람들을 헤치고 미친 듯 튀어나온 장소삼의 손에는
고래를 찍어 올릴 때 쓰는 기다란 작살이 들려 있었다.
발버둥 치며 뒤돌아보는 수아의 얼굴이 두려움으로 새파
랗게 질려 있다. 눈물로 범벅이 되어 있는 그 얼굴.
“이 악귀 같은 놈들!”
“이놈이 미쳤나? 내가 촌장이라고 봐줄 줄 알아?”
퍽—!
오직 악에 치받쳐 달려드는 장소삼의 가슴에 수아의 등을
떠밀던 험상궂은 자의 발이 박혔다.
“으악!”
덧없이 허공을 찌른 작살을 놓치고 나가떨어지는 장소삼.

험상궂은 자가 칼을 뽑아 들고 히죽 웃었다.

"이 어르신들이 오늘은 특별히 아무 짓도 하지 않고 돌아가려 했더니 기어이 피를 보게 만들겠다 이거지?"

"좋다!"

장소삼이 이를 악물고 벌떡 일어서며 소리쳤다.

"나를 죽여! 그 대신 수아를 놔줘라!"

"흐흐흐, 네놈의 모가지는 그냥 덤이다. 홍정거리가 되지 못해."

장한이 칼을 들어올렸다. 쨍, 하고 그것에 부딪친 햇빛이 몸부림치며 튕겨 나간다.

마을 사람들은 공포에 질렸다. 서로서로 부둥켜안은 채 외면해 버린다.

쾅!

팔뚝만 한 빗장이 수수깡처럼 부러졌다. 그리고 활짝 열리는 문.

"응?"

갑작스런 소리에 약탈자들이 멈칫하고 바라보았다.

하체는 밝은 빛 속에 드러나 있으나 상체는 그늘에 가려 있는 한 사람.

어둠 속에 이글거리는 두 개의 눈이 박혀 있는 듯하다.

"웬 놈이냐!"

우두머리인 텁석부리가 커다란 파풍도를 움켜쥐고 나서며

호통쳤다.

사내의 벌거벗은 상체가 천천히 어둠을 벗어낸다.

눈부신 바닷가의 햇살 아래 드러난 깡마른 몸과 늘어진 흑발.

검게 그을린 피부가 찰흙 같아 보이그, 단단하게 박혀 있는 가슴과 팔의 근육들이 꿈틀거린다.

뼈와 그것에 착 달라붙어 있는 근육들로만 이루어진 것 같은 몸뚱이에 텁석부리가 침을 꿀꺽, 삼켰다.

꺼림칙한 느낌이 든다. 하지만 그는 물러날 생각이 없었다.

"뭐야? 이제 보니 이것들이 짐승 같은 놈 하나를 숨겨놓고 있었구만. 저놈을 믿고 감히 반항했던 거냐?"

류.

그가 천천히 다가갔다. 다섯 늠의 눈길을 따갑게 받고 있지만 조금도 의식하지 않는다.

"너는 도대체 어떤 놈이냐? 우리가 누구인지 알고 나선 거냐?"

"관심없어."

"지금이라도 늦지 않았어. 돌아간다건 우리도 보지 못한 걸로 해주겠다."

"관심없어."

"흐흐, 꼭 죽어야겠단 말이지?"

"수아를 놔줘라. 그러면 돼."

“이 계집애 말이냐?”

소녀의 팔목을 움켜쥐고 있던 자가 그녀를 끌고 뒤로 물러섰다.

수아의 겁먹은 눈이 류의 얼굴에 못 박혔다.

너무 놀라고, 너무 의외의 일이라 소녀는 갑자기 벙어리가 된 듯했다.

“쳐라!”

다섯 걸음 앞까지 다가와 우뚝 선 류를 노려보던 우두머리가 버럭 소리쳤다.

“이야아아—!”

목청껏 고함을 지르며 달려드는 자들.

커다란 멧돼지가 씩씩거리며 돌진해 오고 있는 것 같지만 류는 움직이지 않았다.

정말 아무 상관도 없다는 듯 물끄러미 그들을 바라보기만 한다.

그의 눈은 번쩍이며 떨어지는 커다란 칼을 보고 있지 않았다. 다만 제 생각에 골몰해 있을 뿐이다.

움직임마저 불편하게 만들었던 갑작스런 가슴의 통증과 감쪽같이 사라져 버린 그것 때문이었다.

이상한 일이라는 생각이 든다.

쉬잇!

바람을 끊어내는 짧은 쇳소리.

류의 몸이 그것에 떠밀린 것처럼 부드럽게 비틀렸고, 첫 칼이 아슬아슬하게 그의 머리를 스치며 흘러나갔다.

류가 비틀었던 어깨를 바로 세우며 한 걸음 내딛었다. 바람에 밀려 부드럽게 누웠던 갈대가 다시 일어서는 것 같다.

씨잉—!

뒷목을 쳐오던 칼이 또 한 번 아슬아슬하게 지나갔고, 정면에 있던 놈이 한 걸음 물러섰다.

상대가 다가오는 만큼 물러서며 거리를 만드는 솜씨가 허술하지 않은 자. 텁석부리. 두목이다.

류의 눈이 처음으로 번쩍, 하고 빛났다.

그는 뒤에서 쫓아오는 자보다 언제나 한 걸음 빠르게 움직였고, 앞에서 거리를 만들고 있는 텁석부리와는 보조를 맞추었다.

"죽엇!"

주춤거리며 다섯 걸음이나 물러섰던 텁석부리가 분한 숨을 내쉬며 힘껏 칼을 휘둘렀다.

앞발이 한 걸음 나오는 것과 동시에 칼이 떨어진다.

그것을 보지 못한 듯, 류가 오히려 걸음을 크게 내딛었다.

그의 몸이 불쑥 움직여 텁석부리의 가슴에 붙을 듯 다가서 버린다.

"엇?"

거리를 빼앗긴 놈이 헛숨을 들이켜며 급히 칼을 거두려 했다.

그 순간 류의 어깨가 부드럽게 돌아갔다.

빠악!

놈의 턱에 부딪치는 강렬한 팔꿈치의 일격.

텁석부리가 비명도 지르지 못하고 허공에 붕 떠올랐다가 철퍽, 하고 처박혔다. 몇 번 꿈틀거리더니 잠잠해진다.

코 아래가 뭉개져 없어진 그건 더 이상 얼굴이 아니다.

숨 쉬는 기색이 없다.

즉사.

이상한 놈의 일격에 두목이 그 꼴이 된 걸 본 네 놈이 주춤 거렸다.

그리고 이번에는 내 차례라는 듯 류가 질풍처럼 움직였다.

빠악!

엉겁결에 칼을 들어 후려치던 놈의 머리통이 산산이 부서 져 사라지는 게 언뜻 보인다.

왼쪽에서 멈칫거리는 놈을 향해 류가 허리를 비틀었다. 그 것을 따라 접혀 올라가는 그의 발.

그가 몸을 땅과 수평이 되도록 기울인 것 같았는데 픽! 하 는 끔찍한 소리가 울렸다.

놈은 비명도 지르지 못했다. 무릎에 찍힌 가슴이 박살 난 뼈와 함께 안으로 쑥, 밀려들어 갔다.

빙글 돌아선 류의 두 손이 이번에는 오른쪽 놈의 머리통을 움켜쥐었다. 그것을 왈칵 잡아당기며 이마로 들이받아 버린다.

빠악!

네 번째로 들려오는 기음.

그놈은 얼굴 전체가 움푹, 함몰된 채 앞서의 놈들과 마찬가지로 천천히 뒤로 넘어갔다.

류가 천천히 돌아섰다.

"오, 오지 마!"

숨 한 번 쉬었을 만큼 되었을까?

눈 깜짝할 사이에 두목과 세 명의 동료를 잃고 혼자 남은 놈은 얼이 빠져 버렸다. 허깨비를 보는 듯한 류의 빠르고 맹렬한 움직임을 믿을 수 없었다.

그가 칼을 수아의 목에 들이대고 소리쳤다.

"한 걸음이라도 다가오면 이년의 목을 그어버릴 테다!"

류의 한 발이 천천히 앞으로 뻗는다.

놈은 수아의 목을 긋지 못했다. 그녀를 질질 끌며 정신없이 뒷걸음질칠 뿐이다.

"정말 이년이 죽는 꼴을 볼 테냐?"

"마음대로 해."

"뭐, 뭐라고?"

"대신 너를 죽여서 복수해 줄 테니까."

"지독한 놈."

홀로 남은 약탈자는 더 이상 물러설 곳이 없다는 걸 알았다. 모래밭 위로 밀려온 파도가 그의 발목을 핥았던 것이다.

"좋아! 다 함께 죽는 거야!"

그놈이 이를 악물었다. 수아의 목을 겨누고 있던 칼에 힘을 준다. 톱질하듯 소녀의 그 가냘픈 목을 그어버리려는 것이다.

그 순간 류가 땅을 박찼다.

파앙—!

한순간의 이동이다. 흐릿한 그의 잔상이 다섯 걸음 사이의 허공을 가득 메웠다. 그리고 반 토막 난 칼이 반짝이며 하늘 높이 튕겨져 올랐다.

땅!

그것이 부러지는 격한 울림은 뒤늦게 터져 나왔다.

어느새 류의 몸은 허공에 둥실 떠 있었다. 그놈의 머리통을 단단히 붙잡고 무릎으로 찍어버리고 있다.

빠악!

다섯 번째로 터져 나오는 끔찍한 기음.

마지막 놈이 박살 난 머리통을 건들거리며 밀려오는 파도 속으로 처박혔다.

수아는 서 있을 힘이 없고 정신이 없다.

털썩 주저앉아서 멍하니 류를 바라보기만 했다.

第五章

첫 싸움, 그리고 첫 입맞춤

第五章

"일 년에 두 차례씩 내려와 마을에서 식량을 강탈해 갑니다. 반항이오? 우리 꼴을 보시오."

"누가 반항을 하면 그 가족 모두를 죽여 버린답니다. 매년 죽어라고 그물질을 해서 결국 그놈들 먹여 살리는 꼴이지요."

"서쪽에 우뚝 솟아 있는 산이 보이지요? 맥량산(貊量山)이라는 건데, 저 속에 산채를 틀고 눌러앉은 지 벌써 십 년째라오."

"관군? 쳇, 그놈들이 더 지독한 도둑이라는 걸 몰라서 하는 말이오?"

한 번 말을 꺼내놓자 마을 사람들의 푸념이 지칠 줄 모르고 쏟아졌다.

"그나저나 이제 큰일 났소."

촌로가 한숨을 푹, 쉬고 한탄했다.

"낯선 젊은이가 벌집을 건드려 놓았으니……."

묵묵히 앉아 있는 류를 훔쳐보는 눈길에 불만이 가득했다.

"젊은이야 훌쩍 떠나 버리면 그만이겠지. 하지만 화(禍)는 남아서 고스란히 우리에게 돌아올 것 아니겠어?"

"제기랄, 난 뜰라우."

중년의 사내가 기다렸다는 듯 말했다.

"더 이상 이놈의 지긋지긋한 생활에 미련 따위는 없어."

"어디로 가려고? 무얼 해서 먹고살 건가?"

장소삼이 따지듯 다그쳐 묻자 중년 사내의 낯빛이 흐려졌다.

장소삼이 그를 달래듯 부드럽게 말했다.

"여기서 흔들리면 조상 대대로 지켜온 우리 마을이 무너지네. 언제까지 나쁜 날만 계속되겠어? 꾹 참고 기다리다 보면 우리에게도 좋은 날이 찾아오겠지."

"벌써 십 년을 기다렸소. 대체 언제라는 거요? 장 형님은 정말 그런 날이 올 거라고 믿는 거요?"

"십 년을 기다렸으니 그만큼 가까이 다가와 있지 않겠나? 어쩌면 저 문 앞에 와 있는지도 모르지."

“제기랄, 내일 날이 밝으면 당장 산채의 마귀들이 돌아오지 않는 놈들을 찾아서 떼거리로 몰려올 거야. 그럼 여기서 무슨 일이 벌어졌던 건지 금방 알게 되겠지. 설마 장 형님이 기다리고 있는 게 그놈들은 아니겠지?”

모두의 얼굴이 어두워졌다.

무사히 넘어갈 리 없다는 걸 굳이 말하지 않아도 모두는 절실히 느끼고 있었다.

어쩌면 이번 일로 인해서 몰죽음을 강하고 마을마저 사라져 버리게 될지도 모른다.

류는 묵묵히 그들의 말을 듣기만 했다.

삶의 터전을 버리는 일이 어디 쉬울 것인가. 그들은 새벽이 되어도 아무런 결론도 내리지 못할 것이다.

두려움과 애착 사이에서 방황하는 가여운 사람들.

그들이 갖지 못한 건 포악한 자에게 맞서 싸울 용기와 힘일 뿐이다.

그게 죄가 될 수는 없다.

활활 타오르는 모닥불만 바라보고 앉아 있던 류가 벌떡 일어났다.

이제는 둘러앉아 있던 사람들이 일제히 침묵을 지켰다.

그를 바라보는 눈에 불길이 이글거린다. 두려움, 그리고 원망이었다.

류는 그들을 외면하고 천천히 마을 뒤쪽의 언덕으로 향

했다.

별빛이 와르르 쏟아지는 밤이다.

류는 마을이 내려다보이는 언덕 위에 홀로 앉아 있었다.

등 뒤에 방풍림을 두었고 앞으로는 제법 넓은 자갈밭인데, 그 너머에 드문드문 이어져 있는 숲이 맥량산까지 닿아 있다.

새벽 안개가 천천히 발목을 적시며 흘러갔다.

옷자락이 모두 젖었고, 맨 땅에 주저앉아 있는 엉덩이가 축축하다.

바스락거리는 소리.

류는 그 기척이 누구의 것인지 잘 알고 있었다. 자기와 함께 이 적막한 곳에서 적막한 밤을 꼬박 샌 사람.

방풍림 속에 몸을 감추고 짐승처럼 웅크린 채 새벽 이슬에 젖고 있는 사람.

'돌아가.'

벌써 수십 번. 류는 마음속으로만 그렇게 말했다.

그 사람이 조심스럽게 다가오고 있었다.

"달아나세요."

류의 등 뒤에서 떨리는 음성으로 말한다.

류는 돌아보지 않았다. 그녀에게 완강한 뒷등을 보이며 여전히 앉아 있을 뿐이다.

"더 늦기 전에 달아나요."

드넓은 자갈밭 위에 아직 남아 스멀거리는 어둠을 바라보던 류가 천천히 고개를 돌렸다.

새벽 추위에 새파랗게 질린 입술을 갈달 떨고 있는 소녀. 어깨마저 가늘게 떨린다.

'왜?'

류의 눈은 그렇게 묻고 있었다. 수아가 그의 등을 향해 주춤, 한 걸음 더 다가섰다.

"죽을 거예요. 나는…… 당신이 죽는 게 싫어요."

"마을 사람들은?"

처음으로 흘러나온 음성. 차갑고 딱딱한 그것.

수아가 진저리를 치듯 몸을 부르르 떨었다. 망설이고 안타까워하는 기색을 감추지 못한다.

"그건, 그건……."

"네 아버지와 동생도 죽게 될 거야. 그건 괜찮다는 거냐?"

"싫어요!"

소녀가 세차게 도리질하며 소리쳤다.

"그들이 죽는 건 싫어요! 당신이 죽는 것도 싫어요!"

류가 어깨를 으쓱해 보였다. 소녀에게서 얼굴을 돌려 다시 제 앞을 바라본다.

입술을 악물고 그의 단단한 등을 노려보던 수아의 얼굴이 와락 다가온다.

뒤에서 그를 감싸 안고 젖은 등에 얼굴을 파묻은 수아가 기어이 와앙, 하고 울음을 터뜨렸다.

"나는 은혜를 입었다. 장 아저씨가 내 목숨을 구해주었고, 엿새 동안 너의 보살핌을 받았지. 언제 신세를 갚을 것인가 하고 생각했는데 그날이 빨리 온 것뿐이야."

"당신은 죽게 될 거예요."

"그런 건 생각하지 않아. 내가 할 수 있는 일만 생각할 테다."

"죽음이 코앞에 닥쳐도요?"

"죽으면 할 수 있는 일도 없게 되겠지. 어쩌면 그게 더 나을지도 몰라."

등에 닿아 있는 소녀의 볼이 따뜻해지고 있다.

잠시 침묵하던 그녀가 다시 말했다.

"아버지와 동생을 데리고 함께 달아나요."

"마을 사람들은?"

"그들에게도 달아나라고 하지요 뭐."

"이곳은 너와 네 아버지, 그리고 마을 사람들이 뿌리를 내린 곳이 아니냐?"

"그래요."

"네가 말했지, 나무는 뿌리내린 곳에서 묵묵히 산다고."

"이제는 나무가 싫어졌어요."

"제 운명을 선택할 수는 없어. 선택은 언제나 그것이 한다."

“모르겠어요.”

“약속하지. 나는 죽지 않아.”

“정말인가요?”

“나에게는 내 운명 말고도 몇 개의 운명이 더 있거든. 그러니 죽고 싶어도 죽을 수가 없어.”

“무슨 말인지 모르겠어요. 하지만 한 가지는 확실히 알아요. 당신은 떠날 거죠? 잠시 나뭇가지에 앉아 날개를 쉰 새처럼 자유롭게.”

“운명이 나를 그렇게 이끌고 있구나. 제가 원하는 곳으로 데려가려고 저기 저렇게 서서 기다리고 있어.”

“그곳이 어딘가요?”

류의 눈빛이 아득해졌다. 한참 만에야 그가 천천히 말했다.

“강호.”

수아의 침묵에 안타까움이 실려 있었다.

등짝이 허전해진다. 그녀가 얼굴을 뗀 것이다. 물러앉는 소녀의 기척.

그리고 저 멀리, 희미하게 밝아오는 자갈밭 너머의 숲에 사람들의 형체가 아스라이 보이기 시작했다.

수아의 얼굴이 새파랗게 질렸다.

류가 무심한 눈길로 그런 수아를 바라보았다.

어서 돌아가라고 재촉하는 눈빛이다.

수아가 이를 악물었다.

"나는 여기에서 당신을 지켜보겠어요. 그러다가 당신이 죽으면 함께 죽겠어요."

"……!"

"이제는 나와 마을 사람들 모두의 운명이 당신 손에 달려 있잖아요. 당신이 죽으면 그들도 모두 죽어요. 산적 놈들에게 끌려가 욕을 당하느니 당신 곁에서 죽는 게 행복할 거예요."

"그렇다면 마음대로 해."

류의 대답은 무심하기만 했다.

이를 악물고 노려보듯 한참 동안 바라보던 수아가 홱 돌아서더니 방풍림 속으로 달려 들어갔다.

*　　　*　　　*

우성촌으로 식량을 가지러 갔던 자들이 돌아오지 않았다.

거기에는 그놈들이 모두 달아났거나 죽었다는 두 가지 이유밖에 없을 것이다. 하지만 석연치가 않았다. 그래서 산채의 소두령이자 한때는 강호의 악당으로 이름을 날렸던 삼수귀검(三水鬼劍) 낙칠명(樂七明)은 그 원인에 대해서 곰곰이 생각해 보았다.

그리고 다른 결론을 내렸다.

다섯 놈이 모두 작당해 달아났을 리는 없고, 그럴 놈들도 아니다.

또한 저마다 칼질이며 주먹질에 이골이 나 있는 놈들 아니던가. 그런 그들을 죽일 만한 자라면 고수를 떠올릴 수밖에 없었다. 하지만 이런 궁벽한 곳에 강호의 고수가 얼쩡거리고 다닐 리가 없다.

'우성촌 놈들이 겁도 없이 관에 고자질을 했단 말인가?'

낙칠명은 그런 결론을 내렸다. 멋모르고 우성촌에 들어갔던 자들이 매복해 있던 관병들을 만나 모두 잡혀갔으리라는 것이 가장 타당한 추측이다.

낙칠명은 그동안 고분고분하던 우성촌 놈들이 간덩이가 부은 모양이라고 생각했다.

그렇다면 뼈아픈 교훈을 내려줄 수밖에 없다.

맥량산 인근 삼십여 개의 부락을 세력권에 넣고 있는 산채로서는 그들에게 본때를 보여주어야 했다. 이 일을 흐지부지하게 처리했다가는 다른 마을도 우성촌을 닮아갈 것이기 때문이다. 그렇게 되면 산채의 위엄은 물론 활동에 막대한 지장이 생기지 않겠는가.

그래서 낙칠명은 직접 수하들 대부분을 이끌고 산에서 달려 내려왔다.

소황평(小荒坪)이라고 불리는 자갈밭을 건너는데 우성촌으로 들어가는 언덕 위에 우뚝 서 있는 자가 보였다.

'수상한 놈이다.'

낙칠명은 류가 뿜어내고 있는 적의를 느꼈다.

낯선 얼굴이다. 그래서 잠깐 망설였지만 곧 피식, 하고 웃었다.

어쩌면 아무것도 모르는 우성촌의 촌것들이 강호의 낭객 한 놈을 초빙해 온 건지도 모른다는 생각이 들었다.

'이것들이 관과 내통하더니 이제는 강호의 떨거지까지 끌어들여?'

그런 노여움이 솟구쳤다.

상관없다. 그렇다면 죽여 버릴 뿐이다. 누구인지는 알 필요도 없다. 죽이고 곧장 마을을 짓밟아 버리면 오늘 일과는 끝이다.

낙칠명은 한 놈도 살려두지 않으리라고 다짐했다. 오늘 날짜로 우성촌은 세상에서 영영 사라져 버리는 것이다.

저 언덕 위의 철없는 놈은 몇 대의 화살이면 충분할 것이다. 약탈에 앞서 부하들의 사기를 높여주는 좋은 제물이 되리라.

"쏴! 고슴도치를 만들어 버려!"

스무 명이다.

모두 말을 타고 있었다. 창과 활을 지닌 자도 있고, 커다란 도끼와 유성추를 지닌 자도 있다.

자갈밭을 거침없이 달려오는 말발굽 소리가 새벽의 적막

을 요란스럽게 깨뜨렸다.

류는 언덕 위에 우뚝 서서 한 줄로 길게 늘어져 파도처럼 밀려오고 있는 자들을 무심하게 바라보았다.

시잇!

허공을 찢는 휘파람 소리.

슬쩍 머리를 기울이자 한 대의 화살이 뺨을 스치고 지나갔다.

쉬이이이—

그 뒤를 따라 밀려오는 요란한 파공성들.

십여 개의 화살이 온몸을 꿰뚫을 듯이 밀어닥쳤다.

류가 허리를 조금 낮추는가 싶더니 두 어깨를 부드럽게 움직였다. 파도가 솟구치는 것 같다.

활짝 편 두 팔이 바람을 맞는 나뭇가지처럼 흔들렸다. 젖은 옷자락이 펄럭이고 허공에 큰 원을 그리며 엇갈린 두 손의 곡선이 춤을 추듯 우아하다.

퉁, 퉁, 퉁!

세 대의 화살이 그 손짓에 맞아 튕겨 나갔다. 성큼 뻗어내는 발이 또 한 대를 걷어냈고, 조금 빠르고 좁게 그리는 두 손의 원 속에서 나머지 화살들이 기세를 잃었다.

투두둑거리며 떨어지거나 튕겨 나가는 그것들.

그리고 이파(二波)의 화살들이 밀려들었다.

"정지!"

낙칠명이 급히 말고삐를 잡아채며 한 손을 번쩍 들었다.

히히히힝—

그의 말이 신경질적으로 앞발을 번쩍 들고 높이 울어댔다. 달려온 제 힘을 이기지 못하고 주춤거리며 몇 걸음을 더 나아가고 나서야 겨우 멈추어 선다.

뒤따라 달려온 자들이 일제히 말을 멈추느라 한동안 소란이 일었다.

"이상한 놈이다."

낙칠명이 머리를 갸웃거리며 중얼거렸다.

화살들을 모두 튕겨내는 류의 움직임이 예사롭지 않았다. 멀리서도 그 가볍고 경쾌하며 절도있는 솜씨가 뚜렷이 보였던 것이다.

'고수?

그렇게밖에는 생각되지 않았다. 그렇지 않고서야 저런 움직임을 보일 수 있을 것인가.

녹록치 않은 고수가 분명하다.

저런 자가 왜 이 궁벽한 어촌에 와 있는 건지 혼란스러웠다.

비로소 경계하는 마음과 함께 호기심이 생겼다.

"가봐라. 웬 놈인지 알아봐."

부하 한 놈이 명을 받고 말을 달려나갔다. 언덕 아래에 서서 소리친다.

"너는 누구냐?"

류에게서는 대답이 없었다. 우뚝 서서 내려다볼 뿐이다.

나를 쓰러뜨리지 않고는 한 늠도 이 언덕을 넘어갈 수 없다는 의지만 보인다.

"우리는 맥량산의 호걸들이다! 어제 소두령 한 명이 수하들 몇을 데리고 이 너머의 마을로 갔는데 오지 않았다. 너는 그 이유를 아나?"

"죽었다."

"무엇이?"

"너희들도 모두 그렇게 될 것이다."

"네가 했단 말이냐? 왜?"

류가 다시 입을 꾹 다물었다. 번쩍이는 눈으로 지그시 쏘아볼 뿐이다.

"너 혼자냐?"

"……."

"이름은?"

"류."

"류?"

놈이 머리를 갸웃거렸다.

그자가 말 머리를 돌려 동료들에게 돌아가는 걸 보던 류가 슬그머니 발밑에 쌓아두고 있던 차돌 몇 개를 움켜쥐었다.

어젯밤, 이곳에 오기 전 바닷가에서 주워온 것들이었다. 크기가 작은 달걀만 하고 쇳덩이처럼 단단하다.

"혼자랍니다."

"나도 들었어."

"저놈 말대로 왕 두령과 그를 따라갔던 네 명은 모두 죽은 것 같군요."

삼수귀검 낙칠명이 눈살을 찌푸렸다.

"어떻게 할까요?"

"류라……."

아무리 기억을 더듬어봐도 들어본 적이 없는 이름이다.

제 본명을 밝히고 싶지 않아서 거짓말을 한 건지도 모른다.

어쨌든 상관없지 않을까? 하고 생각했다. 절대로 용서할 수 없는 놈이다.

"죽여 버려!"

낙칠명의 명령에 무리들이 일제히 말을 달려나갔다. 이쪽은 스무 명이다. 고작 한 명을 두려워할 이유가 없다.

언덕을 거침없이 뛰어올라 오는 말들.

류가 손 안에 감추어두고 있던 차돌을 힘껏 던졌다. 바람을 가르고 날아간 그것이 앞선 말의 머리통을 때렸다.

퍽! 하는 소리와 함께 단단한 뼈를 부수고 박혀 버린다.

말이 비명을 지르지도 못하고 풀썩 고꾸라졌다.

곁에서 세 필의 말이 거의 동시에 그처럼 고꾸라진다.

류가 던지는 차돌멩이는 한 번도 빗나가는 법이 없었다. 날아가는 갈매기를 맞혀 떨어뜨리던 돌팔매질인 것이다.

고산도에서 홀로 살아가던 지난 십 년 동안 류는 먹이를 구하기 위해 돌팔매질을 해왔다. 그게 몸에 익어서 지금은 십 장 안에서라면 그 무엇도 놓치지 않을 만큼 되었다.

빠르고 정확하며 강렬한 그것에 순식간에 다섯 필의 말이 쓰러지고 그것을 몰던 다섯 놈이 언덕 아래로 굴러 떨어졌다.

뒤따르던 자들이 주춤거리고 우왕좌왕하느라 거칠 것 없던 기세가 다 사라져 버렸다.

언덕 아래로 물러난 놈들은 더 이상 말을 달려 올라갈 엄두를 내지 못했다.

낙칠명이 신음성을 흘렸다. 다섯 필의 말을 잃었다는 건 막중한 피해다.

"죽일 놈."

이를 부드득 간 그가 다시 부하들에게 소리쳤다.

"올라가! 가서 저놈의 목을 가져와라!"

수하들이 말을 버리고 고함을 지르며 일제히 언덕을 향해 뛰었다. 그들이 뽑아 든 병장기가 새벽빛을 받아 날카롭게 번쩍였다.

씨잉—

차돌이 날아온다. 앞장섰던 거구의 턱석부리가 재빨리 칼을 휘둘렀다. 창! 하는 소리와 함께 그것을 쳐내고 어떠냐는 듯 우쭐거리는 순간 퍽! 하는 소리가 났다.

"으악!"

뒤따라온 차돌멩이에 오른쪽 빗장뼈가 으스러진 텁석부리가 칼을 놓친 채 비명을 지르며 굴러 내려갔다.

퍽! 퍽!

두 개의 차돌이 이번에는 두 놈의 정수리를 깨뜨리고 박혀버렸다. 말의 머리통을 깨뜨리던 힘이니 사람의 뼈가 당할 수 없는 게 당연하다.

두 놈이 비명도 지르지 못하고 굴러 떨어졌고, 다시 한 놈이 얼굴 복판에 차돌멩이를 박아 넣은 채 쓰러졌다.

그렇게 몇 놈을 쓰러뜨리는 동안 나머지 놈들은 무사히 언덕 위로 뛰어올라 왔다.

첫 번째 칼이 류의 정수리를 노리고 무지막지하게 떨어졌다.

류는 그것을 무시한다.

머릿속에서 자신을 중심으로 사방 반 장의 공간을 잘라내고 그 안에 보이지 않는 선을 이리저리 어지럽게 그어놓았다.

거미줄처럼 촘촘하게 그려진 보이지 않는 선과 선의 교차점.

그곳에 목표가 걸린 순간 그는 재빨리 움직여 그것을 찍고 때린다.

거미줄.

류는 자신의 의념(意念)으로 쳐놓은 반 장 넓이의 그 거미줄을 지배하는 독거미였다.

걸린 먹이를 놓치는 법이 없다.

쉿!

그의 주먹이 거미줄을 따라 뻗어나갔다.

쾅!

얼굴이 으스러진 자가 뒤로 벌렁 나가떨어졌고, 류의 눈과 감각은 거미줄에 이어져 있는 제 날카로운 신경을 따른다.

출렁, 하고 그것에 반응이 왔다. 뒤쪽이다.

유성추가 쇠사슬을 풀며 무섭게 날아들고 있었다.

류가 '욱!' 하고 힘을 주어 등을 불쑥 내밀었다.

쾅!

굉장한 충돌음.

그의 등을 때린 유성추가 바윗덩이에 부딪친 것처럼 튕겨 나갔다. 그리고 뒤로 휙 돌린 류의 손아귀에 쇠사슬이 쩔그렁거리며 잡혔다.

"어?"

유성추를 던졌던 자가 외마디 소리를 질렀다. '저놈은 등짝에 철갑이라도 둘렀단 말인가?' 하는 의문이 스쳐 간다. 그리고 무지막지하게 끌어당기는 힘에 놀랐다.

그자는 쇠사슬을 놓아버릴 새도 없이 끌려갔고, 위험을 느겼을 때는 이미 류의 발뒤꿈치에 턱이 와작, 깨지고 있었다.

반 장의 공간.

류는 그것을 철저히 지배했다. 조금의 침입도 허락하지 않았다. 그 안에 들어오는 것들은 무엇이 되었든 그의 손과 발과 몸뚱이의 공격을 받아야 했다. 피할 수 없이 재빠르고 맹렬하며 힘찬 것.

류는 언제나 사방 반 장의 공간 중심에 위치했다. 그 공간을 이끌고 이리저리 옮겨 다닐 뿐이다.

두 놈이 얼굴이 으깨져서 언덕 아래로 굴러 떨어졌고, 한 놈은 휙, 돌아서기 무섭게 찔러온 류의 두 손가락에 눈알이 뽑혔다.

옆구리를 벼락처럼 찔러오는 검. 그러나 반 장의 공간 속에서, 류가 그려놓은 수많은 선에서 벗어나지 못한다. 류의 강철처럼 단단하게 단련된 억센 손이 그것을 움켜쥐어 버렸다.

잘 벼려진 예리한 날도 소용없다.

창!

검이 부러졌다. 검자루를 쥐고 있는 자가 자신의 검끝이 돌아와 자신의 가슴에 박히는 걸 어리둥절하게 바라보았다.

시잇—!

짧게 바람을 끊으며 어깨에 떨어지는 또 한 자루의 칼.

류가 몸을 살짝 기울이며 좍 편 손날로 그것을 후려쳤다.

땅! 하는 날카로운 울림.

한 치 두께의 파풍도가 도끼에 맞은 듯 맥없이 부러져 날린다.

그리고 류의 빙글 돌아가는 어깨가 다른 손을 이끌었다. 칼처럼 펴진 손날이 그놈의 목덜미를 찍는다.

픽!

혈관이 터져 버리고 목뼈가 부러졌다.

뚜둑, 하는 그 끔찍한 소리의 여운이 가시지도 않았는데 류는 다시 왼쪽으로 움직여 나가고 있었다

반 장의 공간 속으로 들어온 또 한 놈의 창. 그것을 옆구리에 끼워 잡으며 걷어찬 그의 발등에 놈의 낭심이 걸렸다.

"끄아악!"

고통을 참지 못하는 참혹한 비경.

고환이 터지고, 치골마저 으스러져 버린 놈이 눈을 까뒤집으며 뒤로 넘어갔다.

류의 움직임은 질풍 그것이었다. 거침이 없다.

두어 번 숨을 바꾸어 쉬는 사이에 열두 명이 죽거나 회복 불능의 중상을 입고 널브러졌다.

언덕에 올라와 있던 낙칠명은 넋이 빠져 버렸다.

"이, 이, 이게…… 대체……."

저런 걸 뭐라고 해야 할지, 저런 무공이 있기는 한 건지, 아니, 저럴 수가 있는 건지 믿을 수 없다.

남은 자들이 더 이상 류에게 다가갈 엄두를 내지 못하고 주

춤주춤 물러섰다.

칼과 창, 검과 도끼를 쥐고 있지만 다 소용없다.

류는 숨결 하나 가빠져 있지 않았다. 두 손을 무릎 아래로 늘어뜨린 채 조용히 서서 아침 바람을 맞고 있었다.

방금 눈앞에서 그 참혹한 피비린내를 뿌린 자라고 누가 믿을 것인가.

"너, 너는 누구냐?!"

낙칠명이 경악으로 눈을 부릅뜬 채 소리쳤다.

의식을 이완시켜 맹렬하게 움직인 근육의 긴장을 느슨하게 하고 있던 류가 천천히 그를 돌아보았다.

"류."

"네놈의 진정한 정체 말이다!"

"나는 나다. 더 이상 무엇이 필요한가?"

"좋다. 하지만 이건 꼭 알아야겠다! 그, 그건 대체 뭐라는 무공이지?"

"이름 따위는 없어."

"거짓말! 소림의 나한권이나 아미의 복호권이라고 해도 그처럼 격렬하고 위력적이지 못할 것이다. 그런데 이름도 없는 무공이라고?"

"뭐라고 지껄여도 좋다."

비웃는 듯한 눈길. 그것이 '곧 네놈도 뒈질 테니까' 라고 말했다.

두려움이 척추를 훑고 달려간다.

하지만 그게 오기가 되어서 낙칠명의 가슴을 달구었다.

한때는 흑도무림에서 제법 어깨를 거들먹거리며 살지 않았던가.

비록 이곳까지 쫓겨와 겨우 산채에 빌붙어 목숨을 보존하고 있을망정 과거의 악독한 심사마저 물러진 건 아니다.

"이야압!"

삼수귀검 낙칠명의 기합 소리가 새벽 벌판을 뒤흔들었다.

남은 자들은 여덟 명.

스무 명을 이끌고 기세등등하게 산에서 내려왔는데 반도 살아남지 못했다. 그것도 단 한 명에게 당했으니, 이 바닥에서 쌓아 올린 자신의 명성은 오늘로 끝이다.

낙칠명은 류라는 이 무지막지한 놈을 죽이지 못하면 차라리 죽는 게 낫다고 생각했다.

독한 마음이 독한 살기로 맺힌다. 그리고 그것이 고스란히 검끝으로 토해졌다.

그가 자랑하는 삼 초식의 귀영검법(鬼影劍法)은 강호에 그 이름이 제법 알려진 절기였다.

빠르고 어지러운 데다가 죽기를 각오한 힘이 더해지니 강렬하기까지 하다.

그것이 종횡으로 어지럽게 검광을 뿌리며 류의 전신을 노렸다.

그 앞에 온통 드러난 류의 몸은 무게가 없는 것 같았다. 목화 솜 한 올이 바람에 이리저리 날리듯 검봉이 뻗어내는 살기에 떠밀려 이리저리 흘러간다.

그러니 낙칠명이 아무리 기를 써도 그의 검은 류의 가슴 앞 한 치 되는 곳에 머물 뿐이었다. 조금도 더 나오지 못한다.

제삼초, 분귀위옥(紛鬼爲獄)이 끝났다. 그리고 초식을 바꾸기 위한 촌각의 머뭇거림. 류의 예민한 감각이 그것을 놓칠 리 없다.

땅!

그의 단단한 손이 물러가는 낙칠명의 검신을 두드렸다.

그것이 철금의 현(絃)처럼 요란하게 진동하며 웅웅거리는 울음을 토했다.

팔목을 저리게 하고 가슴으로 퍼져 나가는 진동.

낙칠명이 크게 놀라 물러섰다. 하지만 그는 류가 펼쳐 놓은 반 장의 그물 밖으로 한 걸음도 빠져나가지 못했다.

류가 미끄러지듯 다가서며 다시 손을 불쑥 뻗었다.

"헛!"

놀란 낙칠명이 급한 중에 본능적으로 검을 쭉, 뻗어 가슴을 찔렀다.

류의 가슴이 바람을 맞은 풍경(風磬)처럼 빙글 돌아갔다. 따라랑거리는 낭랑한 소리. 류가 잔뜩 말아 쥐었던 손가락 네 개를 차례로 펴며 가슴을 스치고 지나가는 검신을 두드린 것이다.

팔목을 타고 올라오는 또 한 번의 진동이 낙칠명을 혼비백
산하게 했다.

그리고 갈퀴 같은 다섯 개의 손가락에 목줄기를 잡혔다.

억세고 차갑기가 쇳덩이 같은 것.

낙칠명의 두 눈이 튀어나왔다. 절로 혀가 내밀어지고 혈관
이 터질 듯 부푼다.

남은 놈들은 감히 달려들 엄두도 내지 못했다. 산채의 소두
령이자, 검법의 고수로 이름을 날리는 삼수귀검 낙칠명이 단
번에 저 괴이한 장발청년의 손에 잡혀 무기력해졌다는 게 믿
어지지 않는다.

"겨우 이것밖에 되지 않는 거냐?"

류가 눈살을 찌푸리고 물었다. 낙칠명은 대꾸하고 싶어도
그럴 수가 없었다.

숨이 목줄기에서 딱 멎자 폐가 불덩이를 담아놓은 것처럼
달구어졌는데, 그 고통을 견디지 못하고 끅끅댈 뿐이다.

류는 고산도에서 나온 후 처음으로 다른 사람과 싸워보았
다.

어제 오후, 마을에서 다섯 명의 졸개와 싸운 건 싸움이라고
치지도 않았다.

고수라고 할 만한 자.

삼수귀검 낙칠명은 충분히 그런 느낌을 전해주었다.

그런데 막상 손을 섞자 실망스러웠을 뿐이다. 겨우 세 번 팔을 휘둘러 그의 멱줄을 움켜쥐지 않았던가.

'어디까지인가?'

문득 자기 자신에 대해서 그런 의문이 들었다.

십 년 동안 외딴 섬에 스스로를 가두고 수련이라는 이름하에 극한으로 육체를 괴롭혔다.

그리고 천 번, 만 번 거듭해 머릿속에서 구양진결을 끄집어냈다.

아직도 그게 무엇인지, 어떤 힘을 감추고 있는 건지 모른다. 하지만 일부의 움직임은 느꼈다.

그것은 깨달음과는 다른 무엇이었다.

느낌이다.

돌이켜 보면 사부의 문하에서 지낸 날들은 고작 삼 년에 불과했다.

사부는 구양진결을 익히기 위해 폐관한 것과 다름없이 두문불출했고, 사형들은 자신들의 수련에 매진하느라 쉴 틈이 없었다.

류는 그들이 어쩌다 한 가지씩 가르쳐 주는 사문의 기초적인 심법과 보법, 검법이며 권장법을 겨우 배웠을 뿐이다.

하지만 류는 그것으로 족하다고 생각했었다.

적어도 이제는 자신을 '거지새끼'라고 부르는 사람은 없을 것이기 때문이다.

그래서 무공 따위는 어찌 되었든 상관없었다. 사형들이 어울려 놀아주는 걸 더 좋아했지, 그들이 엄하게 꾸짖으며 가르쳐 주는 건 별로 기뻐하지 않았던 것이다.

그래서 겨우 사문의 기본 투로와 심법을 익혔을 뿐이니, 무학이라고 하는 무공의 지고한 도리나 원리에 대해서는 알 리가 없었다.

그런 그에게 구양진결은 깨닫는 게 아니라 그저 외우고 또 외워서 잊지 말아야 하는 한(恨) 같은 것이었다.

그런데 수천, 수만 번 외우고 또 외우는 동안 어떤 느낌이 왔다.

깨달음과는 전혀 다른 무엇.

류는 제가 몸으로 체득한 그것을 무엇이라고 불러야 할지 몰랐다. 하지만 그 느낌은 지금 그를 이렇게 만들어놓았다.

'나는 과연 어디까지 싸울 수 있을까?'

숨이 끊어져 가는 낙칠명의 핏발 선 눈을 들여다보며 문득 그런 의문을 가졌다.

제가 싸우는 이 방법이 무공이라고는 생각하지 않았다.

류가 생각하는 무공이란 적어도 사부나 사형들이 펼쳐 보이던 검법이나 권각법처럼 체계적이고 아름다우며 훌륭한 것이어야 했다.

류는 그런 것을 모두 잊어버렸다. 그가 생각하는 무공을 잊어버린 것이다.

그 대신 그는 곤충의 촉수처럼 예민해진 감각과 본능에 가까운 움직임, 그리고 야수 같은 흉포함과 힘을 갖게 되었다.

이건 기술이라고도 할 수 없다고 생각했다.

먹이를 노리는 사마귀나 거미의 움직이며, 굶주린 맹수의 살기 같은 것일 뿐이다.

하지만 류는 자기에게 익숙해진 그 감각으로 싸우기 위해 고산도를 나온 것이다.

앞으로 얼마나 많은 날들이 있을지 모른다. 내일이 마지막이라고 해도 끝나는 그 순간까지는 싸울 것이다.

그렇게 생각하자 다시 드는 의문.

'나는 과연 어디까지 싸울 수 있을까?

나는 과연 어느 정도의 경지에 이른 고수까지 상대할 수 있을 것인가? 하는 의문으로 이 통쾌한 싸움이 조금도 즐겁게 여겨지지 않았다.

남은 놈들이 뒤도 돌아보지 않고 달아났다.

류는 서두르지 않았다. 어차피 잠시 뒤에는 다시 만나게 될 테니까.

"봤지?"

그가 손을 툭툭 털며 말했다. 등 뒤의 방풍림 속에서 수아가 주춤주춤 걸어나왔다. 아까와는 다른 의미로 얼굴이 새파랗게 질려 있다.

"당신은…… 무서운 분이군요……."

어제 오후, 순식간에 다섯 경을 때려죽였을 때 짐작했다. 하지만 지금 본 그의 모습은 그때와는 비교할 수 없이 강렬했다.

먹이를 덮치는 야수의 그것.

조금의 인정도 사정도 없다. 오직 필살의 난폭함과 잔인함만 있을 뿐이다.

수아는 그런 류의 모습을 보았다.

새벽 여명의 바닷가를 홀로 서성이던 그 쓸쓸한 사내가 아니었다.

"이제 떠날 건가요?"

그녀가 떨리는 음성으로 물었다. 류는 애써 무심함을 가장했다. 턱짓으로 맥량산을 가리키고 억양마저 감춘 채 말한다.

"남아 있는 놈들이 있잖아. 살려두면 다시 내려오겠지. 그러면 네 말처럼 마을 사람들 모두 죽게 될 거야."

"이제는 믿겠어요, 당신이 죽지 않으리라는 걸."

"돌아가서 아버지와 마을 사람들에게 알려라. 두려워하지 않아도 된다고."

"한 가지만 물어도 되나요?"

류를 바라보는 그녀의 얼굴이 어느덧 간절해져 있었다. 물기를 담고 있는 그 맑은 눈이 류의 가슴을 아프게 찔렀다.

"돌아오실 건가요?"

대답할 수 없다.

"말해주세요, 제발."

다가온 수아가 류의 옷깃을 붙잡았다. 눈물이 곧 흘러내릴 듯한 눈.

"기다려도 되나요?"

"언제가 될지 몰라."

"그럼 오시겠다는 거로군요?"

그녀의 볼을 타고 기어이 눈물이 흘러내렸다. 하지만 그녀의 얼굴은 더 이상 불안으로 어두워져 있지 않았다. 활짝 웃는다.

"그러면 돼요. 언젠가는 돌아오신다는 것. 그것만 있으면 돼요."

소녀가 갑자기 두 팔을 뻗어 류의 목을 잡아당겼다. 깜짝 놀랄 만큼 강한 힘이다. 그녀의 열망인 것이다.

류의 건조한 입술에 그녀의 보드랍고 따뜻한 입술이 닿았다.

짜르르한 무엇이 심장을 뚫고 나가는 듯한 느낌.

류는 꼼짝하지 못했다. 팽팽한 긴장으로 굳어 있던 온몸이 물먹은 솜처럼 풀려 버렸다.

깊고 깊은 꿈속으로 빠져 들어가는 것 같은 나른함.

그는 그렇게 소녀의 두 팔에 사로잡힌 무엇이 되어서 눈을 부릅뜨고 코앞에 있는 그녀의 눈을 보았다.

류와 눈길이 마주치자 질끈 감아버린다.

“기다리겠어요.”

빠르게 속삭인 그녀가 돌아서서 방풍림 속으로 뛰어들어
갔다.

류는 멍하니 소녀가 사라진 허공을 바라보았다. 입술에 남
아 있는 달콤한 감촉이 비로소 뜨거워지고 있었다.

깜짝 놀란다. 이글거리는 숯불 하나가 입술에 달라붙어 있
는 것 같다.

첫 입맞춤인 것이다.

第六章
두 개의 만남

第六章

"으앗!"

또 한 놈이 류의 팔꿈치에 맞다 안면이 박살 난 채 나가떨어졌다.

류는 벼락이었다. 누구도 그것을 잡을 수 없고 피할 수 없다.

잠깐 멈추어서 숨을 돌리는 순간, 그것을 노리고 한 대의 화살이 유성처럼 날아들었다.

뒤통수에 와 닿는 서늘한 느낌.

류가 홱, 돌아섰다. 뺨을 스치고 지나가는 화살을 알아볼 만큼 빠르고 밝은 눈이다. 그것이 다시 살을 먹이고 있는 놈을 찾아냈다.

십 장 밖이다.

피잉—

류의 손에서 차돌멩이가 날았다. 그가 언제 주머니 속을 더듬었는지 알아본 자가 없다.

손을 뻗었고, 차돌은 처음부터 그의 손바닥의 일부였다가 튕겨져 나간 것 같았다.

이마 한복판에 차돌이 박힌 놈이 눈을 부릅뜨고 뒤로 넘어갔다. 그리고 류가 땅을 박찼다.

빠악!

그를 가로막던 놈의 관자놀이가 무릎에 찍혀 부서질 때 류는 쓰러지는 놈의 어깨를 박차고 가볍게 도약해 동굴 앞에 내려서고 있었다.

산적들의 소굴.

골짜기를 타고 올라오는 동안 다섯 명을 가볍게 해치웠다. 모두가 일격씩을 먹였을 뿐이다.

그리고 시커먼 입을 쩍 벌린 동굴 앞에 우뚝 서 있다.

안쪽, 음침한 어둠 속에서 감탄성이 터져 나왔다.

"과연 대단한 놈이다. 무섭다."

"나올 테냐? 아니면 내가 들어갈까?"

"흐흐흐, 어린놈, 너무 자만하지 마라. 이 삼패왕(三覇王) 장견두(張犬頭)님을 우습게보면 안 되지."

곰 한 마리가 동굴 속에 웅크리고 앉아서 웅얼거리는 듯한 음성이었다.

느물거리는 여유 속에 기운이 충만하게 실려 있고, 적당한 살기와 관록도 담겨 있다.

그리고 횃불 같은 두 개의 눈이 보였다. 강렬한 빛을 쏘아 낸다.

쿵쿵거리는 발소리.

류는 이곳에 산적들의 소굴이 있다는 것만 알 뿐, 괴수가 어떤 자인지 알지 못했다.

가슴의 상처에 불쑥 맹렬한 통증이 찾아오기 시작했다.

'이상한 일이다.'

류는 다시 한 번 제 자신의 그런 고통을 이상하게 바라보았다.

어제 오후, 다섯 놈의 약탈자들 앞에서 분노로 떨었을 때 느껴지던 통증. 그리고 지금 동굴에서 나오고 있는 자를 앞에 두고 갑자기 찾아오는 통증.

류는 이것들이 어떤 관련이 있는지 이해하지 못했다.

그가 입술을 악물어 고통을 눌러 참고 있을 때 드디어 그자가 모습을 드러냈다.

'곰?'

류는 언뜻 그 생각부터 했다. 얼떨떨하고 기가 막힌다.

커다란 불곰 한 마리가 두 발로 버티고 서 있는 것 같은 사내였다.

곰 가죽을 옷 대신 머리에서부터 뒤집어쓰고 있기 때문이기도 하지만, 그자의 체구와 번쩍이는 눈 탓이었다.

누리고 비릿한 냄새가 풍겨 나오는 것 같기도 했다.

입을 쩍 벌리고 날카로운 이빨을 드러낸 곰 대가리를 투구처럼 쓰고 있었다. 그래서 더욱 그런 착각을 하게 된 것인지도 모른다.

무지막지해 보이는 낭아봉(狼牙棒) 들고 있는 거구의 사내. 그가 붉은 입을 벌리고 소리없이 웃었다.

"탓!"

그 순간 류가 땅을 박찼다. 무어라고 말을 하려고 입을 움찔거리던 놈의 뺨에 류의 발끝이 걸렸다.

퍽!

몽둥이로 모래 자루를 후려친 것 같은 소리가 터져 나왔다.

여기에 오기까지 모두 한 방에 보내 버렸던 류의 주먹이고 발길질이었다. 정통으로 걸린 자는 살아남지 못했다.

그러나 스스로를 삼패왕 장견두라고 한 괴한은 그렇지 않았다.

움찔, 하고 옆으로 한 걸음 옮겨 섰을 뿐 끄떡없다.

게다가 퉁방울 같은 두 눈을 끔벅거리며 씩, 웃는 것이 아닌가. 입 안이 터져서 붉은 피가 이빨을 물들이고 있는 모습이 끔찍함을 더해주었다.

"기습이라 이거냐?"

손등으로 선혈을 쓱, 문질러 닦은 놈이 '우억!' 하고 굉장한 소리를 터뜨렸다.

백 근은 나가 보이는 낭아봉이 무지막지하게 허공을 가르고 떨어진다.

꽝!

류가 가벼운 몸짓으로 비켜서자 그것이 애꿎은 바윗돌을 후려쳤다. 요란한 소리와 함께 장정의 몸통만 한 바위 한 면이 가루가 되어 와르르 쏟아졌다.

부웅, 부웅―

삼패왕 장견두가 거친 숨을 씩씩거리며 바람개비처럼 낭아봉을 휘둘렀다. 허공에 무거운 바람 소리가 걸리고, 사방이 온통 낭아봉의 거무튀튀한 그림자로 가득해졌다.

한 번 걸리면 뼈도 추리지 못할 무서움.

그 앞에서 류의 몸은 버들가지나 다름없었다. 그것이 바람을 타고 이리저리 가볍게 움직인다.

쾅! 쾅! 쾅!

낭아봉에 맞은 아름드리 고목이 우지끈거리며 꺾이고, 바윗덩이가 부서져 먼지를 날렸다.

류는 장견두의 어마어마한 덩치에 우선 질리고, 다음에는 그 무지막지한 힘에 질렸으며, 낭아봉의 위력에 질렸다.

어떻게 이런 놈이 삼군의 대장이 되어서 변방을 지키지 않고 한낱 이런 산속에서 산적 괴수 짓이나 하고 있는 건지 궁금했다.

생각과 놀람을 더 이어가서는 안 된다.

류의 눈빛이 더욱 차갑고 매서워졌다. 이글거리는 살기가 맹수의 그것처럼 불탄다.

"차핫!"

옆으로 낭아봉을 흘려보낸 류가 허리를 비틀어 바짝 다가서며 힘껏 어깨를 튕겨냈다. 무쇠를 움켜쥔 것 같은 그의 주먹이 어깨의 탄력을 싣고 쇠뇌처럼 뻗어나간다.

꽝!

그것이 장견두의 가슴 복판에 정통으로 꽂혔다.

마른 장작을 부러뜨리는 것 같은 소리가 났다. 뼈와 살로 된 사람이라면 그 한주먹에 박살이 났어야 옳다.

그러나 장견두는 그렇게 되지 않았다.

그가 정말 곰이라고 할지라도 류의 그 주먹에는 뼈가 부서지고 심장이 터져 주저앉았어야 할 것이다.

하지만 장견두는 고작 '끙!' 하는 된 신음성을 흘렸을 뿐이었다.

쿵쿵거리며 처음으로 다섯 걸음이나 물러서기는 했다.

온갖 인상을 쓰고 끙끙거린다.

고통을 참기 힘든 모양이지만 그것뿐이었다.

그는 죽지도 않았고, 주저앉지도 않았다.

류는 어이가 없었다. 대체 이놈이 사람인지 괴물인지 알 수 없게 되고 말았다.

내가 망량괴(魍魎魁:도깨비)를 상대하고 있단 말인가? 하는 의문마저 들었다.

하지만 언제까지 놀라고만 있을 것인가. 놈이 정신을 차리기 전에 끝장을 내지 못하면 오히려 내가 위험해질 거라는 생각이 들었다.

그가 다시 한 번 소리없이 도약했다. 질풍처럼 쓸어갈 때와는 달리 깨끗하고 날렵하게 허공을 접어가는 것이다.

휙, 하는 바람이 이마에 불어닥쳤을 때 장견두의 머리통에서 쿵! 하는 격타음이 터졌다.

허공을 접어 달려든 류가 와락 그놈의 머리통을 움켜쥐고 무릎으로 찍은 것이다.

이 한 수에 걸린 놈은 누구나 머리통이 박살 나 형체도 없이 사라졌다.

"끄웅!"

그러나 삼패왕 장견두는 멀쩡했다.

한 소리 된 신음을 흘리더니 눈에 흰 창을 드러내고 비로소 털썩 주저앉았을 뿐이다.

저만큼 떨어진 곳에 가볍게 내려선 류가 질린 얼굴로 그런 장견두를 멍하니 바라보았다.

이건 정말 뼈와 살로 된 사람이 아니라는 생각만 든다.

일격으로는 부술 수 없는 자. 그렇다면 연환타를 시험해 볼 수밖에 없다.

질끈 입술을 깨물고 발끝에 힘을 주며 어깨를 살짝 웅크린 순간, 장견두가 손을 내둘렀다.

"이놈아, 좀 기다려 봐라. 쉬어가면서 하자."

"응?"

의외의 반응이다.

거친 숨을 몇 번 몰아쉰 장견두가 머리를 설레설레 흔들었다.

"제기랄, 어린놈이 정말 지독하다. 이런 놈은 또 처음이네. 빌어먹을, 이 어르신을 이렇게 아프게 때리다니. 인정도 없는 놈이다. 어른에 대한 공경심이라고는 쥐뿔도 없는 놈이야. 저런 놈을 두고 싸가지없는 놈이라고 하는 거겠지."

"……?"

주절주절 중얼거리는 소리가 엉뚱하기만 하다. 그래서 류는 더욱 어리둥절해졌다.

엉덩이를 툭툭 털고 일어선 장견두가 두리번거리더니 저만큼 떨어져 있는 낭아봉을 집어 들었다.

'제기랄.'

류가 속으로 투덜거렸다. 장견두의 엉뚱한 중얼거림에 홀려서 그만 기회를 놓치고 말았다는 후회가 들었기 때문이다.

아직도 류에게 채인 머리가 지끈거리는지 잔뜩 인상을 쓰고 설레설레 머리를 흔든 장견두가 뚱한 얼굴로 류를 빤히 바라보았다.

"어린놈아, 또 때리려고?"

"뭐라고?"

"그만큼 때렸으면 됐지, 또 때리면 정말 싸가지없고 경우도 없는 놈이다."

"허!"

"나는 더 맞고 싶지 않다. 제기랄, 졌다. 그러니 이제 됐지?"

"아니."

"아니라고? 왜?"

"나는 너와 이곳에 있는 염치없는 놈들을 모두 죽일 생각이다."

"왜? 내가, 이 삼패왕 장견두가 항복했으면 됐지 뭘 그런 것까지 욕심내느냐? 내가 누구한테 항복하는 건 이번이 처음이다. 앞으로도 없을 거야. 너는 영광으로 알아야 할 거다. 커흠."

큰 선심을 쓴다는 듯 근엄한 얼굴로 헛기침까지 한다.

류가 움켜쥐고 있던 주먹을 풀고 피식 웃었다.

"너는 정신이 제대로 박힌 놈이 아니로군."

"히히, 정신 따위는 살아가는 데 아무런 도움도 되지 못한다. 이게 최고지."

우쭐거리며 낭아봉을 번쩍 들어 보였다.

류는 장견두에게서 확실히 전의가 사라졌다는 걸 느꼈다. 맥이 빠지는 일이다.

굴 속에서 남아 있던 산적 놈들이 주춤거리며 걸어나왔다. 달아났던 놈들을 포함해 아직도 열 놈이나 된다. 그놈들이 장견두와 류의 눈치를 힐끔거렸다.

잔뜩 겁먹고 꺼려할 뿐, 싸우려는 기색을 찾아볼 수 없다.

“그것뿐이냐?”

“그렇다.”

“그러니까 다시는 우성촌인지 개뿔인지 그 빌어먹을 마을에 안 나타나면 되는 거지? 물론 그 개아들 놈들을 죽이거나 때리지도 않고.”

“약속할 수 있겠어?”

“히히, 별일도 아닌 걸 가지고 이 지랄을 떨었구만 그래. 그리고 보니 네놈은 꽤 호들갑스런 놈인가 보다. 까짓, 없었던 걸로 치면 그만 아냐?”

“뭐라고?”

“이놈아, 그런 일이라면 그냥 뚜벅뚜벅 걸어와, 그래서 이 개대가리, 장견두 어르신을 뵙고 그냥 말하면 되는 거야. 뭘 그 요란을 떨어서 애꿎은 내 부하 놈들만 죄다 때려죽인 거냐? 그놈들이 무슨 죄가 있어? 에이그, 불쌍한 것들. 이 험한 세상에서 어떻게든 처먹고 살아보자고 이 개대가리님 밑에 들어와서 열심히, 혀가 빠지게 일한 놈들이란 말이다. 그래 봐야 뭐 해? 뒈지면 말짱 헛것인걸. 쳇, 시시한 놈들."

말 중에 눈물마저 찔끔거리더니 결국에는 혀를 차고 투덜거린다.

생긴 것과는 다르게 수다스러운 놈이었다. 주절거리는 말을 듣고 있으면 정신이 다 혼란스러워진다.

"가자."

류가 뭐라고 말할 새도 없이 장견두가 낭아봉을 들고 벌떡 일어섰다.

우두커니 그와 류를 바라보던 장한들이 어리둥절해서 물었다.

"어디로 간단 말이오?"

"이런 개아들 놈들을 봤나. 졌으니까 이 삐쩍 마른 놈한테 굴을 내줘야 할 거 아냐! 우리는 다른 데로 가면 그만이다. 굴이 어디 여기 하나뿐이라더냐? 그러잖아도 이놈의 굴은 답답해서 짜증나던 참이었어. 더 넓고 좋은 데를 찾아가자."

"두목, 그러니까 맥량산을 떠나는 겁니까?"

"왜? 네놈이 여기 남아서 두목 노릇 해 처먹고 싶어진 거냐?"

"아니, 내 말은 그게 아니고 그러니까⋯⋯."

소두령 한 놈이 우물쭈물했다. 세 명의 소두령 중 두 명이 류에게 맞아 죽고 이제 하나 남은 것이다.

그를 노려보던 장견두가 버럭 소리쳤다.

"안 갈 거야! 빌어먹을, 천하에 어디 산이 맥량산 하나뿐이더냐? 사방을 둘러봐. 맨 산이다, 이놈아! 아무 데나 꿰차고 눌러앉으면 되는 거야!"

류는 어리둥절했다. 이놈은 정말 사람을 얼빠지게 하는 타고난 재주가 있나 보다, 싶다.

처음 보았을 때부터 지금까지 도대체 정신을 차릴 수 없게 하지 않는가.

"잘 처먹고 잘살아라. 나는 간다. 퉤!"

류의 발아래 걸쭉한 침을 뱉은 장견두가 어슬렁거리며 굴을 나갔다. 부하들이 힐끔힐끔 류의 눈치를 보고 장견두를 보더니 어기적거리며 저희들 두목의 뒤를 따른다.

곰 같은 자가 문득 멈추어 서서 뒤를 돌아보았다.

"그런데 네 이름이 뭐라고 그랬지?"

"류."

"어, 그래. 그것참 괴상한 이름이군."

머리를 갸웃거리던 자가 류를 보고 히죽 웃었다.

"또 만나게 될 거야. 이 빌어먹을 놈의 세상이라는 게 원래 그렇게 되어 있거든. 돌고 돌다 보면 결국 제가 원래 있던 곳으로 돌아오게 되지. 아, 재미없다. 재미없어. 하지만 너를 다시 만나게 되면 재미가 있을 것 같다. 클클……. 그때까지 잘 처먹고 잘살아라.”

이제 더 이상은 미련이 없다는 듯 돌아서서 성큼성큼 멀어져 간다. 그런 장견두의 뒷모습을 보던 류가 한숨을 내쉬었다.

“저놈이 정신이 오락가락하는 미련퉁이 곰인지, 오래 묵어서 요괴가 된 너구리인지 알 수가 없구나.”

*　　　*　　　*

죽은 자를 본다.

산 자를 보았을 때의 적의도 분노도 그것에서는 느낄 수 없다. 한 가닥 연민이 함께 누워 있을 뿐이다.

장견두가 소굴로 삼았던 시커먼 동굴 앞에서 류는 제가 남긴 싸움의 흔적들을 멍하니 바라보고 있었다.

여기저기 널브러져 있는 참혹한 주검들. 그것이 저의 손이, 발이 그렇게 한 것이라고 믿어지지 않았다.

무쇠처럼 단단하게 단련되어 있는 제 손을 들여다보았다. 그것이 움켜쥐었다가 깨뜨려 버린 목숨들을 생각한다.

만 하루 동안 이 손으로 빼앗은 목숨이 대체 몇인가.

나는 정말 야수가 되어버렸다는 생각이 들었다. 그런 자기 자신이 무섭기도 했다.

복수.

사부와 사형들, 사저의 한을 풀어주기까지 얼마나 더 많은 목숨들을 이 손으로 깨뜨려야 할지 모른다. 그때까지 과연 내 목숨은 무사히 붙어 있을까? 하는 생각도 들었다.

혼자서 아우성치고, 혼자서 분노하고, 혼자서 이를 갈던 무인도에서의 삶과 이처럼 많은 사람들과 많은 일들이 뒤엉켜 있는 세상 속에서의 삶이 하늘과 땅만큼이나 다르다는 걸 생각했다.

죽은 자들은 말이 없고, 죽인 자도 역시 말이 없다.

내내 무거운 침묵을 지키고 있던 류가 주검들을 한곳에 끌어다 놓고 땀을 뻘뻘 흘리며 구덩이를 파기 시작했다. 두어 자쯤 팠을 때였다.

"이봐, 거기서 뭘 하는 거냐?"

낯선 음성이 갑자기 들려왔다. 땀과 흙으로 범벅이 된 류가 몸을 일으켜 돌아보았다.

언제 왔던 건지 동굴 앞에 세 사람이 서 있었다.

깨끗한 백색 유삼에 유생건을 쓰고 섭선 한 자루를 한가롭게 흔들고 있는 멋진 미공자였다.

그 뒤에는 수하로 보이는 두 명의 장한이 우뚝 서 있었는데, 날카로운 눈빛을 번쩍이며 류를 뚫어지게 바라보고 있었다.

'강호인.'

류는 제가 제대로 된 강호인을 만났다는 걸 느꼈다. 처음인 것이다.

여유있고 태연자약한 미공자의 품격이 느껴진다.

"거기서 뭘 하고 있는 거냐고 물었다."

낯선 자에게 대뜸 던지는 반말이 자연스럽다.

류는 빨리 이 상황을 판단해야 했다. 저놈들이 이곳의 산적들과 한패인지 아닌지부터 확인하는 게 중요하다.

"당신들은 누구요?"

"수상한 놈이로군."

눈살을 찌푸린 미공자가 다가와 고개를 기웃거리며 죽은 자들을 살펴보았다.

류가 부러진 칼을 곡괭이 삼아 열심히 파고 있던 구덩이 곁에는 처참한 몰골의 주검 다섯 구가 놓여 있었다.

"산적들이냐?"

'이놈들과 관련있는 자가 아니다.'

류는 재빨리 판단했다. 그렇지 않다던 죽은 자들이 산적들이냐고 물었을 리가 없다. 하지만 아직 안심할 수는 없었다.

"이상하군. 산 아래에서 들었을 때는 개대가리라는 두목 놈이 곰처럼 생겼다던데 그놈의 시체는 없는 것 같다."

묘한 반감이 일었지만 류는 그것마저 꿀꺽, 삼켜 버리고 얼떨떨한 얼굴을 했다.

"대체 당신은 누구요? 여기는 왜 온 거지?"

미공자가 눈을 번쩍였고, 그를 호위하듯 뒤에 서 있던 두 명의 무사가 은은히 살기를 드러냈다.

잠시 류를 살펴보던 미공자가 유쾌하게 웃었다.

"하하, 이 산에 산적들이 있다니 잡아서 관아로 끌고 가려고 왔지. 그런데 다 죽거나 도망가고 남은 건 너 혼자인 모양이구나? 이거 실망인걸?"

"쳇, 나는 산적이 아니오."

"아니면 이놈들은 뭐냐? 설마 네 친척이나 친구들이라고 말할 셈은 아니겠지?"

류가 시체들을 가리켰다.

"나는 단지 죽은 자들을 짐승 밥이 되지 않게 묻어주려는 것뿐이오."

"왜?"

"왜라니?"

"이놈들은 맥량산의 산적들이지?"

"……."

"누구도 이놈들을 불쌍하게 여기지 않을 텐데?"

"죽은 자는 아무 짓도 하지 못할 텐데 군이 미워할 거 있소?"

"오호."

백의미공자가 빙글빙글 웃으며 류를 이리저리 뜯어보았다.

땀과 흙투성이의 꾀죄죄한 몰골이지만 키가 훌쩍 크고 눈빛이 이글거린다.

치렁한 머리카락을 낡은 무명천으로 질끈 동여맸으며, 헐렁한 옷 밖으로 드러난 팔뚝과 장딴지의 단단함이 차돌 같다.

게다가 반듯한 이목구비와 떡 벌어진 가슴, 잘록한 허리에 이르러서는 이놈이 만만치 않은 놈이라는 생각이 절로 들었다.

숲 속에서 불쑥 마주친 한 마리 표범 같은 자.

함부로 대꾸하고 있지만 그게 오히려 자연스러워 보인다. 야성 때문이리라.

"너는 정말 아무 상관이 없다는 거냐?"

"쳇, 사람 잘못 봤소."

그래도 백의미공자는 의심을 풀지 않은 듯 세 번째로 같은 질문을 했다.

"보아하니 저놈들은 모두 누군가에게 맞아 죽은 게 분명해. 그것도 아주 지독하게 당했군. 그런데 너는 용케 살아남을 수 있었던 거야. 그래서 동료들의 시신을 수습해 주고 있는 중 아니냐?"

"대체 당신은 누구요?"

"내가 먼저 물었다."

류가 피식 웃고 손가락을 들어 동쪽을 가리켰다.

"당신의 짐작은 틀렸소. 나는 소황평 건너에 있는 우성촌의 사람이오. 저 빌어먹을 바다에 질려서 얼마 전부터는 이

산에 들어와 사냥을 업으로 삼고 있지."

"산적이 아니고?"

"끈질긴 양반이군. 이곳의 두목에게 내가 잡는 짐승의 반을 주기로 하고 산을 빌렸을 뿐이오."

급하게 둘러대는 말이지만 조리가 있고 천연덕스럽기 짝이 없었다.

'거지새끼'로 이 골목 저 골목에서 눈칫밥을 얻어먹고 살던 시절. 한 대라도 덜 맞기 위해서는 사람을 속이고 거짓말하는 걸 밥 먹듯 해야 했다.

그러니 류가 누구를 속이려고 마음먹는다면 그게 아문(衙門)의 판관(判官)이라고 해도 넘어가지 않을 수 없을 것이다.

하지만 백의미공자는 여전히 의심을 풀지 않았다.

"사냥을 업으로 삼는다는 놈에게서 어째 사냥 도구가 보이지 않는걸?"

"며칠 허탕을 쳤소. 내일이 짐승을 나눠주기로 한 날인데 그럴 수 없게 되었으니 포악한 두목이 성질을 내기 전에 미리 와서 사정을 해볼 작정이었던 게요. 그러니 빈손일 수밖에."

"그래서 와봤더니 다들 이 지경이 되어 있었다고?"

"그렇소. 놀라서 어쩔 줄 모르다가 좋은 일 한 번 하자고 마음먹고 이 고생을 하는 중이지."

"그래? 그렇다면 누가 이렇게 했는지 보았느냐?"

"보지 못했소."

"죽은 자들의 꼴을 보니 얼마 전에 당한 것 같은데 못 봤어?"

"알게 뭐요?"

고개를 갸웃거린 백의미공자가 날렵해 보이는 장한에게 말했다.

"우성촌이란다. 네가 가서 확인해 보고 와라."

명을 받은 장한이 날듯이 산을 달려 내려갔다.

류가 눈살을 찌푸렸다. 대충 넘어갈 줄 알았는데 확인해 볼 모양이니 어쩌면 일이 복잡해질지도 모른다는 걱정이 든 것이다.

"한 시진이면 족할 거야. 그동안 너는 네 일을 마저 해도 좋다."

그를 한 번 흘겨본 류가 묵묵히 구덩이 파는 일을 계속하면서 생각했다.

'저놈은 강호에서 제법 이름있는 놈인가 보다. 내 정체를 알아보게 해서는 안 되지.'

류는 아직 자신의 존재를 강호에 알려서는 안 된다고 생각했다.

마음속에 담아두고 있는 원수는 세력과 힘이 강대한 자가 틀림없다. 그에 비해 나는 혼자이니 스스로를 감추고 은밀히 활동하는 게 유리할 거라는 판단을 한 것이다.

'하지만 만약 우성촌 사람들이 영문을 모르고 마을에 찾아온 저놈의 수하에게 있는 그대로 말해준다면?

미공자는 자신을 더욱 수상하게 여기고 다그칠 게 뻔했다.

그놈이 돌아오기 전에 달아난다고 해도 결국 자신의 존재가 세상에 알려질 것이다.

'죽여 버릴까?'

그런 충동도 불쑥 일었다.

그러나 백의미공자가 만만치 않아 보이고, 그를 호위하고 있는 수하도 그랬다. 섣불리 달려들었다가 만에 하나 실패한다면 더욱 낭패일 것이다.

산적의 무리와는 근본이 다른 자들이라는 게 부담이었다.

또 자신과 아무 상관도 없는 자들을 굳이 죽이고 싶은 마음도 없었다.

산적들은 우성촌에 미칠 후환을 생각해서라도 뿌리 뽑아야 했지만 백의미공자와 그 일행은 그렇지 않은 것이다.

묵묵히 구덩이를 파면서 류의 머릿속에는 수많은 생각들이 오갔다.

하지만 결론이 나지 않는다. 그래서 류는 갈 데까지 가보자는 심정이 되었다.

최악의 상황에 몰리면 그때 가서 싸우든지 달아나든지 결정할 일이다.

그렇게 생각하고 뱃심을 든든히 한 류가 다섯 구의 주검을 매장한 다음에 큼직한 돌들을 주워와 두어 자 높이의 돌무더기를 쌓았을 때 산을 내려갔던 장한이 들어왔다.

왕복 오십 리는 족히 될 먼 길을 쉬지 않고 뛰어다녔을 텐데도 그자는 피곤한 기색이 없었다.

"저 친구의 말이 맞습니다. 류라고 하는 자인데, 촌장 장소삼이 제 조카라고 하더군요."

"그래?"

"마을 사람들도 하나같이 그렇게 말했습니다."

류는 눈치 빠르게 짐작하고 자신을 감추어준 장소삼과 우성촌의 낯익은 사람들에 대한 고마움을 애써 감추어야 했다.

언덕에 널려 있던 산적들의 시체도 그들이 깨끗하게 처리했을 것이다. 그랬기에 미공자의 수하는 조금도 눈치 채지 못하고 돌아온 것이다.

백의미공자가 비로소 경계심을 풀고 빙긋 웃었다.

"이름이 특이하군. 그럼 성은 장 씨겠지?"

"별걸 다 묻소."

장소삼이 조카라고 했다니 부정할 수도 없게 되었다. 그래서 류는 아무렇게나 되라는 심정으로 머리를 끄덕였다.

이 미끈하게 빠진 녀석과는 곧 헤어질 테니 그가 뭐라고 생각하든 상관없는 일이기도 했다.

백의미공자가 비로소 저를 밝혔다.

"나는 황룡문(黃龍門)의 표양신(飄養信)이라고 한다."

황룡문이 제남성 밖에 있는 거대한 강호의 세력이라는 걸

류가 알 리 없다. 표양신이 그곳에서 어떤 위치에 있는 자인
지도 관심 밖이다.

"이쪽에서 일을 보고 돌아가는 길인데 맥량산에 산적들이
있어서 인근 마을 백성들을 괴롭힌다고 하더군. 강호의 협객
을 자처하는 내가 어찌 그냥 지나갈 수 있었겠나?"

"그래서 고작 부하 두 명과 함께 그들을 잡겠다고 온 것이
오?"

"그게 어때서?"

백의미공자, 표양신이 여유있는 미소를 지었다. 류는 그 속
에서 자신감을 읽었다. 산적 따위는 신경도 쓰지 않을 만큼
자기 자신의 무공에 대한 자부심이 큰 자다.

류를 지그시 바라보던 표양신이 혀를 찼다.

"쳇, 사부님께는 이 일로 핑계를 대고 며칠 늦는다고 이미
보고드렸는데 곤란하게 되었군."

어디서 진탕 놀기라도 한 모양이었다. 그리고 늦게 돌아가
는 핑곗거리를 만들기 위해 맥량산의 산적들을 소탕할 생각
을 한 게 틀림없었다.

"나보다 한발 앞선 협객이 있었으니 그를 탓할 수도 없
고……."

중얼거리던 그가 류에게 빙긋 웃어 보였다.

"수고스럽지만 네가 함께 가줘야겠다."

"뭐라고?"

"가서 사부님께 말씀을 좀 드려달란 말이다. 이 표양신이 거짓 보고를 한 게 아니라는 걸 증명해 줘야지."

"당신의 수하들에게 시키면 될 것 아니오?"

"그것보다는 직접 이 일을 보고 뒤처리까지 한 네 말이 더 믿음직스럽지 않겠어?"

사부를 몹시 두려워하는 모양이었다. 그러면서도 엉뚱한 짓을 하고 돌아다녔으니 담이 크거나 교활하지 않으면 철이 없는 자일 것이다.

류가 그를 뚱하니 바라보자 표양신이 눈웃음을 쳤다.

'사부의 귀여움을 받는 자로군.'

류는 그것을 알아챘다.

어려서부터 온갖 눈칫밥을 먹으며 살아온 그였다. 얼굴 표정과 눈짓, 손가락의 움직임만 봐도 그 사람이 무슨 생각을 하고 있는지 금방 알아챌 수 있었다.

때로는 그게 먹는 일에 직결되었고, 죽고 사는 일과도 밀접했으므로 눈치라고 할 수 있는 류의 직관은 그 누구보다 발달해 있었다.

표양신이 달래듯 말했다.

"닷새면 충분할 거야. 내가 그 대가는 확실하게 치러주지."

"대가?"

"서른 냥을 주겠다. 구리 동전 말고 은자로 말이야. 네가 그만한 돈을 벌려면 족히 반년은 발에 땀이 나도록 이 산 저 산 뛰어다녀야 할걸?"

류가 제 발끝을 보며 잠시 생각했다.

어차피 강호로 떠나던 길 아니던가. 강호는 세상 속에 있는 또 하나의 별세계라는 말을 수도 없이 들어왔다.

하지만 그곳에 섞여본 경험이 없으니 낯설 수밖에 없는데, 표양신이라는 자를 따라가 보면 남들의 이목을 끌지 않고서도 강호의 분위기를 느껴볼 수 있을 것이다.

"좋소."

류가 크게 머리를 끄덕이자 표양신이 유쾌하게 웃었다.

"하하, 내 그럴 줄 알았지. 처음부터 화통한 친구라는 걸 알아봤단 말씀이야."

第七章

황룡문주(黃龍門主)와의 대면

第七章

제남부는 산동성 제일의 고도(古都)다.

성 밖 서쪽에 몇 개의 낮은 산들이 제남부를 호위하듯 둘러 있었는데, 연자산(燕子山)도 그중 하나였다.

그 연자산을 삼십여 년 전부터 하나의 거대한 보(堡)가 통째로 차지하고 있었다.

강호에 이름이 쟁쟁하게 알려져 있는 '황룡문'이다.

황룡문은 황하의 하류를 장악하고 있으면서 강을 따라 올라가는 바다의 산물(産物)들을 독점하는 것으로 막대한 부를 쌓고 있었다.

발해만에서 잡은 고기며 여타 해산물과 소금은 황하를 거슬러 올라가지 않고는 내륙 깊은 곳까지 닿을 수 없다.

그 관문을 손에 넣고 있으니 황룡문의 성가는 날이 갈수록 높아질 수밖에 없었다.

그런 금력으로 제남부의 부윤 이하 고관과 말직을 모두 손에 넣었고, 강호의 뛰어난 고수들을 영입해 스스로의 세력을 키워갔다.

그런 세월이 삼십 년 동안 이어진 것이다.

그 결과 황룡문은 현재 구파일방을 뛰어넘는 명성을 누리고 있었다.

문주와 그를 떠받드는 장로며 원로 고수들, 그리고 제자들의 무용과 재지가 특출하지 않고는 이룰 수 없는 일이다.

닷새 뒤에 류는 표양신과 함께 그 황룡문에 이르렀다.

오는 동안 표양신으로부터 황룡문에 대한 자랑을 들었으며, 그가 문주의 여섯 제자 중 막내라는 것도 알게 되었다.

부모의 사랑이 막내에게 쏠리듯, 사부의 사랑도 막내 제자에게 쏠리게 마련이었다.

그래서 표양신은 위로 다섯 명이나 되는 사형들을 제치고 황룡문의 문주인 운중룡(雲中龍) 당고한(唐高寒)의 사랑을 독차지하고 있었다.

류는 그가 아직 아무런 보직도 받고 있지 않은 한량이지만 황룡문 내에서의 위치가 결코 만만치 않다는 걸 쉽게 짐작할 수 있었다.

또한 그는 사교성이 뛰어난 자였다. 제남성 중에 모르는 자가 없을 정도로 오지랖이 넓었던 것이다.

넓은 거리에서 마주치는 상인이며 나졸, 관병들까지 모두 친밀하게 인사를 나누느라 성을 벗어나는 데 반나절이 걸렸을 지경이다.

서문을 나서자 두어 마장 밖에 우뚝 서 있는 작은 산이 보였다. 연자산이다.

숲이 우거지고 크고 작은 바위들이 삐죽삐죽 솟아 있어서 큰 산처럼 웅장해 보였다.

그 입구에 황룡문의 첫 번째 관문이 있었다.

산을 감싸듯 한 성벽 가운데 높이 솟은 성문과 망루가 있고, '입해관(入海關)'이라는 커다란 현판이 걸려 있다.

표양신을 본 위사들이 한 명은 달려나오고 한 명은 바쁘게 안으로 달려들어 갔다.

"어이구, 이거 막내 공자님이 이제야 돌아오시는군요?"

"하하, 내가 보고 싶었느냐?"

"이를 말씀입니까? 지난 달포 동안 손발이 근질거려서 죽는 줄 알았답니다."

"예끼, 고약한 놈."

표양신이 욕했으나 그보다 훨씬 나이가 많아 보이는 위사는 당연한 듯 받아들였다.

히히, 웃은 그가 귀엣말을 한다.

"오늘 밤에 어떻습니까? 큰 판이 벌어졌다는뎁쇼?"

"어디에?"

"북문 안 염가네 집이지 어디겠습니까? 다른 건 다 필요없고 주사위만 가지고 논다는뎁쇼?"

"오호, 그래?"

"헤헤, 주사위 놀음이야 막내 공자님이 제남성 제일의 고수이니 염가가 막내 공자님을 위해서 판을 벌인 거나 마찬가지입죠."

"끄응—"

표양신이 안타까운 얼굴로 한숨을 쉬었다.

"기다려 봐. 사부님을 뵙고 나서 기별해 주마. 이거 참, 시간을 낼 수 있을지 모르겠네. 쩝—"

잔뜩 구미가 당기는데, 그래서 더 아쉽다는 표정이 역력했다.

히죽 웃은 위사가 류를 이리저리 흘겨보며 물었다.

"그런데 이 젊은 친구는 낯이 설군요?"

"아, 내가 데려온 사람이야. 함께 사부님을 뵈올 거니까 문당주님께 그리 알려주게."

"알았습니다. 막내 공자님의 꼬리에 달려온 사람이라면 뭐 이것저것 복잡한 절차를 거칠 필요 없겠지요."

너스레를 떠는 위사의 말처럼 류의 관문 통과는 제집에 들어가듯 수월했다. 관 안에서 기다리고 있던 당주라는 중년의 사내가 두말할 것 없이 보내주었던 것이다.

문 당주는 후덕한 인상의 중년인이었는데, 눈매가 날카롭고 허리가 튼튼했으며 손발이 굳건한 것이 예사롭지 않아 보였다.

외성에 해당하는 입해관을 지나 한동안 위로 올라가자 또 하나의 긴 성벽과 관문이 나타났다. '창룡관(蒼龍關)'이다.

그곳 역시 표양신은 류를 데리고 거침없이 통과했다. 그리고 다시 작은 성이 그들의 앞을 가로막았다. 내성(內城)에 이른 것이다.

류는 일개 문파의 규모가 이처럼 크고 그 위세가 주(州)나 부(府)의 성에 못지않다는 게 의아하기만 했다. 문주의 위엄이 어떨지 짐작이 간다.

내성에서 류는 더 이상 표양신을 따라 들어가지 못했다. 근엄한 인상의 깡마른 중년인이 가로막았는데, 망아지 같은 표양신도 그에게는 정중했다.

"백 숙부님, 그동안 평안하셨습니까?"

백 숙부라고 불린 중년인이 구표정하게 표양신을 바라보더니 느릿느릿 말했다.

"먼 길에 수고 많았다. 문주님께서 기별을 받고 기다리시니 서두르는 게 좋을 거야."

"여기 이 사람은 저를 위해 사부님께 말해줄 사람이니 함께 가도 좋겠지요?"

"외부인은 여기에서 한 발짝도 더 들어갈 수 없다."

"잘 알겠습니다. 그래도 혹시 사부님께서 찾을지도 모르니 이곳에 대기시켜 주세요."

그리고 류를 보는데, 간절한 기색이 있었다.

"여기 꼼짝 말고 있어야 해. 알았지?"

"아직 돈도 받지 못했는데 어딜 가겠소?"

류의 퉁명스런 대답에 표양신이 히죽 웃었다. 그들을 지켜보던 중년인이 의아한 얼굴로 류를 바라보았다.

표양신에게 함부로 대하는 게 의아했으며, 표양신이 아무렇지도 않다는 듯 받아들이고 있다는 것도 의아했다.

일견, 몸이 단단하고 건강해 보일 뿐 특별히 무공을 수련한 기색이 엿보이지는 않았다. 어느 촌에나 흔히 있는 건장한 청년쯤으로 보일 뿐이다.

류는 잠을 잘 때도 구양진결 중의 '유허(幽虛)'의 비결을 운용한다. 처음에는 노력으로 그렇게 했으나 지금은 자연스럽게 몸에 배어들어서 숨을 쉬듯이 하고 있었다.

더욱 정진한다면 머지않아 장자(莊子)가 말한바, '지극한 도의 정수는 깊고 아득하며, 지극한 도의 극치는 컴컴하고 잠잠하다[至道之精, 窈窈冥冥. 至道之極, 昏昏默默]'라는 그 경지에 들게 될 것이다.

아직 그러한 경지에는 이르지 못했으나 사람들은 류의 기운을 느끼지 못했다. 언제나 그의 기운은 씻은 듯 사라져 텅 비었기 때문이다.

반대로 주변의 모든 기운들은 류의 유현(幽玄)해진 감각 속으로 몰려들었다. 소용돌이가 물을 빨아들이는 것 같은 현상이다.

그래서 표양신이 닷새 동안이나 류와 동행하면서도 그의 기운을 알지 못했듯이, 지금 눈앞에 있는 중년인도 그랬다.

표양신이 서둘러 내성 안으로 들어갔고, 류는 두 명의 무사에게 인도되어 관문 곁에 있는 대기실로 갔다. 외부의 사람이 볼일이 있어 찾아왔을 때 차를 마시며 입성(入城)의 허락이 떨어지기를 기다리는 곳이다.

시비가 가져다준 차를 두 잔째 마시고 있을 때 기별이 왔다. 흰 무복을 입고 붉은 띠를 동인 깨끗한 인상의 청년이었다.

"보주님께서 보자고 하신다."

류가 찻잔을 놓고 일어섰다. 조금도 꺼려하는 기색이 없고 위축되지도 않았다.

몇 번이나 구부러지고, 몇 개의 크고 작은 문을 지났는지 모른다.

벽과 벽, 담과 담 사이의 좁은 통로를 지나면 아담한 정원이 나왔고, 그곳을 가로질러 월동문을 나가면 또 좁은 통로가 나왔다.

깊은 산중인 것처럼 적막한 고요가 감돈다.

류는 이처럼 크고 복잡한 건축물 안에는 들어와 본 적이 없었다. 어리벙벙하기가 장터에 처음 나온 아이 같다.

부지런히 앞서 가고 있는 백의청년을 따르다 보니 또 나지막한 담장이 앞을 가로막았다.

그곳은 여태까지 지나온 곳과는 달랐다. 여기저기에 검을 차고 있는 백의청년들이 보였던 것이다. 하지만 다들 숨 쉬는 것마저도 조심하는 듯 고요했다. 차가운 눈으로 류를 힐끔힐끔 바라볼 뿐이었다.

월동문을 지나자 풀이 무성하게 자란 정원이 나왔다. 다른 곳과는 달리 가꾼 흔적이 없어서 잡초가 무릎 위로 넘실거렸고, 들꽃이 아무렇게나 어울려 자라고 있었다.

정원 가운데 연못이 있고, 그 건너에 난간을 두른 낡은 집 한 채가 있었다.

벽이 헐고 기둥의 빛이 바래 칠한 흔적만 드문드문 남아 있다. 용마루며 기왓골에는 억센 잡풀이 무성했다.

깊은 산속에 버려져 있는 오래된 사당 같은 집이었다.

뒤에는 우거진 대나무 숲이 있는데, 굵은 대나무가 어찌나 촘촘하게 자라고 있는지 바람도 빠져나가기 힘들 만큼 비좁았다.

류는 잠깐이지만 '이놈들이 나를 감옥에 가두려고 하는 건가?' 하는 생각이 들었다. 그만큼 외지고 을씨년스러웠던 것이다.

“들어가 봐.”

백의청년이 월동문 앞에서 더 들어가지 않고 말했다.

“어디로?”

“네 눈에는 저 집이 보이지 않는단 말이냐?”

경멸하는 기색에 함부로 말하고 있다. 하지만 류는 아무렇지도 않게 그것을 받아넘겼다.

“문주님이 나를 부른다고 하지 않았스?”

“저곳이 문주님의 거처야.”

“응?”

의외의 말이다. 믿을 수가 없었다. 이처럼 웅장하고 커다란 문파의 주인이 저렇게 을씨년스럽고 초라한 곳에 거처하고 있다니 그렇다.

확인해 보면 될 일이다.

류가 천천히 잡초 우거진 정원을 가로질렀다. 여기저기에서 날선 기운들이 그에게 쏟아져 왔다. 팽팽한 긴장이 류의 등줄기를 타고 달렸다.

보이지 않는 곳에 숨어 있는 자들. 그들의 기운이 류의 온몸을 따갑게 찌르고 있었다.

류의 가슴이 반응했다. 세 번째의 일이다.

심장에서 시작된 저르르한 통증이 이내 불로 지지는 것 같은 고통이 되어 머릿속까지 뜨겁게 달구었다.

류의 신형이 휘청, 했다. 헛발을 디딘 것처럼 보인다.

류는 이를 악물고 마음을 진정시키기 위해 애썼다. 제 몸의 이 이상한 현상을 아직도 이해할 수 없었다.

통증이 거짓말처럼 사라지고 나자 긴장이 풀렸다. 그의 온몸을 따갑게 찔러대던 기운들도 씻은 듯 사라졌다.

희게 반짝이는 돌계단 위의 고풍(古風)한 기둥 위에 '음풍헌(吟風軒)'이라는 편액이 걸려 있었는데, 그것마저 낡을 대로 낡아 곧 부서질 것처럼 보였다.

류가 천천히 돌계단을 올라가 서자 굳게 닫혀 있던 음풍헌의 문이 저절로 열렸다.

그가 막 문지방을 넘어서기 전, 다시 한 번 사방에서 쏘아져 오는 기운이 그의 온몸을 아프게 찌르고 지나갔다.

보이지 않는 감시자들의 눈길과 기운. 그것만으로도 이곳이 용담호혈이라는 걸 이제는 충분히 알고도 남을 정도가 되었다.

류는 마음속으로 '유허비결(幽虛秘訣)'의 구절을 떠올리고 외웠다. 그러자 긴장과 두려움이 눈 녹듯 사라지고 마음이 평온해졌다.

밖에서 보았던 것과는 달리 실내는 먼지 한 톨 없이 깨끗하게 정돈되어 있었다.

검은 돌 판이 가지런히 깔려 있는 대청 저쪽에 문을 활짝 열어놓은 작은 방이 있고, 깨끗한 인상의 초로인(初老人)이 서탁(書卓)에 한 팔을 올려놓은 채 비스듬히 돌아앉아 있었다.

낡지만 정갈하게 손질된 남삼 장삼을 입었고 머리에는 관옥(冠玉)이 박힌 유생건을 썼다.

세 가닥의 짧은 수염과 깨끗한 이마에 새겨져 있는 잔주름이 그를 노인으로 보이게 했을 뿐, 맑은 눈빛과 피부는 청년의 그것과 다름없었다.

육십 살쯤 되어 보이는 단아한 사내.

류는 그가 정말 운중룡 당고한인가? 하고 의심했다. 아무리 보아도 황룡문이라는 거대한 문파를 이끌어가는 사람으로는 보이지 않았던 것이다.

서당의 꼬장꼬장한 훈장이라고 하면 어울릴 것 같은 그런 인상의 노인.

책을 읽다가 사람을 맞은 듯, 서탁 위에는 그가 읽던 책이 아직도 펼쳐져 있었다.

류는 어리벙벙한 모습으로 문안에 한 발 들어와 서 있었다. 암중에 재빨리 실내를 훑고 난 뒤다.

당고한이 있는 방 앞 돌바닥에 표양신이 엎드려 있었고, 좌우의 기둥 뒤에 인기척이 있었다. 가까운 곳에서 문주를 호위하는 무사일 것이다.

"꿇어라."

누군가의 낮은 음성이 류의 귓속을 윙웡 울렸다.

류가 그 자리에서 천천히 무릎을 꿇었다. 방 안에 단정하게 앉아 있던 당고한이 한동안 류를 바라보다가 천천히 입을 열었다.

"네가 운성촌의 류라고?"

류가 반질거리는 돌바닥에 시선을 둔 채 대답했다.

"그렇습니다."

"이 녀석을 만나게 된 일들을 말해보아라."

꿇어 엎드려 있던 표양신이 슬쩍 류를 돌아보고 한 눈을 찡긋, 했다. 웃음기마저 띠고 있는 얼굴이다.

류는 그가 자신의 긴장을 풀어주려 그런다는 걸 알았다.

낮게 헛기침을 한 류가 맥량산의 동굴 앞에서 표양신을 만났던 일을 침착하게 말했다.

말투가 조용하지만 꿋꿋하고, 말의 앞뒤에 조리가 있으며 발음이 뚜렷하다.

조심스럽되 두려워하는 기색이 없고, 겸손한 중에 당당함이 깃들어 있는 태도였다.

그런 류를 바라보던 당고한이 아주 잠깐 보일 듯 말 듯한 미소를 지었다.

"그러니까 너는 산적들을 그렇게 죽인 자를 보지 못했다는 말이렷다?"

"그렇습니다."

"이 녀석의 말로는 산적 두목의 시체는 없었다고 하던데?"

"저도 궁금하게 여겨 동굴 속까지 들어가 보았지요. 역시 아무도 없었습니다. 그래서 저는 산적 두목이 멀리 달아났다고 생각했을 뿐입니다."

"그를 아느냐?"

류는 직감적으로 문주가 개대가리라는 괴상한 이름을 가지고 있는 산적 두목, 삼패왕 장건두에게 관심을 두고 있다는 걸 알았다. 그럴수록 시치미를 떼야 한다.

"생긴 게 곰처럼 우악스럽고 크다는 것만 알 뿐, 다른 일이야 저 같은 놈이 어찌 알 수 있겠습니까?"

"싸운 흔적이 어디까지 이어져 있더냐?"

"동굴 앞에 흔적이 있고 핏자국과 주검들이 있었지요. 다른 곳에는 아무런 흔적도 없었습니다."

당고한의 횃불 같은 눈길이 뒤통수에 느껴졌다.

"어부였다가 지금은 사냥을 업으로 삼는다고?"

"그렇습니다."

다시 침묵. 그리고 뒤통수를 찌르는 따가운 시선.

한참 만에야 당고한이 낮게 한숨을 쉬고 훨씬 부드러워진 음성으로 표양신에게 말했다.

"네가 의협심을 발휘해서 그곳에 갔었다니 늦게 돌아온 걸 더 책망하지 않겠다. 차후로는 함부로 행동하지 말거라. 강호에는 네 눈에 보이지 않고, 네 눈을 속여서 너를 방심하게 하는 고수들이 얼마든지 널려 있다. 너의 보잘것없는 실력을 믿고 함부로 설치다가는 목숨을 부지하기 힘들 것이다.”

그 말을 하면서 슬쩍 류를 바라보았다. 하지만 류나 표양신은 머리를 숙이고 있었으므로 당고한의 그런 눈길을 알지 못했다.

표양신이 공손히 말했다.

“사부님의 말씀 명심하겠습니다.”

“됐다. 가서 쉬어라.”

표양신이 깊이 절하고 조심스럽게 물러났다.

“자칫 크게 혼날 뻔했는데, 네가 구해준 셈이야.”

표양신이 싱글벙글하며 류의 어깨를 두드렸다.

“쳇, 그 몇 마디를 해주려고 이 먼 길을 따라오다니, 내가 단단히 귀신에 홀렸던 모양이오.”

“그럼 내가 귀신이란 말이냐?”

“물귀신 사촌쯤은 되지 않겠소?”

“하하하, 좋다, 좋아. 네가 뭐라고 해도 지금은 이 표 나리가 참아주지.”

“약속한 돈이나 어서 주시오.”

류의 퉁명스런 말에도 표양신은 싱글벙글했다. 그가 품에서 은자가 가득 들어 있는 전낭을 끌러 통째로 건네주었다.

“옛다. 모르긴 해도 쉰 냥은 들어 있을 거다. 다 가져.”

“서른 냥을 준다고 하지 않았소?”

"마음 변하기 전에 어서 집어넣어라."

류가 씩, 웃었다. 제법 호탕한 기질이 있는 놈이라는 생각이 들었다. 슬며시 마음에 들려고 한다.

"나가는 길이니까 제남성까지 동행해 주지."

"정말 노름하러 가는 거요?"

"쉿."

두리번거린 표양신이 인상을 썼다가 겁먹은 표정을 과장하며 귀에 대고 속삭였다.

"절대로 얘기하면 안 돼. 스무 냥은 그 대가라고 생각해."

살가운 자다. 며칠 동행했다고 벌써 다정하게 구는 것이, 모르는 사람이 보았다면 오랜 친구 사이라고 오해했을 것이다.

류는 확실히 귀여운 구석이 있는 놈이라고 생각했다. 부모형제의 사랑을 듬뿍 받고 응석받이 노릇이 익숙해진 막내의 특징이자 특권이리라.

"같이 갈래?"

"노름 같은 거 모르오."

"쳇, 인생을 시시하게 사는 놈이었군.'

"……."

"몇 살이냐?"

"스물여덟이오."

"그래? 나보다 두 살이 많구나.'

"형이라고 부를 생각은 마시오."

“이놈이?”

표양신이 매섭게 노려보았다가 류가 슬며시 눈길을 피하자 히죽 웃었다.

“좋아, 오늘은 기분이 좋으니까 넘어간다.”

그러는 동안에도 스쳐 지나가는 중년의 무사며 젊은 위사들이 표양신에게 깍듯이 인사를 했다. 표양신은 건성으로 머리를 끄덕일 뿐이다.

“술과 여자와 도박. 그걸 빼면 인생에 껍데기만 남아. 사람이 왜 살겠어? 지지리 궁상을 떨면서 사는 건 사는 게 아니야. 즐기면서 살아야지. 안 그래?”

“좋으시겠소, 그런 여유가 있으니.”

“돈?”

“…….”

“하하, 그래, 돈도 중요하지. 그게 없으면 할 수 있는 일도 없거든. 하지만 말이야, 나는 마음의 여유가 더 중요하다고 생각한다.”

“오호, 그래요?”

“돈이 아무리 많으면 뭐 해? 놀고 싶은 마음이 없으면 말짱 헛것이지.”

슬쩍 류를 흘겨본다.

“놀 줄 모르는 놈은 돈 쓸 줄도 몰라. 돈을 쓸 줄 모르면 인생을 즐길 줄도 모르는 거지.”

그럴지도 모른다.

"그럼 돈은 어떻게 얻느냐? 벌어야지. 쉬지 않고 벌어서 통쾌하게 즐기고 노는 거야. 그거 인생을 신나게 사는 비결이라 이 말씀이다."

"마음의 여유 운운했지만 공자의 말은 결국 돈이 있어야 한다는 거로군요."

"너도 돈 좀 벌게 해줄까? 인생을 즐길 기회를 줄까 이 말이다."

"어떻게 말이오?"

"힘만 들 뿐 별로 돈도 되지 않는 그깟 사냥꾼 짓 말고 돈 되는 일을 하는 거지."

"누가 나에게 그런 일을 준답디까?"

"내가 하나 줄 수 있다."

"……?"

"외성의 위사로 들여보내 줄까? 먹여주고 재워주고 매월 은자 열다섯 냥을 받는 자리야. 어때? 해볼래?"

"아니, 뭘 믿고 나를 위사로 쓴단 말이오?"

"신원 확인은 내가 했잖아. 어떤 놈이 의심을 해? 그리고 허우대 멀쩡한 게 힘깨나 쓸 만해 보이잖아. 넙죽넙죽 말대꾸하는 걸로 봐서 배짱도 꽤나 두둑하고 말이야."

"공자의 말대로라면 기루의 문지기 정도가 딱 맞군. 하지만 이곳은 강호의 문파가 아니오?"

"그냥 문파가 아니라 대단한 문파지. 장차 소림이나 무당 그 딴 것들을 누르고 강호제일의 문파가 될 게 틀림없다. 커흠."

"그러면 위사 노릇을 하려고 해도 무공이 높아야 할 텐데 나는 배운 게 없소이다."

"무공? 하하하! 그거야 여기서 배우면 되지. 연무관(練武關)에서 하급 위사들을 훈련시킨다. 거기 있는 교두(教頭)들이 모두 쟁쟁한 고수야. 기초부터 확실하게 가르쳐 준다."

"위사라……."

"내가 총교두에게 특별히 부탁을 해두지. 신경 써서 잘 가르쳐 주라고 말이야."

표양신은 무뚝뚝하고 뻣뻣한 류가 마음에 드는 모양이었다. 뚝심있고 순박한 자라고 판단한 것이리라.

류는 잠시 이곳에 있으면서 강호의 동정을 살펴보는 것도 좋지 않을까? 하고 생각했다.

이처럼 거대한 문파라면 강호의 각 세력은 물론 각처의 고수들과도 교분이 활발할 것이다. 주의를 기울이다 보면 십삼 년 전 오운장에서 벌어진 참사에 대한 어떤 단서를 얻게 될지도 모른다.

아무것도 모르는 상태에서 홀로 강호를 떠돌면 자신을 노출시킬 위험이 훨씬 크리라는 걸 생각하자 마음이 기울었다.

"내가 싫으면 언제든 그만둘 수 있는 거요?"

"그건 안 되지."

“응?”

“여기는 황룡문이란 말이다. 아무나 들어올 수 없어. 마찬가지로 한 번 들어오면 제멋대로 나갈 수도 없다.”

“그럼 평생 황룡문의 위사로 살아야 하는 거요?”

“위에 출문하고 싶다는 사정을 아뢰는 거야. 그러면 당주와 전주들이 모이는 총회에서 는의해 결정한다.”

“허락이 없으면 절대로 나갈 수 없다는 거로군?”

“합당한 이유가 있다고 판단되면 으지로 붙잡지 않아. 그때는 많은 돈까지 줘서 내보낸다. 밖에서 사업을 하겠다고 하면 뒤를 봐주기도 하지.”

표양신이 어깨를 으쓱거리며 자랑스럽게 말했다.

“한 번 황룡문의 사람이었으면 죽을 때까지 그런 거야.”

류는 그런 유대감이 뿌리 깊이 형성되어 있기 때문에 오늘날 황룡문이 욱일승천하고 있다는 걸 짐작했다.

그런 점이 마음에 걸리는 한편, ‘까짓, 여차하면 달아나면 되지’ 하는 느긋한 마음도 들었다.

류가 아직도 망설이고 있을 때, 그를 붙잡는 또 한 사람이 있었다. 류를 붙잡는 그 힘은 표양신보다 으히려 크고 완강했다.

第八章

연무관(鍊武館)에 들다

第八章

“우성촌의 류라고?”

내성을 벗어나려 했을 때 불쑥 다가온 중년의 무표정한 사내가 그렇게 물었다.

류를 가로막았던 자인데, 깡마른 몸에 키가 크고 눈개가 매의 그것처럼 날카로웠다.

쇳덩이처럼 단단하고 정제된 기운이 느껴진다.

표양신이 뜨끔한 얼굴이 되어서 급히 인사했다.

“백 숙부님, 하교하실 말씀이라도…….”

“네가 이자를 데려왔다고 했지?”

“그렇습니다만…….”

“그렇다면 이자의 신원에 대해서 보증할 수 있겠구나?”

인보증을 서라는 노골적인 말이었다.

언제나 쾌활하고 거침없는 표양신인데 어찌 된 일인지 이 목석 같은 중년인 앞에서는 고양이 앞의 쥐처럼 기를 펴지 못했다.

류는 아직 그의 정체가 무언지 알지 못했지만 표양신의 그런 태도로 보아서 상당히 까다로운 자라는 걸 짐작했다.

표양신이 심각한 표정으로 머리를 끄덕였다.

“좋습니다. 제가 데리고 왔으니 제가 책임을 지지요.”

“좋다.”

중년의 사내가 이글거리는 눈으로 류를 바라보았다. 그의 안광 속에서 아주 잠깐 맑은 청광(靑光)이 번쩍이는 걸 류는 놓치지 않고 보았다.

“너는 지금부터 외성의 위사가 된다.”

“예?”

류와 표양신이 깜짝 놀라 동시에 의문성을 터뜨렸다.

“문주님이 좋게 보셨으니 복인 줄 알아라. 즉시 문 당주에게 가서 절차를 밟도록.”

그리고는 인사를 할 새도 주지 않고 휙, 돌아서서 떠나 버렸다. 류의 의견 따위는 상관없다는 태도였다.

“허, 이거 참 별일이군.”

표양신이 여전히 어리둥절한 얼굴을 한 채 중얼거렸다. 류

또한 뭐가 어떻게 돌아가는 건지 짐작이 서지 않았다.

문주가 직접 명을 내린 모양이다.

심각한 얼굴을 하고 무언가 생각하던 표양신이 유쾌하게 웃으며 류의 어깨를 두드렸다.

"하하, 축하한다. 오자마자 사부님의 눈에 든 사람은 네가 처음일 거야. 이거 앞으로는 내가 네 눈치를 보게 될지도 모르겠다. 잘 보여야겠는걸?"

"그런데 저 사람은 대체 누구요?"

"그렇지. 네가 아직 모르고 있구나. 저분은 황룡문 내의 일을 감독하고 계신 독무(督務)이시다. 강호에 추혼삼절로 이름 높은 백무운, 백 숙부지."

"추혼삼절?"

"장(掌)과 검(劍), 표(鏢)로 능히 일가를 이룰 만한 분이셔."

"단지 그것 때문에 쩔쩔매는 거요?"

"내가 백 숙부라고 부르는 소리를 못 들었어? 사부님의 다섯 분 의제(義弟)들 중 셋째이시기도 하지."

추혼삼절(追魂三絶) 백무운(白武運)은 강호의 절정고수로 꼽히기에 부족함이 없는 사람이었다. 그의 이름이 대강 남북에 우레처럼 울리고 있었다.

류는 그의 이름과 함께 두 눈에서 번쩍이던 청광을 기억해 두었다. 황룡문주에게 그와 같은 의제가 다섯 명이나 있다는 것도 기억했다.

외성을 책임지고 있는 입해당주(入海堂主)인 문효성(文曉
星)이 기다리고 있었다는 듯 표양신과 류를 맞이했다. 호심사
검(虎心蛇劍)이라고 불리는 강호의 고수다.

외성의 무사 이백을 거느리고 있는 수장이었지만 표양신
에게는 공손한 태도를 취했다.

"표 공자, 이제 이 사람은 나에게 넘겨주셔야겠소이다."

"문 당주님의 수하가 되었으니 그래야지요. 잘 부탁드리겠
습니다."

"하하, 일단 입해당의 위사가 되면 모두 한 식구 아니겠소?
그저 다른 자들과 똑같이 대해줄 뿐이라오."

"잠깐!"

류가 급히 이의를 제기했다.

"내 의견은 묻지도 않는 겁니까?"

문효성이 어이없다는 얼굴로 물끄러미 바라보았고 표양신
은 쓴 입맛을 다셨다.

문효성이 근엄한 얼굴로 말했다.

"이번이 첫 번째이니 그냥 넘어가 주겠다. 차후에는 엄한
벌을 받게 될 것이다."

'이런, 제기랄.'

류가 잔뜩 낯을 찌푸렸다. 이것이 조직의 규율이라는 것이
고, 그것이 엄할수록 기강이 살아 있는 조직이 된다는 걸 그

는 아직 실감하지 못하고 있었다.

표양신이 딱하다는 듯 혀를 차고 말했다.

"이봐. 문주님께서 그렇게 하라고 지시를 내렸다지 않아. 네가 선택할 수 있는 건 없어."

"……."

"그리고 내가 권했을 때 이미 마음이 기울어 있었잖아? 자, 축하부터 하지. 한 식구가 된 걸 축하하네. 물론 돈을 많이 벌 수 있게 된 것도 축하하고. 하하하."

표양신이 류의 어깨를 툭, 치그는 입해당을 나갔다.

류는 장에 붙잡혀 온 촌닭처럼 어리둥절한 눈을 이리저리 굴리기만 했다.

한바탕 여기저기 끌려 다니며 정신없이 인사를 했고, 이런 저런 규칙이며 주의 사항들을 교육받느라 어떻게 흘러갔는지도 모르고 사흘이 지났다.

그리고 비로소 정식 위사의 직분을 받았다. 대단한 건 물론 아니었다. 황룡문이라는 강호 문파의 가장 말단 무사로 입적된 것이다.

외성인 입해당 소속 위사가 되었지만 류는 아직 임무를 부여받지 못했다. 그가 강호의 경험이 전혀 없는 촌뜨기였으므로 교육 훈련의 과정을 거쳐야 했던 것이다.

그는 파견의 형식을 빌어 연무관으로 보내졌다. 위사들이 반년에 한 번씩 정기적으로 입관해 석 달 동안 고된 훈련을 받는 곳이다.

각자의 수준에 따라 초급, 중급, 고급으로 나뉘어 훈련 과정을 달리했는데, 류는 초급반에 배치되었다.

이미 서른 명의 초보 위사가 모여서 열흘 가까이 훈련을 받고 있던 중이었다. 그 속에 류가 불쑥 끼어들었으니 모두의 눈길을 받는 게 당연했다.

게다가 다른 사람들과는 달리 저놈은 문주께서 직접 명을 내려 위사로 있게 했다는 소문이 돈 터라 류를 바라보는 시선들이 뜨거웠다.

절반은 시기와 질투심에 불타는 시선이었고, 절반은 호기심이다.

초급반인 작호반(作虎班)의 교두는 덩치가 우람하고 거칠게 생긴 애꾸눈의 삼십대 장한이었다.

"나는 독안화룡(獨眼火龍) 동패(董浿)라고 한다."

자기 자신을 그렇게 소개한 교두가 하나뿐인 눈을 부라리며 으르렁거렸다.

"이곳에는 딱 세 가지의 규칙이 있다. 잘 지키면 무공이 일취월장하여 곧장 고수의 길로 나아가겠지만, 그렇지 못하면 평생 여기를 들락거리며 나의 노리개가 될 것이다. 나에게는 그게 더 좋은 일이지."

"……."

"귀를 씻고 잘 들어라. 첫째 명령다로 실행한다. 둘째, 명령대로 실행한다. 셋째 명령대로 실행한다. 이상!"

"결국 하나 아닙니까?"

퍽!

의문을 제기한 즉시 동패의 무지막지한 주먹이 아랫배에 틀어박혔다.

엄청난 힘이다. 류가 반으로 접힌 치 주르륵, 밀려나 엉덩방아를 찧고 주저앉았다.

독안화룡 동패가 만족한 듯 히죽 웃었다.

"첫 번째 훈련이 시작된 걸 축하한다."

끙끙거리는 류를 부축해 간 자는 작흐반 중에서도 가장 기초적인 보법과 권법을 배우는 하조(下組)의 조장이었다.

"멍청한 친구 같으니. 우선 옙!' 이라고 씩씩하게 대답하는 법부터 배워야겠어. 안 그랬다간 여기 머무는 동안 몸뚱이가 성할 날이 없을걸? 무공을 배우기 전에 골병부터 들게 될 거야."

그가 류의 귀에 낮고 빠르게 속삭여 주었다.

류는 또 하나의 낯선 생활이 시작되었다는 걸 실감했다.

'너희들은 아직 나를 몰라. 내가 어뜬 지독한 환경 속에서 스스로를 단련했고, 그래서 내 몸이 얼마나 단단하게 변했는지 말이다.'

마음속에서 그런 비웃음이 터져 나오지만 겉으로는 잔뜩

겁을 먹은 채 시무룩해져서 머리만 끄덕였다.

처음으로 무공을 배우는 사람처럼 어리버리하기만 하다. 앞서 진도가 나간 자들의 동작을 구경하고 흉내 내는 것인데, 손발이 자주 엉뚱하게 놀았다.

딱!

류의 등짝에 몽둥이가 떨어졌다. 그리고 뒤따르는 동패의 고함 소리.

"멍청한 놈! 다리를 더 벌리고 허리는 낮추란 말이다! 이 세상에 쌍수반호(雙手攀虎)의 초식을 네놈처럼 엉성하게 하는 자는 없을 것이다!"

류가 깜짝 놀랐다가 얼른 자세를 교정했다. 동패가 쯧쯧, 혀를 찼다.

"이까짓 기초적인 초식을 흉내 내는 데 나흘을 잡아먹다니, 그리고도 아직 이 모양이라니. 쯧쯧……."

팔짱을 끼고 서서 저런 놈이 어떻게 문주님의 눈에 들었는지 참 알 수 없는 일이라는 듯 미심쩍은 눈으로 노려본다.

류는 쌍수반호를 몇 번 더 반복하고 다음 초식인 반수포월(半手抱月)로 넘어갔다.

한 손을 등 뒤에 감추며 다른 손을 내뻗었다가 슬며시 거두어 가슴 앞에 달을 끌어안듯 하는 동작이다. 앞으로 내민 발에 삼 푼의 힘을 주고 뒤에 받친 발에 칠 푼의 힘을 준다.

무릎을 굽혀 허리를 낮추고 어깨는 유연하게 해서 가볍고 빠르게 움직일 것을 생각하는 게 초식의 핵심이었다.

딱!

다시 류의 등짝에 동패의 몽둥이가 덜어졌다.

"뒤꿈치 들어!"

앞으로 내민 발은 발끝으로만 땅을 디뎌야 하는 것이다.

땀을 뻘뻘 흘리며 권법을 연마하던 자들이 모두 멈춘 채 류를 바라보았다. 한심하다는 듯 혀를 차거나 낄낄거리는 자들도 있다.

류도 땀을 뻘뻘 흘리고 있는 중이었다. 제딴에는 정신을 바짝 차리고 열심히 하는 건데, 도대체 몸이 말을 들어주지 않으니 이상하기도 하고 짜증도 났다.

처음 사부의 손에 이끌려 오운장에 들어가고, 그곳에서 사형들에게 무공을 배울 때는 오히려 그들을 놀라게 하는 바가 있었다.

"이것 봐라? 사부님께서 굉장한 꼬마를 한 명 주워오셨잖아?"

놀림 반 감탄 반으로 사형들은 그렇게 말하곤 했었다.

사형들의 무공을 따라 하고 배우는 류의 재주가 특이했던 것이다. 무엇을 가르치든 한 번 보여주고 설명해 주면 족했다.

그런데 지금 류는 진심으로 무공 초식과 투로를 따라 하는

데 어려움을 겪고 있었다.

오운장에서의 그가 천부적인 자질을 타고난 꼬마였다면, 십삼 년이 지난 지금은 천하에 둘도 없는 멍청이가 된 것 같았다.

'왜 그럴까?'

류는 자기 자신의 그런 변화에 대해서 스스로 의아해하고 질문을 던졌다.

그리고 몇 날을 끙끙대며 생각한 끝에 얻은 결론은 '버렸기 때문이다'는 것이었다.

사부의 말대로 그는 자신이 무공을 배웠었다는 기억마저다 지워 버렸다. 그 세월이 십삼 년이나 지났다.

무공은 그에게 낯설고 어색하기만 한 동작들의 연속일 뿐이었다. 적응이 되지 않는다.

다음에 류는 다른 이유를 또 찾아냈다.

'구양진결 때문이다.'

류는 이미 제 영혼 속에 깊이 스며들어 있는 그 진결이 무공을 배우는 데에 있어서 자기를 아둔하고 멍청하게 만든다는 걸 깨달았다.

구양진결의 요체는 자유였다. 텅 빈 자유. 아무것에도 얽매임없는 그것은 곧 자연 그 자체이기도 하다. 나와 자연이 하나가 되어 서로의 존재를 잊어버리는 망아(忘我)요, 몰아(沒我)의 상태에 이르는 것.

그러므로 구양진결은 무(武)를 통해 곧 도(道)에 이르고 신
경(神境)에 들어서는 지고무상한 경지를 가리킨다.

류는 아직 그러한 궁극(窮極)의 깨달음과는 멀리 떨어져 있
었다. 하지만 그가 맛보고 있는 그것의 단편만으로도 그는 점
점 자기 자신을 놓아버리는 단계에 가까워져 가고 있는 중이
었다.

그건 의식하지 못하는 사이에 저절르 그렇게 된 것이라고
해도 과언이 아니다.

그러니 초식과 투로와 호흡에 묶여 있는 그 모든 것들이 그
에게는 낯설고 어색하기만 했다. 그저 있는 그대로, 느낌에
따라 본능이 반응하는 그대로의 상태가 어느덧 류에게는 가
장 자연스럽게 된 것이다.

'저놈은 바보야.'

작호반에 든 지 열흘 만에 류는 그렇게 낙인찍혀 버리고 말
았다.

허우대는 그 누구보다 멀쩡하고 근육과 뼈가 단단하다. 겉
으로 보았을 때는 눈빛이 맑고 쨍쨍했지만 실상은 열흘이 걸
려도 반수포월이라는 가장 기초적인 ス-세조차 제대로 잡지
못하는 얼간이다.

그것이 모두에게 두루 퍼진 류에 대한 평가였다.

류는 본의 아니게 '겉보기와 속이 다른 놈'으로 찍혀 버린
것이다.

“내가 십 년 동안 이곳에서 초심자들에게 무공을 가르쳐
왔지만 너 같은 놈은 처음 본다.”

결국 독안화룡 동패가 머리를 설레설레 흔들고 포기했다.
문주가 대체 이놈의 어디를 보고 위사로 받아들인 건지 이해
되지 않았다.

멀쩡한 허우대에 속았을 거라는 생각이 들 뿐이다.

어쨌거나 석 달 동안의 고된 수련이 끝나고 다시 제자리로
돌아왔다.

닷새간의 휴가가 주어졌다.

더러는 끼리끼리 모여서 가까운 제남부의 성안으로 놀러
가고, 집이 가까운 자들은 부리나케 가족에게로 향했다.

하지만 갈 곳이 없는 류는 위사들의 숙소인 위룡각(衛龍閣)
안에서 빈둥거려야 했다.

아무도 없을 때는 벽에 발을 대고 거꾸로 선 채 손가락 한
개만 짚고 두어 식경을 버텼다.

때로는 화단을 돌보며 단단한 돌멩이를 손아귀에 쥐고 지
그시 힘을 주어 가루가 되도록 부수어 버리는 일을 반복했다.

나무에 기대 조는 것처럼 앉아서 진결의 심득을 생각하고
또 생각했지만, 아무도 그러한 일을 눈치 채지 못했다.

“네 소문 들었다. 형편없었다며?”

류가 심심풀이 삼아 화단을 가꾸고 있을 때 등 뒤에서 불쑥

표양신의 짓궂은 음성이 들려왔다.

저도 모르게 반가운 마음이 왈칵 든다.

류가 흙 묻은 손을 털며 돌아섰다. 눈앞에 표양신의 미끈하게 잘생긴 얼굴이 빙글빙글 웃고 있었다.

"무공이 나에게는 안 맞는 모양이오."

"그럴 리가 있나?"

표양신이 류의 아래위를 훑어보며 고개를 갸웃거렸다. 누가 봐도 류는 이상적인 몸을 가지고 있었다. 두툼한 가슴과 잘록한 허리, 쭉 고른 등과 단단한 팔이며 다리. 차돌처럼 박혀 있는 근육들.

"알 수 없는걸? 어째서 그럴까?"

연신 머리를 갸웃거리던 표양신이 갑자기 류의 팔을 잡아끌었다.

"이리 와봐라."

"왜 이러시오?"

"잔말 말고 따라와 봐."

그가 위룡각 뒤의 으슥한 곳으로 류를 끌고 갔다. 주위에 아무도 없다는 걸 확인하고 옷소매를 둥둥 걷어붙인다.

"뭘 하려는 거요?"

"나를 잘 보고 따라 해봐."

말이 끝나기 무섭게 주먹을 뻗어 허공을 후려치고 손가락을 펴서 잡아채며 허리를 비틀고 다리를 바쁘게 움직였다.

힘껏 걸어차고 가볍게 뛰며 재빨리 맴돌다가 허리를 무겁게 가라앉히고 주먹을 뻗어내는 것이 정교하면서 힘찼다.

어디 한 군데 어색한 곳이 없고, 눈곱만큼도 파탄이 엿보이지 않는다. 그대로 법식에 들어맞아 자로 재고 먹줄을 튕긴 것처럼 정확한 동작이요, 투로(套路)였던 것이다.

"연자쟁춘(燕子爭春)이라는 초식이다. 할 수 있겠지?"

"아니, 그게 어디 사내가 익힐 초식이오? 연자쟁춘이라니? 제기랄, 내 낯이 다 뜨거워지네."

제비가 짝을 짓기 위해 서로 지저귀면서 다툰다는 것이니 초식의 이름 치고는 정말 어울리지 않았다.

하지만 표양신은 진지했다.

"어허, 이 한 초의 권법만 제대로 흉내 낼 줄 알게 되면 연무관에서 다시는 너를 흉볼 자가 없을 거야."

"내가 그것을 어떻게 배워서 써먹을 수 있겠소? 교두가 화를 낼 거요. 제가 가르쳐 주는 건 안 배우고 엉뚱한 걸 배웠다고."

"정말 멍청하군. 아니, 아직 몰라서 그렇다고 이해해 주지."

흘겨본 표양신이 낮게 말했다.

"너는 좋든 싫든 간에 곧 중급반인 양호반(養虎班)으로 옮겨가게 될 텐데, 거기서부터는 서로의 무공을 겨루며 실전의 감각을 익히게 된다. 비무를 한다는 말이다."

“비무?”

“그때 놀림을 당하지 않으려면 내가 가르쳐 주는 초식을 열심히 익혀서 적당하게 써먹어야 해.”

“나는 아직 작호반의 무공도 제대로 배우지 못했는데 어떻게 중급반으로 월반한단 말이오?”

“몰라. 사부님이 지시하셨으니 그렇게 된다.”

“문주께서? 허! 더욱 모를 일이군.”

“네가 모르는 게 어디 그것뿐이냐?”

눈을 흘긴 표양신이 천천히 설명해 주었다.

“연무관에 입관한 자들의 일거일동은 모두 집운전(輯雲殿)으로 보고된다. 너에 대한 것도 낱낱이 보고되었지.”

그 정도는 예상했던 일이었다.

“그러면 집법장로 세 분이 각자의 성취를 품평하고 월반시킬 것인지 유급시킬 것인지를 논의하지. 너는 어떻게 되었을 것 같냐?”

“유급이었겠지.”

“잘 아는군. 다들 너에 관한 보고서를 읽고는 머리를 설레설레 흔들었다더라.”

“그런데 왜 월반시킨단 말이오?”

“최종적으로 사부님께 보고가 되고, 그분의 결제를 받아서 실행되지. 그런데 사부님께서 벌컥 화를 내신 거야.”

“응?”

"집법장로님들이 보고할 때 내가 사부님의 시중을 들고 있었기 때문에 똑똑히 보았다."

"아니, 이유가 뭐랍니까?"

"그걸 내가 아나? 아무튼 그래서 그날 회의는 엉망이 되어 버렸다. 네놈 하나 때문에 말이야."

"제기랄, 양호반으로 올라가면 고생문이 활짝 열릴 게 뻔하군."

류가 투덜댔다. 또다시 문주의 입김으로, 그것도 문주가 집법장로들에게 화를 냈을 정도로 주목을 받아가며 월반한다면 그곳의 교두며 동료들이 반가워할 리가 없지 않은가.

"그러니까 부지런히 내가 가르쳐 준 초식을 연습하란 말이다. 딴 건 필요없어."

"알았어. 이제 보니 공자는 내 걱정을 해서라기보다 문주님의 체면을 생각해서 이렇게 다그치는 거군요?"

"쳇, 바보 같은 놈이 눈치는 빠르군. 생각해 봐라. 거기서도 네가 동네북이 되면 너를 추천한 사부님의 체면이 뭐가 되겠어?"

"그런데 문주께서 왜 나 같은 놈에게 그처럼 관심을 기울이는 건지 모르겠소."

"원래 그런 분이셔."

"그게 무슨 말이오?"

"사부님의 지론 중 하나가, '사람은 첫인상이 중요하다'는 것이다. 첫인상이 그 사람의 모든 것을 숨김없이 잘 보여준다는 말씀이시지. 사부님은 너에 대한 첫인상을 아주 좋게 받으신 것 같다."

"그래요?"

"생뚱맞은 것 같지만, 생각해 보면 사부님 말씀이 일리가 있어. 처음 누구를 보았을 때는 아무 선입견 없이 있는 그대로를 볼 거 아니겠어?"

"그렇겠지요."

"그러니까 그 사람의 모든 걸 가장 냉정하게 잘 볼 수 있게 되는 거지."

그럴듯했다.

"하지만 몇 번 만나 어울리다 보면 그 사람에 대한 선입견이 생긴다. 그자가 의도적으로 좋게 보이려고 말과 행동을 조심했을 수도 있고. 그러면 눈이 흐려져서 제대로 볼 수 없게 되는 거야."

"하지만 그 사람을 정확히 알려면 오래 사귀며 살펴봐야 하는 것 아니겠소?"

"사부님 말씀에 의하면 그래 봐야 첫인상에서 받았던 느낌을 확인하는 일밖에는 안 된다."

"편견이 좀 심하시군."

류가 피식 웃었다. 문주의 소신은 일리가 있으면서도 그 자체로 편견을 더욱 깊게 해줄 소지가 다분했던 것이다.

표양신의 얼굴이 즉시 굳어졌다.

"말을 조심해."

실쭉한 표양신이 매섭게 흘겨보고 횅하니 떠나 버렸다.

"이제 보니 계집애 같은 면도 있잖아?"

류가 풀썩 웃었다.

다음날, 과연 류에게 양호반으로 찾아가라는 통지가 왔다. 작호반의 동료들 모두가 놀라고 의심했다. 그러나 교두인 독안화룡 동패는 아무런 내색도 하지 않았다.

류를 훑어보고는 손을 내저었을 뿐이다.

"맷집이 좋으니까 몸으로 때우면 될 거다. 가봐."

그리고 돌아서며 한마디를 덧붙인다.

"그러다가 맞아 죽은 놈도 여럿 있긴 했지."

처음 류와 함께 작호반에서 수련했던 위사들은 닷새의 휴가를 보낸 뒤 모두 제자리로 돌아갔다. 일 년이 지난 뒤에야 그들은 다시 연무관에 입관하여 수련을 받을 수 있다.

그때, 이번에 유급된 열 명은 작호반에서 후임들과 함께 다시 석 달을 보낼 것이고, 월반이 결정된 스무 명은 중급반인 양호반으로 가서 석 달 동안 고된 수련을 하게 되는 것이다.

하지만 류는 제 보직으로 돌아가지 않고 곧장 양호반으로 가야 했다.

그곳에는 창룡관(蒼龍關) 왕 당주 휘하의 위사들 스무 명이 두 달째 수련을 하고 있는 중이었다.

입해관이 황룡문의 가장 바깥에 있다면, 창룡관은 같은 외성이면서도 입해관과 내성 사이에 있다. 단계를 두고 보았을 때 그들의 위치가 입해관보다 높은 것이다. 그래서 창룡관의 위사들은 입해관의 위사들을 얕보는 경향이 있었다.

그곳에 류가 입해관의 문 당주 수하로서 홀로 찾아왔으니 머쓱해질 수밖에 없다.

더운 숨을 헉, 헉, 내뿜으며 권각법과 병장기의 수련에 열중해 있던 자들이 모두 손을 놓고 돌아보았다.

그들 중 반 정도는 상급반인 '비호반(飛虎班)'으로 올라갈 자들이었다.

양호반의 교두는 철비두타(鐵臂頭陀)라는 자였다. 파계승으로서 법명은 포양(抱陽)이라고 한다.

거구의 흉악하게 생긴 민머리 화상이었는데, 백 군데나 기운 낡은 승포를 입고 버티고 서서 이글거리는 눈을 부릅떴다.

"네가 류냐?"

모두 모이게 하고 류 앞에서 터뜨린 일성(一聲)이 그것이었다.

그의 숯불처럼 이글거리는 눈이 류의 얼굴에 딱 멎었다.

한동안 말없이 노려보기만 하는 게 심상치 않았다. 다들 잔뜩 긴장해서 마른침을 삼켰다.

한참 만에야 그가 씨근거리듯 말했다.

“배운 게 뭐야?”

“뭐, 별로…….”

“해봐!”

류는 모두가 지켜보는 앞에서 엉거주춤 제가 작호반에서 배운 몇 가지의 권법 초식을 시연해 보일 수밖에 없었다.

자세가 엉성하고 불안하며, 내뻗고 거두는 주먹과 발에 힘이라곤 들어가 있지 않다.

“와하하하, 저게 뭐야?”

“작호반의 수준이 언제 저렇게 떨어졌지?”

“지독하기로 이름난 동 교두가 조느라고 저놈은 가르치지 못했나 보다.”

“절름발이가 춤을 춰도 저것보다는 낫겠다.”

양호반에 있던 자들이 일제히 웃음을 터뜨리며 비웃었다.

류에 대한 소문은 이미 그들 사이에 두루 퍼져 있었다. 저렇게 형편없는 놈이 문주님의 배려로 자신들과 함께 무공을 배우게 되었다는 사실에 질투심을 느끼지 않는 자는 없었다. 그래서 류를 노려보는 그들의 눈에는 비웃음과 함께 분한 기색이 가득했다.

류가 시범해 보이는 반수포월의 초식을 뚫어지게 바라보던 철비두타 포양이 이글거리는 눈길을 돌려 양호반의 무리를 쓸어보았다.

그 순간 찬물을 뒤집어쓴 듯 모두가 숨소리마저 멈춘 채 조용해졌다. 철비두타 포양의 포악함이 어떤지 금방 느껴진다.

"너!"

철비두타가 가장 큰 소리로 웃어대던 한 놈을 가리켰다.

양호반에서 석 달 동안 무공을 배워 제법 틀이 잡힌 자였다. 내년이면 상급반인 비호반으로 옮겨갈 자이기도 하다.

이수명(李水明)이라고 하는 그자가 힐끔힐끔 눈치를 보며 나서자 철비두타가 대뜸 소리쳤다.

"한번 싸워봐!"

"예?"

"신입의 수준이 어떤지 내 눈으로 확인해 봐야겠단 말이다!"

이수명이 자존심이 상한 듯 눈살을 찌푸렸다.

"저, 교두님. 저는 비호반으로 올라갈 몸인데요?"

"그래서?"

"초짜들을 상대하기에는 좀……."

퍽!

그 즉시 철비두타가 발을 번쩍 들어 이수명의 가슴을 사정없이 걷어찼고, 그가 새된 비명을 터뜨리며 일 장이나 날려가 처박혔다.

한참 동안 끙끙거리다가 겨우 일어난 이수명은 더 이상 군소리를 하지 못했다. 부릅뜬 철비두타의 시선을 외면하며 류 앞에 선다.

"해봐. 먼저 하란 말이다. 있는 힘껏 해야 할 거다."

류는 어리둥절한 얼굴을 하고 있었다. 대체 이 난관을 어떻게 처리해 나가야 할지 언뜻 판단이 서지 않았던 것이다.

이수명이 철비두타에게 맞은 억울함을 류에게 풀겠다는 듯 음침하게 웃으며 주먹 마디를 뚜두둑, 꺾었다.

"흐흐흐, 이건 비무거든? 그러니까 내 주먹이 무자비하다고 원망하면 안 돼."

류가 작호반에서 배운 기초 무공으로 중급반을 떠날 때가 된 이수명을 상대한다는 것 자체가 어불성설이다. 하지만 누구도 그런 것에 대해서 이의를 제기하지 않았다. 그들의 마음속에는 류가 떡이 되도록 얻어터져서 제 발로 양호반을 떠나 작호반으로 돌아가기를 바라는 생각이 가득했던 것이다.

류가 이수명을 마주하고 서서 히죽 웃었다. 이수명의 입가에도 비릿한 미소가 매달린다.

가볍게 인사를 나눈 그들이 즉시 맞붙었다.

이수명은 이 기회에 저의 솜씨를 모두에게 한껏 뽐내 보이고 싶었다. 작호반에서도 가장 형편없었다는 놈을 상대로 고양이가 쥐 놀리듯 할 작정인 것이다.

류가 엉성한 자세를 취하고 노려보는 것이 귀여워 보이기까지 한다.

"조심해!"

경고의 외침을 터뜨린 그가 즉시 춘계축공(春鷄鸓蚣)의 초식으로 쳐들어왔다. 발을 성큼 내딛기 무섭게 닭의 부리처럼 뾰족하게 만든 다섯 손가락을 뻗어 류의 미간을 찍어온 것이다.

류가 작호반에서 배운 미타거보(尾墮去步)의 자세로 엉덩이를 뒤로 빼서 몸을 물리며 한 손을 쳐들어 가로막고 다른 손으로 허리를 움켜쥐려 했다. 쌍수반호에 반수포월의 초식을 섞어 공수를 동시에 취하려는 의도였다.

하지만 의도만 좋았을 뿐, 그의 움직임은 굼뜨고 손발의 대응이 어색하기만 해서 스스로 보법과 운신이 꼬여 어지러워졌다.

딱!

류의 이마에 이수명의 매화꽃처럼 오므린 다섯 손가락이 박혔다.

손목의 탄력을 십분 살려서 닭이 지네를 쪼듯 한 터라 충격이 컸다. 눈앞에 별이 오락가락한다.

류가 비틀거리는 몸을 세우고 기마세로 하체를 굳건히 했다. 두 팔을 상하로 뻗어 쌍촉타목(雙欘打木)의 초식으로 공격했다. 하지만 역시 엉성하고 힘이 없다.

그것을 가뿐하게 뚫고 들어온 이수명의 발끝에서 딱! 하는 또 한 번의 경쾌한 격타음이 터져 나왔다. 그와 함께 류의 턱이 덜컥, 들렸다.

어지간한 자라면 그 한 번의 발길질어 턱이 부서져 의식을 잃고 나뒹굴었을 것이다. 하지만 류는 결코 쓰러지거나 물러서지 않았다. 제 맷집이 어떤지 보여주기라도 하려는 듯 우직하게 다가설 뿐이다.

바짝 약이 오른 이수명의 연타가 온몸에 작렬했다.

퍽, 퍽, 퍽, 퍽!

몽둥이로 후려치는 것 같은 둔탁한 소리가 쉴 새 없이 터져 나왔다. 그때마다 몸과 어깨가 흔들리면서도 류는 역시 무너지지 않았다. 두 팔을 들어올려 얼굴을 가린 채 조금씩 조금씩 밀고 들어갈 뿐이다.

"이얍!"

독이 오른 이수명이 날카롭게 외치며 있는 힘껏 주먹을 뻗었다.

딱! 하는 소리와 퍽! 하는 소리가 동시에 터졌다.

"억!"

이수명이 얼굴을 감싸 쥐고 엉덩방아를 찧었으며, 류도 얼굴을 감싼 채 세 걸음이나 쿵쿵거리고 물러섰다.

입술이 터진 듯 손가락 사이로 붉은 피가 흘러내렸지만 그는 꿋꿋이 서 있고 이수명은 주저앉아 정신을 차리지 못했다. 머리를 좌우로 건들거리며 입에 거품까지 물었다.

그 의외의 상황에 모두가 어리둥절해진 눈을 크게 떴다.

"오호?"

턱을 괴고 지켜보던 철비두타 포양이 눈을 반짝였다.

류가 어떻게 했는지 똑똑히 본 사람은 철비두타뿐이었다.

이수명의 주먹이 얼굴을 가린 팔과 팔 사이를 뚫고 창처럼 찔러 들어올 때 류가 슬쩍 오른쪽 어깨를 앞으로 밀어냈던 것이다. 그리고 자연스럽게 뻗어나간 주먹이 호선을 그리며 이수명의 턱을 강타했다.

'저놈은 맞지 않을 수도 있었다.'

철비두타가 머리를 갸웃거렸다. 어깨와 함께 얼굴만 옆으로 살짝 돌렸어도 이수명의 주먹은 코앞을 스치고 지나갔을 것이다. 그런데 류는 고지식하게도 그의 한주먹을 맞아주었던 것이다.

'맞아주었다.'

그로서는 그렇게 생각할 수밖에 없었다.

어쨌거나 이수명이 패했다. 그것도 작호반의 허수아비라고 소문난 신입에게 그 꼴이 되었으니 그가 비호반으로 월반하는 일이 어려워질 것이다.

第九章
상종하지 못할 놈

第九章

　중급반인 양호반에서의 생활이 시작되었다. 류가 황룡문에 들어와 어느덧 석 달이 지났던 것이다.

　다른 사람들은 연무관에서의 삼 개월 수련이 끝나면 위사로 돌아가 근무하고, 일 년 뒤에 다시 연무관으로 입관하지만 류는 그렇게 되지 않았다.

　작호반에서의 석 달 수련 기간이 끝나자 곧바로 양호반으로 옮겨와 다시 석 달을 보내게 된 것이다.

　류가 양호반에 온 지 열흘이 지났을 뿐인데 류에 대한 그들의 반감은 배나 더 커졌다. 철비두타가 보든 말든 사사건건 시비를 걸고, 가르쳐 준다는 핑계로 불러내서 마음껏 두들겨

패곤 했다.

하지만 류는 반항하지 않았다. 그들이 비무를 청할 때마다 기꺼이 응해주었다. 그리고는 흠씬 두들겨 맞는 것이다. 그가 작호반에서 배워온 거라고는 얻어터지는 기술뿐인 것 같았다.

작호반에 있을 때는 그래도 말벗이 되어주는 자가 있었지만 양호반에서는 그렇지 않았다. 류는 그들 모두로부터 따돌림을 받고 철저히 외톨이가 되었던 것이다.

그러나 류는 태연하기만 했다. 조금도 위축되거나 주눅 든 기색이 없다.

그는 언제나 제일 먼저 일어나 연무장으로 나왔고, 가장 늦게까지 수련을 했다.

철비두타는 아무 말도 하지 않았다. 류에게 몇 번 무공 초식을 가르쳐 보더니 그 다음부터는 아예 상대하려 들지도 않았던 것이다.

류는 양호반에 있어서 있으나마나한 존재에 지나지 않는 것 같았다.

그렇게 되자 류는 태도를 바꾸어 게으르기 짝이 없는 수련생이 되었다.

그럴수록 사람들은 더욱 그를 외면해서, 그가 일과 중에 슬그머니 연무장을 빠져나와 돌아다녀도 뭐라고 하지 않았다.

한마디로 그는 양호관의 골칫덩이이자 문제아가 되어버린

것이다.

그날도 류는 구석에 앉아서 다른 사람들이 땀을 뻘뻘 흘리며 수련하는 걸 구경만 했다.

나중에는 지겨운지 연신 하품을 하다가 슬그머니 일어나 뒤뜰로 나갔다.

수련(垂蓮)이 흐드러진 연못가에 멍하니 앉아 금빛 잉어들이 유유히 헤엄치는 모습을 바라보았다.

그것들은 좁은 물속에 있으면서도 마냥 한가로웠다. 바다 같은 동정호에 풀어놓는다고 해도 저와 같이 유유할 것이다.

물고기에게는 저희가 숨 쉬고 살아갈 수 있는 물이라는 게 중요할 뿐, 넓고 좁음은 별문제가 되지 않는 건지도 모른다.

사람도 그와 같지 않을까? 하는 생각이 들었다.

먹고 자고 입는, 생명을 유지할 수 있는 조건이 충족된다면 내가 사는 울타리 안과 밖이 별로 중요하지 않으리라.

'무공이라는 것은?'

류는 문득 자기 자신에게 물었다.

나를 지키거나 상대를 때릴 뿐이다. 나를 살리거나 상대를 죽일 뿐이다.

그것만 충족된다면 초식이니 신공절학이니 하는 게 무슨 소용이 있을까? 하는 생각이 든다.

구양진결 속의 한 구절이 떠올랐다.

동급즉응급(動急則應急)
동완즉완수(動緩則緩隨).

　상대가 빠르게 움직이면 나도 빠르게 대응하고, 상대가 느리게 움직이면 나도 따라서 느리게 대응한다.
　중심을 나에게 두고 있으면서 나에게 닥치는 외부의 모든 상황에 따라 자연스럽게 반응하는 것이다.
　류는 그 구결 속에는 이 연못 속의 잉어를 보는 것과 같은 뜻이 있다고 생각했다.
　저것이 좁은 물과 넓은 물을 상관하지 않고 거기에 맞추어 언제나 유유할 수 있는 것은 근본을 지키고 있기 때문이다.
　근본이란 무엇인가? 잉어에게 있어서나 인간에게 있어서나 그것은 바로 '생명' 그 자체일 것이다.
　나머지는 모두 외물(外物)이 아니겠는가.
　그런 생각이 류의 마음을 부드럽게 어루만져 주었다. 빙긋, 저도 모르게 미소가 피어오른다.
　'내가 나의 처지에 만족하지 못한다면 그것은 나를 괴롭게 할 뿐이다. 만족이란 내 안의 문제일 뿐, 외물에 있는 게 아니지 않은가.'
　절로 그런 생각이 들었다.
　다른 데에서 만족을 얻으려고만 한다면 지금의 내 처지가 불편하고 괴로울 뿐이다. 그것은 잉어가 좁은 연못에 만족하지 못하고 동정호로 나가기 위해 여기저기 제 몸을 부딪쳐 대는 것과 같이 어리석은 짓이 아니겠는가.

나의 중심을 확고하게 잡고 있으면서 나에게 다가오는 외물을 관조한다. 그 다음부터는 구결이 가르쳐 주고 있는 바대로 자연스럽게 그것에 순응하여 움직이면 된다.

내 감각이 상대의 감각에 반응할 때 저절로 몸이 마음을 따르고 손이 눈을 따르게 될 것이다.

억지로 어떻게 하겠다는 나의 의지는 무시되어도 좋은 것.

류는 순리와 순응의 뜻이 그 구결 속에 있다고 믿었다.

"손과 팔은 부드럽게 펴주고 감각에 주의해야 한다."

류는 저도 모르게 중얼거리고 있었다.

"상대가 움직이려 하면 내가 먼저 움직이고, 상대가 멈출 기미를 보이면 나도 그와 같이 한다."

움직임으로써 움직임을 누른다는 이동제동(以動制動)과 고요함으로써 고요함을 누른다는 이정제정(以靜制靜)의 원리가 바로 구양진결에 있었던 것이다.

류는 오늘 이 적막한 곳에서 문득 그 실마리를 붙들었다. 마음에 희열이 가득해졌다. 한 가지를 깨달을 때마다 찾아오는 열락이다.

"좋으냐?"

문득 들려온 걸걸한 음성이 류의 즐거움을 깨뜨렸다. 철비 두타 포양이었다.

연무장에 있던 그가 언제 이곳에 왔는지, 무엇 때문에 왔는지 의아해진다.

"좋으냐고 물었다."

"그런 것 같군요."

"그런 것 같다니?"

"예, 좋습니다."

"남들이 숨을 헉헉거리며 열심히 무공을 연마하고 있을 때 너는 연못가에 앉아 한가롭게 물고기나 감상하고 있으니 물론 좋겠지."

"돌아가서 수련을 하겠습니다."

류가 엉덩이를 털고 일어섰지만 철비두타의 굳은 얼굴은 펴지지 않았다.

"그럴 필요 없어."

"……."

"무공이 뭐라고 생각하느냐?"

철비두타의 험상궂은 얼굴이 더욱 험악해졌다.

위협이 아니다. 류는 그에게서 진지함을 보았다.

"내가 네 마음을 알아맞혀 볼까?"

"……."

"너에게는 그저 싸워서 이기면 된다는 생각뿐이겠지. 무공이라는 것도 결국은 싸워서 이기기 위해 배우는 것일 뿐이고."

"부정하지 않겠습니다."

"그 안에 깃들어 있는 지고한 철학에 대해서는 관심도 없겠지?"

"경서를 읽는 게 낫지 않겠습니까?"

"이놈!"

철비두타가 일갈했다.

"천박한 재주로 선인들의 노력을 비웃지 마라!"

"……."

"무공에는 그것이 아무리 하찮은 초식이라 해도 그것을 만들어낸 선인들의 사상과 깨우침이 담겨 있다. 그러므로 투로와 초식을 배우고 익히는 건 곧 그 안에 담겨 있는 선인들의 깨달음을 배우는 거다."

"……."

"너는 겸손하지 못해."

"동의할 수 없습니다."

"무엇이?"

철비두타는 류가 자신의 말속에서 좀 더 깊고 고상한 의미를 깨우치기를 진심으로 바랐다.

하지만 류는 그런 철비두타의 말이 우습기만 할 뿐이었다.

'쳇, 철학? 사상이라니?

그런 걸 배우기 원한다면 공자나 맹자를 스승으로 삼고 열심히 그들의 책을 읽는 게 백배 나을 것이다.

나를 지키기 위해서? 그래서 살인을 위한 초식을 배우는 건가? 하는 불만이 절로 들었다.

나를 지키기 위해서 남을 죽여야 하고, 그걸 잘할 수 있는 기술을 배운다는 건 그 자체로 모순이 아닐 수 없다.

류의 생각은 철비두타의 그것과 같지 않았다.

결국 무공이라는 것은 남을 더 잘 때리고 죽이기 위해서 그 기술을 배우고 익히는 것에 불과하다고 그는 굳게 믿고 있는 것이다.

전장(戰場)의 병사들이 철학을 따지고 오행의 깊은 원리를 탐색하며 창을 찌르고 칼을 휘두를 것인가.

칼을 들고 싸우는 데 지고한 철학이 웬 말인가. 공맹에 정통한 노학사가 칼 든 강도를 당할 수 있겠는가.

종사라고 불리는 사람에 의해 창안된 초식이며 투로라는 것도 따지고 보면 가장 효과적으로 적을 죽이기 위한 방법을 연구하고 찾아낸 것에 지나지 않다.

그렇다면 굳이 초식에 얽매이고, 애써 투로를 익힐 필요가 없다. 가장 효과적이고 가장 확실하게 때리고 죽일 수 있는 기술에 능통하면 그게 최고다.

무공이란 결국 그런 것이다.

류는 이미 그렇게 결론을 내리고 있었다.

자신이 구양진결 속의 심득을 하나씩 깨우쳐 가고 있는 것도 그 안에 있는 구양무존의 지고한 사상을 배우기 위해서가 아니라고 생각했다.

구양무존의 심득 속에서 내가 원하는 걸 얻어낼 뿐이다. 그리고 제가 깨달은 바를 가장 강력하게 실행할 수 있도록 고된 수련으로 몸을 단련시켰다. 그것뿐이다

그런 류의 생각을 철비두타가 알 리 없었다. 그에게는 류의 꽉 막힌 생각과 고집이 답답할 뿐이었다.

"고얀 놈!"

잡아먹을 듯 노려보던 철비두타가 벼락처럼 부딪쳐 왔다.

빠르다.

류가 여태까지 겪어보았던 그 누구보다 철비두타의 움직임은 빠르고 격렬했다.

하긴, 고작 맥량산에서 산적들 몇 놈을 상대했던 게 전부일 뿐인 류가 철비두타 같은 정통 고수의 움직임에 놀라는 건 당연한 일이다.

'한번 맞아볼까?'

번개처럼 스쳐 가는 생각. 그리고 충격.

빠악!

류의 얼굴과 가슴, 배에서 격렬한 격타음이 터져 나왔다.

세 번의 주먹질이 한 번인 것처럼 틀어박힌 극쾌의 연환수.

류의 몸이 허공에 떠올랐다. 줄 끊어진 연처럼 훌훌 날려가 한 그루 은행나무 아래 처박힌다.

가슴이 쪼개지는 듯하고 숨이 턱, 턱, 막혔다. 신음을 흘릴

수도 없을 만큼 고통스럽다.

'이런 게 제대로 된 고수의 솜씨라는 건가?

류는 그 고통 속에서도 그런 생각을 하고 있었다. 그리고 웃음도 비죽비죽 새 나온다.

'이 정도라면 해볼 만하지 않겠어?

어떤 건지 몸으로 한번 시험해 보았는데, 철비두타의 주먹과 발길질도 별것 아니라는 생각이 들었다.

"일어서라!"

철비두타가 근엄하게 말했다. 장삼을 벗어 던지고 본격적으로 싸울 태세를 갖춘다.

"네놈의 오만함을 내가 꺾어주고 말겠다."

"큭큭큭⋯⋯."

류의 입에서 야릇한 웃음이 새 나왔다.

"으음."

이를 질끈 깨물고 낯빛을 딱딱하게 굳힌 철비두타가 주먹에 힘을 주었다. 류를 노려보는 눈길이 먹이를 노리는 매의 그것과 같다.

"나를 때려죽이고 싶겠지만 그게 그리 쉽지 않을 거요."

"이놈! 뭐라고 지껄이는 거냐?"

"내 주먹과 발은 몸뚱이가 심심하지 말라고 그냥 붙어 있는 게 아니라는 거요."

류의 말투에 교두에 대한 공경심이라고는 조금도 없다. 어이가 없다 못해 기가 찰 노릇이었다.

위사는 황룡문 내에서도 잡다한 일들을 처리하는 하급의 무사에 지나지 않다.

그에 비해 철비두타는 연무관에 속해 있는 세 명의 교두 중 한 명이었다. 일반 당주보다 오히려 높은 배분인 것이다. 그러니 위사와는 신분에서부터 몇 계단의 차이가 있다.

그런데 고작 신출내기 위사가, 그것도 외성 중에서도 말석에 지나지 않는 입해당의 말단 위사가 함부로 말대꾸를 하고 있으니 눈이 뒤집힐 일이었다.

하지만 철비두타는 머리꼭지까지 치솟아오르는 분노를 억지로 참아야 했다. 제 신분과 체면 때문이다.

"호호, 해보겠다는 거냐? 좋다. 네 마음껏 반항해 봐라."

"만약 당신이 진다면?"

"뭐라고?"

철비두타가 어이없다는 얼굴로 바라보다가 비웃음을 흘렸다.

"호호호, 내기를 하자 이 말이냐? 으냐, 네가 원하는 걸 말해봐라."

"당신이 진다면 더 이상 나에 대해서 이러쿵저러쿵 잔소리하지 말고 간섭하지도 말아주시오."

"그것뿐이냐?"

"당신이 나에게 줄 수 있는 게 그것 말고 또 있겠소?"

지독한 비웃음이다.

철비두타의 얼굴이 더욱 싸늘해졌고 눈 속에 살기마저 이글거렸다.

"내가 이기면 네놈은 죽게 된다."

그가 음침하게 말했다.

"네가 자초한 일이니 나를 원망하지 말거라."

"좋아, 당신이 나를 이긴다면 마음대로 해. 하지만 주먹을 다섯 번 뻗기 전에 끝장내야 할걸?"

"다섯 초식 만에 나를 꺾겠다고?"

"두고 보면 알겠지."

"죽일 놈. 빠드득—"

철비두타는 이 건방진 놈에게 단단히 가르침을 내리겠다고 결심했다. 죽여 버리겠다는 노여움도 가득하다.

숨을 들이쉰 그가 벼락처럼 몸을 던졌다.

파앙—!

허공을 찢는 주먹에서 폭음 같은 바람 소리가 난다.

맹호타저(猛虎打猪)의 한 수였다.

류가 눈을 부릅뜬 채 '욱!' 하고 힘을 주며 버텼다.

팡팡팡—!

번개처럼 쏟아지는 세 번의 주먹질이 그의 온몸을 두드렸다.

쇠를 두드리고 바위를 부술 만한 주먹이었다. 그것이 살과 뼈로 된 사람의 몸뚱이에 부딪쳤으니 당장 피를 토하며 무너져야 옳았다.

하지만 류는 흔들리지도, 움찔거리지도 않았다. 가슴과 배, 옆구리에 작렬하는 철비두타의 철권(鐵拳)을 고스란히 받아 낸 것이다.

그의 몸뚱이에 들어간 힘이 마치 거대한 철벽으로 화한 듯했다.

"응?"

놀란 철비두타가 왼손을 크게 휘들러 엄지손가락을 장심에 말아 넣은 배수도(背手刀)로 류의 믁덜미를 후려쳤다.

제대로 맞으면 동맥이 터지고 목뼈가 부러져 버릴 일격이다.

류가 다시 한 번 '욱!' 하고 힘을 주며 버텼다.

쾅!

목덜미에 떨어지는 무지막지한 충격.

하지만 류는 쓰러지지 않았다. 비로소 흔들, 하고 몸이 약간 기울었을 뿐이다.

철비두타의 안색이 새파랗게 질렸다. 주춤 물러서서 바라보는 눈에 불신의 기색이 가득하다.

그는 자신의 네 번에 걸친 공격을 아무런 저항 없이 몸으로 받아내는 자가 있다는 걸 믿을 수 없었다.

목을 한 번 움직여 본 류가 히죽 웃었다.

“한 번 남았어.”

“이놈!”

이성을 잃어버릴 만큼 흥분한 철비두타가 자신의 모든 공력을 실어서 쇄량분골(碎輛粉骨)의 기세로 주먹을 내뻗었다.

후웅— 하는 웅장한 소리가 주먹에서 쏟아진다.

공기를 압축하는 기파의 강렬함이 주먹보다 앞서서 류의 얼굴을 후끈 달구며 밀려들어 왔다.

류가 말한 다섯 번째의 공격.

뇌전처럼 얼굴 복판으로 뻗어오는 그 한주먹의 맹렬함이 끔찍한 두려움을 주련만 류는 눈도 깜빡이지 않고 그것을 바라보았다.

“찻!”

그리고 그의 입에서 비로소 날카롭고 짧은 기합성이 터져 나오고, 어깨가 기우뚱 기울었다.

머리카락 한 올의 차이로 아슬아슬하게 스쳐 지나가는 주먹.

그것을 오른손으로 쳐올리고 창처럼 꼿꼿하게 편 왼손의 다섯 손가락이 눈앞에 훤히 드러난 철비두타의 겨드랑이를 노렸다.

쉿!

짧고 격한 파공성, 그리고 손가락 끝에 와 닿는 경쾌한 타격감.

퍽!

"우욱!"

철비두타가 오른팔을 축 늘어뜨리고 정신없이 물러섰다. 고통 때문에 얼굴이 숯불처럼 달아올랐고, 목에 힘줄이 툭툭 불거져 나왔다.

손끝을 깊게 찔러 넣었다면 살을 뚫고 들어가 어깨뼈를 부수어 버렸을 만한 일격이었다. 하지만 류는 적당한 순간에 짧게 끊어 침으로써 그에게 견딜 수 없는 고통만 주었을 뿐이다.

그것만으로도 철비두타는 온몸의 신경이 경직되고 근육이 굳어 움직이기 힘든 지경이 되었다.

단 한 번의 기막힌 반격. 그것이 자신을 침몰시켰다는 걸 철비두타는 아직도 믿을 수 없었다.

"너, 너, 네놈은……."

그가 식은땀을 뚝뚝 떨어뜨리며 이를 악물고 류를 노려보았다.

강호에서 삼십 년 동안 쌓아온 자신의 명성이 어이없는 이 한 번의 싸움으로 끝났다는 절망감에 눈앞이 아뜩해진다.

길게 숨을 토해내 몸 안에 가득했던 긴장을 풀어버린 류가 무심한 얼굴로 철비두타를 바라보았다.

"당신이 나를 가르칠 수 있겠어?"

"……."

철비두타는 이를 악물었을 뿐 부정할 수 없었다.

"네 정체가 뭐냐?"

"약속했을 텐데? 당신은 더 이상 나에 대해서 아무런 간섭도 하면 안 돼. 그러니 관심을 가져서도 안 되지."

바드득!

이를 갈며 노려본 철비두타가 축 늘어진 팔을 움켜쥐고 천천히 돌아섰다.

닷새 동안 철비두타는 양호반의 수련장에 나타나지 않았다. 무슨 일인지 아는 수련생이 아무도 없었고 걱정하는 사람도 없었다.

그들은 호랑이 같은 교두가 없으니 오히려 살판이 났다.

"너! 이리 와봐!"

장 씨 성을 쓰는 놈이 구석에 멍하니 앉아 있는 류를 손가락질해 불렀다.

류가 천천히 그자를 바라보더니 히죽 웃는다.

"네가 그동안 양호반에서 뭘 배웠는지 오늘은 내가 한번 시험해 봐야겠다. 열심히 수련했으니까 많이 늘었겠지?"

"적어도 네 이빨을 두어 개쯤 부러뜨릴 수 있을 만큼은 될 거야."

"뭐, 뭐라고? 아니, 저런 새까만 새끼가!"

류의 어이없는 대구에 사내가 분노로 부들부들 떨었다.

서로 모여 시시덕거리거나 나름대로 열심히 연무를 하고 있던 자들의 눈길이 일제히 류에게 모였다.

위사들 사이의 서열로 따져도 새까만 후배가 감히 반말을 지껄이고, 그것도 장가를 비웃었다는 게 그들을 분노하게 했다.

"너 이 자식! 오늘은 본때를 보여주고 말겠다!"

"죽여 버려!"

"아니다. 병신을 만들어서 내쫓아!"

동료들의 응원이 장가를 우쭐하게 했다. 그가 주먹을 불끈 쥐고 류에게 다가갔다. 류는 여전히 벽에 등을 대고 앉은 채 꼼짝하지 않았다.

무표정한 얼굴로 장가를 바라본다.

"일어서!"

"앉아 있어도 너는 내 상대가 되지 못해."

"이 죽일 놈이!"

더 이상 참지 못하게 된 사내가 오른발을 번쩍 들어 류의 얼굴을 걸어찼다.

단번에 호박을 깨뜨리듯 해버릴 작정으로 온 힘을 그 한 번의 발길질에 실었다.

꽝!

그것이 애꿎은 나무 벽을 뚫었다. 그리고 무릎이 꺾였다.

꽈직!

“끄아악!”

사내가 부러진 다리를 감싸 안고 나뒹굴었다.

오른발이 얼굴로 날아오는 순간 류가 몸을 기울이며 발을 불쑥 뻗어 체중을 싣고 있는 장가의 왼쪽 무릎을 걷어차 버렸던 것이다.

방심하고 함부로 달려들었던 사내가 꼼짝없이 당할 수밖에 없던 절묘한 타격이었다.

비로소 류가 느릿느릿 몸을 일으켰다.

“저 죽일 놈!”

“볼 것 없다! 죽여 버려!”

얼떨떨해져서 바라보던 자들이 와, 소리치며 달려들었다.

그들 복판에서 류가 두 팔로 머리를 감싸 안고 잔뜩 몸을 웅크렸다.

퍽, 퍽, 퍽!

그의 온몸에 사정없는 주먹과 발길질이 떨어졌다. 소나기가 퍼붓는 것 같다.

하지만 류는 꿈쩍도 하지 않았다. 머리를 감싸 쥔 팔뚝 사이로 번뜩이는 두 개의 눈빛이 생생하다.

“저리 비켜!”

성에 차지 않았던 듯, 한 놈이 병가(兵架)에서 장봉(長棒)을 내려 들고 달려왔다.

“이얍!”

높이 도약하며 끝을 쥐고 힘껏 휘두른다.

부웅—

장봉이 무거운 바람 소리를 내거 무시무시하게 떨어졌다.

그 끝에는 족히 천 근의 힘이 실린다. 그것에 맞았다가는 황소라고 해도 살이 흩어지고 뼈가 박살 날 것이다.

"우욱!"

류가 숨을 멈추고 더욱 몸을 웅크렸다. 온몸의 근육이 바윗돌처럼 단단해지고, 터져 나갈 듯한 힘이 그를 둘러쌌다.

쾅!

그의 등짝에 장봉이 사정없이 펼어졌다. 그리고 뚝, 부러져 날아간다.

"어헉!"

물러섰던 자들이 모두 경악의 외침을 터뜨렸다.

류가 쓰러지기는커녕 천천히 몸을 펴고 있었기 때문이다.

저놈은 금강불괴지신이라도 된단 말인가? 하는 의문이 일었다. 그렇지 않고서야 힘껏 휘두른 장봉을 맨몸으로 받아낼 수 없을 것이다.

그들은 류가 지난 십 년 동안 고산도의 북쪽 절벽에서 하루도 거르지 않고 바다로 뛰어들었다는 걸 꿈에도 짐작하지 못한다.

천 길의 벼랑 위에서 떨어지는 그 충격으로 온몸을 단련했고, 바다가 전해주는 무지막지한 반탄력을 흡수하면서 내부의 장기를 무쇠처럼 만들었다는 걸 알지 못한다.

그의 뼈는 강철보다 더 단단했으며, 그의 살과 근육은 등갑(藤甲)보다 더 질겼다.

충격을 이겨내고 흡수하는 능력이 금강불괴 못지않게 되었던 것이다.

하지만 살아 있는 육체인지라 온몸에 울긋불긋하게 맞은 자국이 생기는 건 어쩔 수 없었다.

"이제 됐지?"

류가 태연하게 말했다.

"너희들의 주먹과 발은 솜방망이나 다름없어. 그 정도로는 개도 제대로 때려잡지 못할 거다."

"뭐, 뭐라고?"

"저놈이?"

"쳇, 그 잘난 무공 초식을 밤새워 익히면 뭐 하겠어? 나는 초식 따위 모른다. 하지만 너희들 중 누구도 나를 때려눕힐 수 없을 것이다. 물론 내 한주먹을 감당할 놈도 없지."

"……!"

"믿어지지 않아? 그럼 시험해 볼 테냐? 누구든 나서봐. 내 말이 거짓이 아니라는 걸 보여주지."

"……!"

주춤거리며 서로의 눈치만 볼 뿐 선뜻 나서려는 자가 없다.

"나를 건드리지 마, 그러면 나도 네놈들을 무시할 테니까."

류가 다시 등을 벽에 기대고 앉아 지그시 눈을 감았다.

"모두 제자리로 돌아가!"

연무관 입구에서 걸걸한 음성이 불쑥 들려왔다.

철비두타 포양이었다. 닷새 만에 그가 돌아온 것이다.

그는 처음부터 이 모든 소동을 지켜보고 있었던 듯했다.

교두의 등장은 가뜩이나 기가 꺾여 있던 놈들을 더욱 위축되게 만들었다. 그래서 비 맞은 강아지 꼴을 하고 쭈뼛거리며 연무하는 시늉을 했지만 활기가 살아날 리 없다.

"나가라. 굳이 연무관에 들어올 필요 없어."

류 앞에 다가와 선 철비두타가 그렇게 말했다. 억양이 없고 감정이 없는 건조한 음성이다.

류가 천천히 그를 올려다보고 히죽 웃었다.

잔뜩 눈살을 찌푸렸지만 철비두타는 더 이상 뭐라고 하지 못했다. 잡아먹을 듯 노려보고는 멋없이 돌아설 뿐이다.

第十章
나는 위사(衛士)다!

第十章

정청(政廳)에 무거운 침묵이 감돌았다.

황룡문의 핵심 인물들이 모여 문파 내의 일을 논의하는 '협의청(俠義廳)'이다.

정청 북쪽에는 원로들인 다섯 명의 장로가 근엄한 얼굴로 앉아 있고, 남쪽에는 세 명의 전주와 추혼삼절 백무운, 척계검협(斥溪劍俠) 두요충(斗了充) 등이 앉아 있었다.

동쪽 단 위에는 원주인 운중룡 당고한이 속내를 알 수 없는 얼굴로 지그시 눈을 감고 있었는게, 정청 안의 침묵은 그의 무표정한 얼굴에서 비롯되고 있었다.

단 아래에는 연무관 양호반의 교두 철비두타 포양이 공손하게 서 있는 중이었다.

연무관주인 척계검협 두요충이 침묵을 깨고 모두를 대표해서 묵직한 음성으로 물었다.

"그래서? 포 교두의 의견은 어떤가?"

포양이 단상 위의 문주에게 공손히 허리를 굽히고 나서 침착하게 대답했다.

"더 이상 그자에게 무공을 가르칠 필요가 없다는 것입니다. 따라서 비호반으로의 월반도 불필요합니다."

"어째서?"

"새로운 무공을 배우기에는 나이가 너무 많고, 지니고 있는 재주를 가다듬기에는……."

철비두타가 잔뜩 얼굴을 찌푸린 채 머뭇거리자 두요충이 재촉했다.

"꺼려하지 말고 말하라."

"그자는 재주라고 할 만한 무공을 지니고 있지 않으니 가다듬을 것도 없기 때문입니다."

"그러면? 위사 노릇에 걸맞지 않다는 건가? 그런데 어째서 작호반과 양호반을 무사히 마쳤다는 거지?"

말을 마치고 힐끔 단상 위의 문주를 훔쳐보는 건 문주가 그자의 연무관 입관을 명했기 때문이다. 그러니 두요충의 말속에는 은근히 문주를 책망하는 뜻도 있었다. 그러나 문주는 무슨 생각을 하는지 여전히 표정없는 얼굴을 한 채 미동도 하지 않고 앉아 있을 뿐이었다.

철비두타 포양이 이마의 진땀을 닦으며 더욱 조심스럽게
말했다.

"여러 존장의 안전에서 드릴 말씀은 아닙니다만, 제가 보
기에 그자는 타고난 싸움꾼입니다. 비호반의 무예를 배운 자
들도 그자의 상대가 될 수는 없을 것입니다. 그러니 위사 직
분만 놓고 보자면 그자는 더 이상 무예를 익힐 필요가 없는
것이지요."

"허, 타고난 싸움꾼이라고?"

두요충이 잔뜩 못마땅한 얼굴로 혀를 찼다.

포양이 강호를 오시하는 황룡문의 핵심 고수들 앞에서 무
예가 아니라 싸움꾼의 주먹질을 언급하고 있으니 그렇다. 그
런 말은 저잣거리의 골목 안에서 파락호들끼리나 나누어야
어울릴 것이다.

직속상관인 연무관주의 불쾌함을 알지만 철비두타는 각오
한 듯 제 뜻을 굽히지 않았다.

"그렇습니다. 그자는 타고난 싸움꾼이라고 표현할 수밖에
없습니다. 어려서부터 힘든 어부 생활을 했고, 커서는 사냥꾼
노릇에 익숙해져서인지 몸이 무쇠처럼 단단하고 끈기가 대단
합니다. 일단 싸우면 움직임이 빠르고 감각적인데다가 상대
의 허를 본능적으로 찾아냅니다."

"……."

“그자에게 무예라는 것은 그저 남과 싸워 이기기 위한 재주를 배우는 것에 지나지 않습니다. 하지만 그자는 이미 열 번 싸워 열 번 이기는 재주를 터득하고 있는 탓에 따로 무예를 배울 필요성을 느끼지 못하고 있습니다.”

“그건 참 기이한 일이로군.”

“그렇습니다. 그놈은 제 싸움 재주를 믿고 무공 수련에 게으르기 짝이 없어서 다른 사람들에게까지 영향을 줍니다. 열의가 없으니 진도 또한 나가지를 않습니다. 때문에 굳이 위사로 부릴 작정이라면 그런 자에게 본 문의 무예를 가르쳐 줄 필요가 없다는 겁니다. 지금의 재주만으로도 위사 노릇을 하는 데는 더없이 훌륭합니다.”

짝—

두요충이 손뼉을 한 번 쳤다. 그 소리가 웅웅 하고 대전 안에 메아리를 남겼다.

“좋다. 네 의견을 잘 들었다. 곁에서 직접 가르치며 보고 느낀 바일 테니 정확하겠지.”

은근히 철비두타의 말에 무게를 실어준 두요충이 벌떡 일어나서 맞은편의 다섯 장로를 향해 포권하고 말했다.

“들으신 바와 같습니다. 이제는 장로님들과 문주님의 결정을 기다릴 뿐입니다.”

다섯 장로는 서로 이마를 맞대고 수군댔다. 그들의 표정이 수시로 변하는 걸로 보아 의견이 분분한 모양이었다.

일 다경쯤 그렇게 수군거리더니 대장로인 팔비검로(八飛劍老) 서봉한(徐峰寒)이 흰 수염을 쓰다듬으며 일어섰다.

그는 나이 팔십에 이른 노검객이면서 전대 황룡문주 시절에 혁혁한 공을 세운 원로 공신이기도 했다. 때문에 황룡문 내에서 문주 다음으로 존경을 받는 위치에 있었다.

"우리 다섯 늙은이는 류라는 아이를 더 이상 연무관에 둘 필요가 없다고 생각하오. 연무관주의 말처럼 입해당의 위사로 둘 셈이면 굳이 비호반의 무예를 배우지 않아도 되지 않겠소?"

내내 무표정한 얼굴로 앉아 있던 문주 당고한이 눈썹을 살짝 찌푸렸다. 하지만 그도 더 이상 고집을 부릴 수 없었다.

황룡문 내에서는 문주가 류라는 정체를 알 수 없는 놈에게 관심을 보였다는 일을 두고 온갖 소문이 떠돌고 있었다.

혹자는 그자가 머지않아 문주의 일곱 번째 제자로 들어갈 것이라고도 했고, 혹자는 문주의 먼 인척이라고도 했다.

심지어는 적대 세력인 장강수로채에서 황룡문을 감시하기 위해 보낸 자일지도 모른다는 말까지 떠돌았다. 문주가 그런 소문들을 듣지 못하고 있을 리 없다.

단순한 호감에서 시작한 일인지 몰라도 이제는 류라는 존재가 문주에게도 뜨거운 감자나 마찬가지였다.

더 이상 그자에 대한 이런 논의가 있어서는 안 된다. 게다가 다섯 장로의 의견을 무시할 수도 없다.

당고한이 천천히 머리를 끄덕이고 말했다.

"좋소. 그자의 일은 이것으로 마무리 지읍시다."

*   *   *

어느덧 황룡문에 온 지도 반년 가까이 흘러갔다.

류는 달포 전에 양호반을 나와 입해당으로 돌아와 있었다. 그는 황룡문의 첫 번째 관문인 입해관(入海關)의 수문위사로 외성에 기거했다.

하루의 반나절을 다른 한 명의 동료와 함께 관문 앞에서 검을 움켜쥐고 서 있는 역할이다.

할 일이 없었다.

황룡문의 명성이 이미 천하에 널리 퍼져 있으므로 일부러 찾아와 말썽을 부리는 자가 없기 때문이다.

찾아오는 자들은 제일 먼저 입해관을 통과해야 했는데, 열이면 열 모두가 강호의 명사이거나 거래를 위한 인증서를 지니고 있는 거상(巨商)들이었다.

류가 하는 일은 그저 그들의 신분을 확인하고 입직수장(立職首將)에게 고하는 것뿐이니 심심하기 짝이 없었다.

하지만 류는 끈기를 가지고 기다렸다.

동료들과 어울리면서 강호의 소문이며 돌아가는 형세에 대하여 정보를 수집했고, 황룡문을 출입하는 무리들의 행동이며 음성을 유심히 관찰하기도 했다.

하지만 황룡문 내에는 십삼 년 전 오운장의 참화에 대하여 아는 자가 없었고, 드나드는 자들 중에 류가 기억하고 있는 원수의 음성을 가진 자도 없었다.

그러는 동안 류는 조금씩 강호의 생리에 대하여 체득해 갔다. 강호의 말투와 행동 규범 따위에 어색하지 않게 된 것이다.

작은 사건들이 아주 없었던 건 아니다.

연무관의 제일 상급반인 비호반의 수련을 마친 자들이 무리 지어 찾아온 적이 있었다.

양호반에서 류에게 걸어차여 다리가 부러진 장가의 동료들인데, 복수를 한답시고 와서 시비를 걸다가 다섯 놈이 모두 류의 주먹과 발길질에 곤죽이 도어 엉금엉금 기어 돌아갔다.

그 일 이후로는 류에게 시비를 거는 놈들이 없었다.

'상대할 수 없는 독종.'

그것이 어느덧 류에게 붙여진 훈장이었다. 그래서 위사들은 모두 그를 독갈자(毒蠍子:독전갈) 류라고 불렀다.

위사들 사이에서 그의 명성 아닌 명성이 높아질수록 그를 바라보는 황룡문도들의 시선도 달라졌다.

'이상한 놈'이라거나, '제법 센데?' 하는 호기심이 대부분이었는데, 개중에는 '건방진 놈, 언제든 내가 한번 본때를 보여주고 말 테다' 하고 아니꼽게 보는 자들도 있었다.

어느 쪽이든 류에게는 상관없는 일이었다.

류는 묵묵히 입해관의 문을 지켰고, 언제나 무표정하고 무뚝뚝했다.

그런 그의 유일한 낙이라면 가끔 찾아와 놀아주는 표양신을 기다리는 것이었다.

그는 불쑥 찾아와 반나절의 일과가 끝난 류를 끌고 제남성으로 가 진탕 술에 취하도록 해주기도 했으며, 때로는 기녀들이 있는 홍루(紅樓)에 데려가기도 했다.

그와 어울리면서 소위 '풍류'라는 걸 알게 되었으니 삭막하기만 하던 류에게는 천지가 개벽한 거나 다름없는 변화였다.

표양신은 류의 그런 변화를 지켜보며 즐거워했다.

"하하하, 이놈아, 이제야 짐승의 껍질을 벗고 조금은 사람 냄새를 풍기게 되었구나? 이게 다 이 어르신의 덕이니 잊지 말고 은혜를 갚아야 한다."

류가 처음 기방의 기녀와 하룻밤을 보내고 나온 날 아침에 그는 큰 소리로 그렇게 놀려댔다.

술에 취해서 제가 무슨 짓을 했는지조차 기억이 희미했지만 류는 부끄럽기 짝이 없었다. 새벽에 눈을 뜨니 곁에 벌거벗은 여인의 따뜻한 몸뚱이가 있지 않은가. 기겁을 할 만한 일이었다.

하지만 곧 류는 그런 일에 익숙해져 갔다. 역시 표양신의 영향이다.

"이놈아, 자고로 대장부는 한 갈의 술을 마시고 열 명의 계집을 품을 줄 알아야 하는 거다. 노래하고 춤을 출 때는 한껏 우아하게, 이불 속에서 씨름할 때는 역발산기개세(力拔山氣蓋世)의 기상이 있어야 하는 거야. 어디 목숨을 건 싸움이 강호에만 있다더냐? 침상에서 미녀를 안고 뒹구는 싸움이야말로 목숨을 걸어도 부족할 만큼 치열한 거지."

류를 데리고 다시 홍루를 찾았던 어느 날이다. 류가 시큰둥하자 표양신은 그런 말로 자못 근엄하게 훈계를 했다.

류가 비웃었다.

"그래서 너는 지난번에 코피를 줄줄 쓸으며 기어나왔던 거냐?"

"뭐라고? 어허, 이놈이 아직 멀었구나? 미녀의 춤을 보고 노래를 들으며 한 말 술을 마셨으니 이불 속에서는 그만큼 쏟아야 할 거 아니냐?"

"쳇, 너는 아래로 쏟아야 할 것을 위로 쏟고 기어나오는 게 장기인 모양이다."

어느덧 둘이 있을 때면 류는 말을 놓았다. 자신과 표양신의 신분이 하늘과 땅만큼 차이가 난다는 것을 잊은 것이다. 표양신도 그새 류와 배짱이 맞아 단짝이나 다름없이 되었으므로 모르는 척 넘어가 주었다.

그는 짐짓 호방한 풍류남아 행세를 했지만 실은 고독하기 짝이 없는 샌님이었던 것이다. 친구가 없는 탓이다.

사부의 사랑을 받고 있다고 해도 그것은 친구에게서 느끼는 정과는 다른 것이었다. 사형들은 은근히 그를 질투했으므로 더 말할 것도 없었다.

황룡문 내에서의 위치도 그를 외롭게 하는 한 요인이었다. 그와 어깨를 나란히 할 자격이 있는 자들은 모두 중년의 고수들이고, 황룡문 내의 중직에 있는 사람들이었다. 서로 꺼려할 뿐 함부로 대할 수 없다.

제 또래의 장한들은 아직 어깨를 나란히 할 만한 위치에 올라 있는 자가 없었다. 고작 외성이나 내성의 위사에 머물러 있을 뿐이다. 그리고 그자들은 감히 표양신 앞에서 머리를 들지도 못했다. 그러나 류는 뻣뻣한 야성을 가지고 그를 대했다.

표양신은 금방 류에게 빠져서 정을 주었다. 비로소 만만한 놈을 하나 만났다는 기쁨 때문이다. 제가 류를 황룡문으로 데려왔고, 그의 후견인처럼 되어버렸으니 더욱 관심을 가질 수밖에 없는 일이기도 했다.

그러는 동안 처음에는 서먹서먹해하고 뻣뻣하게 굴던 류도 점차 친밀감을 느끼고 가깝게 대했다. 그때부터 표양신은 류가 외성의 위사라는 것을 잊었다. 드디어 친구가 한 명 생겼다는 기쁨만이 가득했을 뿐이다.

류 또한 그가 자기보다 두 살 어리다는 걸 염두에 두지 않았다. 그들의 배포는 어느덧 백년지기처럼 얽혀가고 있었던 것이다.

가을이 깊어갈 무렵이다. 무슨 일인지 표양신은 십여 일째 통 찾아오지 않았다. 류는 은근히 마음이 달았다. 일과를 마친 다음에는 내성까지 가서 기웃거리기도 했지만 표양신의 그림자도 볼 수 없었다.

그런 류에게 입해당주인 호심사검(虎心蛇劍) 문효성(文曉星)의 호출이 떨어졌다.

"요즘 어디를 그렇게 기웃거리고 다니는 거냐?"

류가 당에 들어서자 기다리고 있던 당주가 대뜸 호통부터 친다. 류는 말없이 머리를 숙이기만 했다.

"외성의 위사가 내성을 기웃거리다가는 형당의 문초를 받게 되는 수가 있다."

"같은 식구라면서 내성의 무리는 외성의 무리를 믿지 못하는 모양이군요?"

"어허! 말을 함부로 하지 마라!"

눈을 부릅뜨고 꾸짖은 문효성이 표정을 부드럽게 하고 달랬다.

"각자가 처신해야 할 경계선은 어느 곳에나 있는 법이다. 집에서 아우가 형을 넘보지 않고, 자식이 부모를 넘보지 않는 것과 같은 거야. 다시는 그런 말을 하지 마라."

"잘못했습니다."

"네가 아직 강호의 물정에 어둡고 강호인의 인심에 어두우며 황룡문의 자잘한 규칙들에 대해 어두운 탓이지."

"그런데 무슨 일로 저를 부르신 건지요?"

"네가 행여 실수를 할까 봐 미리 일러둘 말이 있어서다."

"말씀하시지요."

"닷새 뒤에 귀한 손님이 오신다. 손님이 제일 처음 대하는 황룡문의 사람이 누구이겠느냐?"

"그거야 입해관을 지키고 있는 위사들이겠지요."

"그렇다. 그러니 위사의 직분이 중요하다는 것이다. 황룡문의 첫인상이 되니까."

"명심하겠습니다."

"너는 지금부터 몸과 마음을 정갈하게 하고 옷차림을 바르게 할 것이며, 특별히 예의 차리는 법을 배워서 실수가 없도록 해야 한다."

"대체 누가 오기에 그렇습니까?"

"알 것 없다."

당주가 손을 저었으므로 류는 더 물어보고 싶은 걸 꾹 참고 물러나올 수밖에 없었다.

그날부터 입해관의 수문위사들에게는 비상이 걸렸다. 하루에도 몇 번씩 내성의 감찰대에서 불시 검열이 나와 복장이며 용모, 태도 등을 점검하고 돌아갔다.

류는 감찰대의 수장이 독무(督務)라는 지위를 가지고 있는 추혼삼절 백무운이라는 것을 잘 알고 있었다.

천방지축인 표양신마저 꼼짝하지 못하던 냉막한 중년인. 문주의 동문 사제, 그리고 강호의 절정고수라는 그자의 인상은 특히 깊었다.

그 백무운의 영향을 받아서인지, 아니면 하는 짓이 남의 허물을 잡고 잘못을 캐내는 것이라 그런지. 감찰대의 무리들은 너나없이 삭막하고 거만하기가 흉량한 사막 같았다.

그들은 특히 류에게 신경을 곤두세웠다.

어느덧 황룡문 내에서 '독갈자 류'라는 이름을 모르는 자가 없게 된 탓이기도 하다.

그자들에게 트집을 잡히면 귀찮은 일만 생길 뿐이다. 그래서 류는 지난 며칠 동안 바짝 긴장하느라고 한시도 느긋한 시간을 갖지 못했다.

사흘이 지난 이제는 화병(火病)이 생긴 것처럼 가슴에 울화가 맺힐 지경이 되었다. 터뜨리지 않으면 미쳐 버릴지도 모른다는 생각이 들 정도였다.

그런 류의 앞에 생소한 광경이 펼쳐졌다.

점심 식사를 마치고 난 뒤라 나른한 식곤증이 밀려들어 눈꺼풀이 자꾸 무거워질 무렵이었다.

애써 눈을 부릅뜨고 있었지만 정신이 반쯤은 몽롱해진 채였다. 다른 때 같았으면 관문 안의 동료를 끌어내 대신 세워 놓고 잠시 숨어서 낮잠을 잤을 것이다. 하지만 며칠째 그런 요령을 피울 엄두도 낼 수 없었다.

졸음만큼이나 짜증이 밀려들었다. 내가 뭐 하려고 여기에서 이 짓을 하고 있나? 하는 회의마저 든다. 그래서 부글부글 끓어오르는 속을 애써 다스리고 있는데, 요란한 말발굽 소리가 저 앞에서 들려오기 시작했다.

두 필의 흑갈색 건마가 콧김을 씩씩 내뿜으며 달려오고, 그 뒤에 네 필의 하얀 말이 끄는 덮개 마차가 요란한 바퀴 소리를 내며 질주해 오고 있었다. 마차 뒤에는 다시 두 필의 말이 따른다.

류는 말 위에 앉아 있는 기수들을 주의해 보았다. 산뜻한 백색 무복에 백색 피풍을 펄럭이고 있는 영준한 청년들이었다. 등에 검을 지고 있는데, 금빛 수실이 연 꼬리처럼 날리고 있다.

"저것들은 뭐야? 이곳에 온다는 귀빈인가?"

류와 함께 입해관 문 앞에 나와서 번을 서고 있던 양숙해가 머리를 갸웃거렸다. 류가 코웃음을 쳤다.

"귀빈인지 뭔지가 오려면 아직 이틀이나 남아 있다."

"맞아. 비상이 걸렸을 때 닷새 뒤라고 했으니까 아직 이틀 남았는데? 그래도 기세가 등등한 것이 보통내기는 아닌 모양이다."

"상관없어. 우리는 우리가 할 일만 충실히 하면 된다."

답답하던 차에 잘됐다는 듯 류가 십여 보 앞으로 달려나가 버티고 섰다. 그동안 꾹꾹 억눌러 두고 있던 불만을 터뜨려 버릴 좋은 기회가 왔다고 여긴 것이다.

선두의 백의청년은 그를 아랑곳하지 않고 말을 몰아 달려왔다.

두두두두―

대지를 두드리는 말발굽 소리가 요란하고, 떡 벌어진 말의 가슴이 산사태처럼 밀려들지만 류는 요동도 하지 않았다.

히히히힝―

그의 앞에 이른 말이 더 질주하지 못하고 앞발을 높이 든 채 우렁차게 울어댔다.

"비켜라!"

마상에서 고삐를 잔뜩 틀어쥔 청년이 날카롭게 소리쳤다.

"멈춰라!"

두 팔을 활짝 벌리고 길 복판을 가로막고 선 류도 마주 소리쳤다. 청년이 화를 내자 그의 애마가 앞발을 신경질적으로 투덕이며 이리저리 몸을 움직였다.

마상의 청년이 채찍을 번쩍 들어 류를 가리키며 더욱 사납게 소리쳤다.

"감히 길을 가로막다니! 어서 비키지 못해!"

"어디에서 온 누구인지, 무슨 용무인지 밝히지 않는다면 한 발짝도 더 나가지 못한다."

"뭐라고? 대체 네놈은 누구냐?"

"나는 위사다!"

마상의 백의청년이 어이가 없다는 얼굴로 류를 빤히 바라보았다. 기껏 어깨를 거만하게 편 채 대답한 말이 '나는 위사다!'라는 것이었으니 기가 막힌다.

"고작 위사 따위가 우리 앞을 가로막다니! 죽고 싶어 환장한 놈이구나!"

백의청년이 말채찍을 번쩍 치켜들었다. 그가 류와 실랑이하는 사이에 마차가 등 뒤에 닥쳐들고 있었던 것이다. 앞서 길을 열어야 하는 자신의 임무를 제대로 수행하지 못한 게 그를 두렵고 화나게 했다.

"이놈!"

청년이 말 등에서 몸을 숙이며 힘껏 채찍을 휘둘렀다.

짝!

류는 여전히 두 팔을 활짝 벌리고 선 채 그 한 대를 고스란히 맞았다. 그의 어깨 어림에서 요란한 소리가 나며 옷이 찢어지고 핏물이 스며 나왔다.

"이놈!"

그래도 류가 꿈쩍하지 않자 청년이 두 번째 채찍을 휘둘렀다. 이번에는 류도 그대로 맞고 서 있지 않았다. 그가 왼팔을 번쩍 들더니 얼굴을 후려쳐 오는 채찍을 움켜쥐어 버린 것이다.

"하찮은 놈이 감히 반항을 하다니!"

더욱 화가 난 청년이 힘껏 채찍을 잡아당겼다. 류가 주르르 딸려간다. 그러더니 한 발을 번쩍 들어 냅다 말의 앞다리를 걸어찼다.

뻑!

히히히힝—

무릎 뼈가 박살 난 말이 놀란 울음을 터뜨리며 풀썩, 쓰러졌다. 그 통에 청년은 말에서 미끄러져 떨어져 류 앞에 우뚝 선 꼴이 되었다.

류가 채찍을 놓아주며 싸늘하게 말했다.

"입해관 앞에서 감히 위사를 치다니? 너야말로 죽고 싶어진 모양이구나."

"이, 이, 이……!"

백의청년의 낯빛이 하얗게 질렸다. 감히 제 말의 다리를 부러뜨리는 자기 있을 줄이야.

그의 눈을 똑바로 바라보며 류가 무감정하게 말했다.

"건방진 놈. 감히 위사 앞에서 갈에 탄 채 지껄이고 채찍질을 하다니. 진작 그렇게 내려와서 공손히 말했어야 했다."

길 복판에 쓰러진 말 때문에 마차는 더 이상 질주하지 못했다.

놀란 네 필의 말이 일제히 앞발을 번쩍 들고 요란하게 울어 댔다.

마차가 달려온 힘을 제어하지 못하고 덜컹거리며 앞으로

쏠린 탓에 네 필의 말은 몇 걸음을 더 미끄러져 나가야 했다.

영리한 그것들은 쓰러져 있는 제 동료를 밟지 않기 위해 안간힘을 써서 멈추어 섰다. 그 통에 마차가 크게 출렁거렸다.

바퀴가 빠질 듯이 요란하게 삐걱거리고, 멍에의 고리에 고정되어 있는 가죽끈이 끊어질 것처럼 늘어났다.

마차 안에 타고 있는 사람이 누구인지 모르나 크게 놀랐을 것이다.

"죽어라!"

백의청년이 와락 달려들며 힘껏 주먹을 뻗었다. 그리고 '앗!' 하는 비명과 함께 그의 몸이 허공으로 떠올랐다.

류가 어느새 몸을 비틀며 성큼 발을 내딛어 그자의 겨드랑이 밑으로 파고들었던 것이다.

한 팔로 그자의 어깨를 감아쥐고 발목을 걷어 올리며 허리를 트는 동작이 하나로 이어졌다.

"이얍!"

류가 낮고 힘찬 기합성을 터뜨렸을 때 백의청년은 몸의 중심을 잃고 떠올랐다가 곧장 처박혔다.

청년은 경황 중에도 정신을 차리고 몸을 뒤집어 바로 세우려고 했다. 하지만 류의 손이 옷소매를 쥐고 놓아주지 않았으며, 오히려 그것을 제 몸 쪽으로 힘껏 잡아챘으므로 청년은 중심을 잡지 못하고 한쪽 어깨가 요란한 소리와 함께 맨땅에 처박히고 말았다.

쾅!

얼마나 세게 부딪쳤는지, 바닥에 깔려 있는 단단한 청석이
박살 났다.

청년이 '끙' 하는 신음을 흘리고 축 늘어졌다. 오른쪽 어깨
뼈가 부러져 뒤틀려 있다.

"아니, 저런!"

한쪽에서 지켜보던 또 한 명의 백의청년이 놀란 외침을 터
뜨렸다. 눈 깜짝할 사이에 벌어진 그 한판의 드잡이가 그를
당황하고 놀라게 했다.

휘익―

그가 말 위에서 몸을 날려 류를 덮쳤다.

파파팡―!

허공에서 빙글 돌아 위치를 바꾸더니 그대로 세 번의 발길
질을 날려 걷어찬다. 그 기세가 날카롭그 맹렬해서 압축된 기
파가 요란한 소리를 내며 터져 나갔다.

삼퇴일파(三腿一波)의 멋진 연환비각술(連環飛脚術)이다.

류의 눈에 언뜻 감탄의 기색이 떠올랐다.

청년의 몸놀림과 발길질이 깨끗한 중에 엄정한 규칙을 잘
살리고 있어서 마치 능숙한 재인(才人)이 외줄 위에서 저두번
신(低頭飜身)의 재간을 펼쳐 보이는 것처럼 아름답기까지 했
던 것이다.

하지만 감탄만 하고 있을 때가 아니다. 류가 성큼 크게 걸

음을 내딛어 백의청년의 연환각 속으로 뛰어들었다. 누가 보든 절벽에 제 머리를 부딪치는 미친 양의 모습이다.

쾅쾅쾅! 하는 세 번의 격렬한 격타음과 뚜둑! 하는 한 번의 끔찍한 기음이 동시에 터져 나왔다.

"으아악!"

그리고 청년이 폐부를 쥐어짜는 듯한 비명을 터뜨렸다.

쿵!

그의 몸이 저만큼 떨어진 곳에 처박혔다. 던져진 힘을 견디지 못하고 먼지를 풀썩 피워 올리며 주르륵 미끄러진다.

누구도 류가 어떻게 움직여서 벼락치듯 하는 연환각을 뿌리치며 그를 내던졌는지 제대로 알아보지 못했다. 마차를 뒤따르던 두 명의 청년 기수(騎手)는 더욱 그렇다.

그들이 '엇!' 하고 놀란 외침을 터뜨렸을 때 상황은 모두 끝나 있었다.

류가 어깨와 가슴에 찍힌 흙 발자국을 툭툭 털었다. 선두를 맡았던 두 명의 백의청년은 바닥에 뒹굴며 신음을 흘리고 있었는데, 한 명은 어깨뼈가 부러졌고 한 명은 무릎이 꺾여 비틀어졌다.

"이놈! 지금 무슨 짓을 한 거냐!"

정신을 차린 후미의 기수 두 명이 말에서 뛰어내리기 무섭게 소리치며 달려왔다.

창! 하는 경쾌한 소리와 함께 검을 뽑혀 나오고, 번쩍이는 검광이 사방을 위협하며 날카롭게 뻗친다.

류가 비웃음이 담긴 눈으로 그들과 그들이 쥐고 있는 검을 쓸어보며 말했다.

"무슨 짓이라니? 보면 모르겠어? 감히 황룡문에서, 그것도 입해관 앞에서 난동을 부리는 무뢰한들을 잡은 거다."

"무, 무뢰한이라고?"

"네 이놈! 우리가 누구인지 모른단 말이냐?"

"누구든 상관없어. 내 허락 없이는 여기서 한 발짝도 더 들어가지 못한다. 나는 위사거든."

"이, 이 죽일 놈!"

두 청년이 당장 검을 후려칠 듯했지만 류는 물러서지 않았다. 두려움이라고는 찾아볼 수 없는 얼굴로 두 팔을 활짝 벌린 채 꿋꿋이 버티고 서 있었다. 허리이 차고 있는 검을 뽑을 생각도 하지 않는다.

"그만두세요."

마차 안에서 나긋나긋한 음성이 조용히 흘러나왔다.

"응?"

류가 눈을 크게 떴다. 마차 안에 있는 사람이 여자라는 게 의외였던 것이다.

두 청년이 잡아먹을 듯 노려보았지만 더 이상 날뛰지 못하고 얌전히 물러섰다.

마차 안에서 다시 낭랑한 음성이 흘러나왔다.

“당신은 매우 책임감이 강한 사람이군요. 어떻게 하면 우리를 들여보내 줄 수 있지요?”

“간단하오. 당신의 신분과 이곳에 온 목적을 밝히시오. 그러면 내가 입직수장에게 고한 다음 그의 허락을 받아 입해관을 열어줄 것이오.”

“좋아요. 나는…….”

여인이 막 자신의 신분을 밝히려 하는데 입해관 안에서 쇠종을 두드리는 듯한 호통 소리가 터져 나왔다.

“네 이놈! 지금 무슨 짓을 하고 있는 거냐!”

당주인 문효성이 세 명의 향주와 함께 미친 듯 달려오더니 다짜고짜 류의 뺨을 후려쳤다.

“이 정신 나간 놈 같으니! 내가 그렇게 일렀건만 기어이 사고를 쳐?”

“당주!”

류가 무서운 얼굴로 문효성을 노려보았다. 주먹을 꽉 움켜쥔 것이 심상치 않았다. 번쩍이는 눈빛에서 여차하면 당주든 뭐든 가리지 않고 때려 부수겠다는 의지가 역력히 엿보인다.

문효성이 당황하여 주춤 물러섰다.

“이놈이?”

“당주! 내 직분이 무엇이오? 내가 입해관의 마당이나 쓰는 종이오?”

“뭐라고?”

“나는 위사요. 그리고 지금은 내가 관문을 지키는 시간이오! 황제가 왔다고 해도 내 허락 없이는 관을 통과할 수 없소! 내 말이 틀렸소?”

“……!”

“당주가 명령한다면 나는 곱게 물러서서 도둑놈이라고 해도 묻지 않고 들여보낼 것이오. 하지만 이자들은 아무 기별도 없이 제멋대로 관문을 통과하려 했고 그것을 막는 나에게 손찌검까지 했소. 내가 직분을 팽개치고 그들을 들여보낸다면 황룡문의 수치가 아니겠소? 대체 황룡문에서 위사들을 둔 이유가 뭐요?”

“끄응.”

문효성이 된 숨을 내쉬었다. 류의 말에 반박할 여지가 없었던 것이다.

무섭게 노려본 그가 류를 무시하고 다차 곁으로 걸어가 공손히 허리를 숙였다.

“만반의 준비를 해놓고 기다리고 있었습니다만, 오시는 줄을 몰라서 이런 불미스런 일이 벌어지고 말았습니다.”

“이틀 먼저 도착하면서 별도로 기별하지 못한 저의 실수도 크지요.”

“별말씀을. 부디 저의 잘못을 용서해 주십시오.”

“당주께서 잘못한 일이 없는데 어찌 제가 그렇게 할 수 있겠어요? 부디 저 위사에게 명해서 제가 입해관을 통과할 수 있도록 조치해 주시기만 바랄 뿐입니다."

그 말속에는 류를 책망하지 않겠다는 의미가 포함되어 있었다. 문효성이 정중히 포권했다.

"소저의 명을 받듭니다."

그리고 돌아서서 류에게 근엄하게 명령했다.

"관문을 열어 마차가 통과하게 해라!"

"당주님의 명을 받드오!"

류가 우렁차게 외치고 비로소 길 복판에서 비켜섰다. 하지만 마차와 여전히 검을 뽑아 든 채 눈을 부라리고 있는 두 청년을 노려보는 눈길이 곱지 않다.

급히 달려나와 도열해 선 위사들의 목례를 받으며 마차가 천천히 입해관 안으로 들어갔다.

그것이 류 앞을 지나갈 때 창문을 가리고 있던 휘장이 살짝 젖혀지고 한 여인의 서늘한 눈길이 그에게로 향했다.

류가 눈을 부릅뜬 채 그 눈길을 받았다. 그리고 흠칫 어깨를 떨었다.

스쳐 지나가는 잠깐 동안이고, 휘장 안의 어둠 속이었으며 반만 살짝 보인 얼굴이었지만 가슴이 쿵! 하고 내려앉을 만큼 충격을 받았던 것이다.

"정말 인간의 여자란 말인가?"

멀어지는 마차를 바라보던 류가 잠꼬대를 하듯 중얼거렸다.

第十一章

남자는 마음을 준다

第十一章

"대체 뭐라는 소리냐?"

"답답한 친구로군."

"그녀가 대단한 여자라는 건 알아듣겠어. 그런데 그게 뭐 어쨌다고? 우리와 무슨 상관이냔 말이다.'

"이 멍청한 놈아, 너는 발로 생각하면서 사느냐?"

"흥, 말하기 싫으면 그만둬라. 관심도 없으니까."

"그래, 술이나 마셔라. 쳇, 무식한 놈은 이래서 세상 살기 편하다니까."

"뭐라고?"

"술 맛이 좋다고 했다. 그러니까 그냥 마셔. 자, 자."

술을 권하는 표양신의 얼굴이 밝지 못했다. 입으로는 류와 어울리고 있었지만 그의 마음속에는 갈등이 가득하다는 게 보인다.

'이놈이 또 무슨 변덕이 들어서 이러나?'

술잔을 입에 대면서 류는 표양신의 눈치를 보았다.

'그 여자에게 마음이 있는 모양이군.'

대뜸 짐작되었다. 저절로 느껴지는 느낌이다.

류가 빙긋 웃으며 물었다.

"이름이 뭐라고?"

"염가연(廉佳蓮)."

"염가연이라……. 몇 살이고?"

"스물넷."

"그래? 그럼 잘 어울리는 나이로구나. 그래서 그녀를 좋아하는 거냐?"

"엇?"

제 마음을 들킨 표양신이 깜짝 놀라 새파랗게 질렸다. 급히 섭선을 좍 펴서 얼굴을 가리고 주위를 살피는데, 두려워하는 기색이 가득했다.

"뭐야? 왜 그래?"

"쉿, 절대로 그런 말은 입 밖에 꺼내지 마라."

"왜?"

"글쎄, 꺼내지 말라면 꺼내지 마. 쥐도 새도 모르게 사라져 버리기 싫다면 말이다."

"응?"

이제는 류가 깜짝 놀라서 두리번거렸다. 아무래도 그녀에게 무언가 대단한 사연이 있는 게 틀림없다는 감이 온다.

"그러니까 그녀의 별호가 소수옥녀(素手玉女)이면서 또 한편으로는 무중묘심(霧中猫心)이라 이거지?"

"쉿!"

"거 이상하네. 하나는 우아한 중에 고귀한 기품이 있고, 다른 하나는 앙칼지면서 모호하니……."

"그만 하라니까."

이제 표양신은 울 듯한 얼굴이 되었다. 하지만 류는 그게 더 재미있었다.

"한 사람이 그렇게 상반되는 별호를 지녔다는 것만 봐도 그녀는 역시 여자야. 암, 그렇고말고."

"말이 되는 소리를 지껄여라."

"네가 늘 노래를 불렀잖아. 여자의 마음은 동전의 양면과 같다면서? 한쪽에는 천사가 있고 다른 쪽에는 악마가 있는데, 어느 쪽이 나올지는 던진 자도 모른다고 말이야."

"제기랄, 빌어먹을 놈! 나 간다! 혼자서 실컷 떠들다가 뒈져 버려!"

팩, 토라진 표양신이 뒤도 돌아보지 않그 나가 버렸다.

"하하하하, 계집애 같은 사내도 있다는 걸 내가 깜빡했구나."

류의 웃음소리가 허름한 주가의 지붕을 들썩이게 했다.

'그녀가 많지 않은 나이에 지존보의 옥봉각주(玉鳳閣主)라니, 역시 내력이 범상치 않은 아가씨였어.'

류는 잠깐 그녀와 마주쳤던 그때의 일을 떠올렸다.

입해관 앞에서의 소동이 있고 한 식경 뒤에 스무 필의 기마대가 밀물처럼 들이닥쳤다.

모두가 지존보에서 나온 청년 고수들이었는데, 옥봉각주이자 소수옥녀 혹은 무중묘심이라 불리는 그녀, 염가연을 호위하는 호위대였다.

그녀는 무슨 일로 토라졌는지 호위대마저 따돌린 채 서둘러 황룡문으로 뛰어든 것이다.

이틀을 건너뛰었을 만큼 미친 듯 달려온 게 틀림없으니 호위대는 뒤늦게 그녀의 뒤를 쫓느라 먹고 쌀 새도 없이 말을 몰아 왔으리라.

대체 무슨 일이 있었을까? 하는 호기심이 일었다.

류는 입해관에서의 일이 있고 나서야 강호에 지존보라고 하는 거대한 집단이 있다는 걸 알았다.

일보(一堡)로 꼽히는 그곳이 백도무림의 실질적인 영수라는 것도 알았다.

그들의 힘이 천하를 억누를 만큼 강했기에 현재의 강호에서는 흑도의 무리들이 숨죽이고 있었다.

이차 정사대전에서 마교의 깃발 아래 뭉쳤던 사마의 무리들이 대패하여 산산이 흩어진 탓이다. 그 이후로는 걸출한 자가 나오지 못했으니 지존보의 힘을 상대할 수 없는 게 당연하다.

그 지존보의 지배자가 무극검제 조작광이고 그가 실질적인 강호의 제왕이라는 것도 비로소 알게 되었다.

동료 위사에게서 그런 말을 들었을 때 류는 오랫동안 잊고 있었던 가슴의 상처에서 다시 치솟는 고통을 느끼고 놀라야 했다.

왜, 무엇 때문에 그런 현상이 성기는 것인지 여전히 알 수 없었다. 그저 지존보와 강호의 정세에 대한 이야기를 들었을 뿐인데 왜 상처가 다시 발작을 한 건지도 알 수 없었다.

사부가 남겨준 그 상처의 고통은 한동안 류를 꼼짝하지 못하게 할 만큼 맹렬했다. 그리고 천천히 사라졌다.

어쨌든 그런 지존보의 봉황각주라면 의세가 어떨지 짐작이 갔다.

황룡문에 비추어 생각해 보면 쉬운 일이다. 전주의 위치가 장로 다음으로 높지 않던가. 각주라는 것도 크게 다르지 않을 것이다.

그런 어마어마한 배경을 가지고 있는 소저가 갑자기 황룡문에 찾아왔다. 황룡문 전체가 긴장하여 그녀를 맞아들인 게 당연하다는 생각이 든다.

황룡문이 비록 산동제일의 문파이고 강호에 이름을 떨치

고 있다 해도 지존보에 비할 바가 아니었다. 또한 문주인 운중룡 당고한은 무극검제 조작량과 남다른 친분을 나누는 사이이기도 했다. 오랜 동지이면서 형제와 다름없는 믿음을 나누는 사이인 것이다.

소수옥녀 염가연. 그녀가 무슨 일로 왔는지, 왜 호위대를 따돌리고 그렇게 급히 달려온 건지 알 수 없지만 류는 그 일을 잊어버리기로 했다.

자신과 상관없는 일이라고 여겼기 때문이다. 그런 일에 심기를 소모한다는 건 어리석은 짓이기도 했다.

"그녀가 각주라면 나는 위사다. 흥! 입해관에서는 내가 왕인 거야. 지존보주가 온다고 해도 내 허락 없이는 절대로 관을 지나갈 수 없지."

류는 짐짓 자기 자신에게 그런 허세를 부려보기도 했다. 어쩐지 마음 한구석에 소수옥녀 염가연에 대한 열등감이 느껴졌기 때문이다.

그건 류가 어느새 그녀를 의식하게 되었다는 것이기도 했다. 류 자신이 아직 깨닫지 못하고 있을 뿐이었다.

혼자 남게 된 술자리처럼 멋쩍은 일도 없을 것이다. 아직 병에는 반 넘게 향기로운 술이 남아 있었지만 류는 흥미를 잃고 일어섰다.

황룡문 밖 십 리 떨어진 곳, 제남성으로 가는 관도 변에 있는 허름한 주가였다.

“혼자서 뭐 하다가 이제 오는 거야?”

류가 어슬렁거리며 오솔길을 걷고 있는데 불쑥 튀어나온 자가 그렇게 핀잔을 했다. 벌써 돌아간 줄 알았던 표양신이었다.

“어? 너는 여기 숨어서 뭘 하고 있었던 거냐? 혹시 혼자 지나가는 아가씨가 있기를 기다리고 있던 건 아니겠지?”

“실없는 놈.”

눈을 흘긴 표양신이 류의 소매를 잡아끌었다.

“어디로 데려가는 거야? 너구리처럼 따로 숨겨놓은 굴이라도 있는 거냐?”

“그 주둥이 좀 닥치고 따라와라.”

“너는 물귀신처럼 나를 끌어들이는 데 단단히 재미가 붙었나 보다. 하긴, 처음 만났을 때 알아봤지.”

“마음껏 지껄여 봐라. 이젠 더 대꾸하지 않을 테다.”

표양신이 잔뜩 화가 난 얼굴을 했지만 류는 히죽히죽 웃었다. 그가 생각해도 이상한 일이었다. 다른 사람에게는 무뚝뚝하기 짝이 없는데 표양신만 보면 자꾸 놀리고 싶어지는 것이다.

그가 화를 낼수록 재미있었다.

그래서 류는 표양신과 있는 동안만큼은 짓궂은 개구쟁이 같았다. 오랫동안 잊고 살았던 동심의 세계를 그를 통해 되찾곤 했던 것이다.

그건 그만큼 표양신이 마음에 들었다는 것이고, 배포가 잘 맞았기 때문이다.

아무리 토라졌어도 조금 지나면 언제 그랬었느냐는 듯이 헤헤, 웃으며 살갑게 굴던 표양신인데 지금은 그렇지 않았다.

그가 내내 굳은 얼굴로 입을 꾹 다문 채 류를 끌고 간 곳은 인적없는 숲 속의 낡은 산신당 앞이었다.

"솔직하게 털어놔."

표양신이 갑자기 싸늘한 얼굴이 되어서 그렇게 말했으므로 류는 어리둥절해지고 말았다.

"뭘?"

"네 정체가 뭐냐?"

"아니, 무슨 뚱딴지같은 소리를 하고 있는 거야?"

"너는 우성촌의 어부도 아니고 사냥꾼도 아니지? 장소삼의 조카도 아닐 거야. 그렇지?"

"……!"

"반년 전 맥량산에서 처음 만났을 때 거기 죽어 있던 산적 놈들을 기억하겠지? 네가 묻어줬으니까 잊을 리 없을 거다."

"……!"

"그놈들을 때려죽인 게 바로 너지?"

그의 질문을 받는 동안 류의 눈빛도 점점 싸늘하게 가라앉아 갔다.

“너는 나를 감쪽같이 속였다.”

표양신이 두어 걸음 물러섰다. 섭선을 움켜쥐고 있는 손아귀에 힘이 들어간다.

류는 망설였다. 표양신이 저어게 의심을 품기 시작했다는 걸 알았고, 그와의 관계에 있어서 처음으로 위기가 왔다는 걸 알았다.

‘솔직하게 모든 걸 털어놔?’

‘아니지, 아직 나에 대한 걸 누구에게도 알려서는 안 되지.’

‘그래도 유일하게 믿고 의지하던 친구 아니야?’

‘내 한을 드러내 보이기에는 아직 안심할 수 없어.’

그런 갈등이 끊임없이 류를 고롭혔다. 뜨거운 차 한 잔 마실 만큼의 시간이 억겁처럼 느껴졌다.

길게 한숨을 쉰 류가 천천히 말했다. 어디에도 장난기는 없었다.

“너는 왜 갑자기 그런 생각을 하게 된 거냐?”

“갑자기가 아니었다. 벌써부터 한 가닥 의심은 품고 있었어.”

“으음, 그렇다면 너야말로 그동안 나를 속여왔군.”

“확신이 서지 않았을 뿐이다. 하지만 이제는 점점 확신이 선다.”

“어째서?”

“네가 그녀를 호위해 온 기마무사 두 명을 병신으로 만들었기 때문이다.”

“흥, 그건 그놈들이 그만큼 형편없었다는 얘기 아니겠어?”

“그렇지 않아!”

표양신이 거칠게 소리쳤다.

“너는 그들의 정체가 뭔지 알기나 하는 거냐?”

“알고 싶지 않다.”

“알아야 해! 그들은 백천수호대(白天守護隊)의 무사들이다!”

“백천수호대?”

“지존보에서 천하에 흩어져 있는 젊은 고수들을 받아들여 만든 집단이다. 장차 무림의 기둥이 되리라고 누구나 인정하는 집단이기도 하지.”

“그래?”

“나도 그 백천수호대의 일원으로 지목된 적이 있었다. 사부님이 보주에게 청을 넣어서 간신히 빠져나오기는 했지만 말이다.”

“으음—”

류는 짐작이 되었다. 자신이 일격에 때려눕힌 그 건방진 두 놈이 바로 백천수호대의 청년 고수라는 것들이고, 그래서 표양신이 의심을 품었다는 것을.

그 사건만을 놓고 보자면 한낱 외성의 위사에 지나지 않는 류가 강호의 후기지수로 꼽히는 고수를, 표양신과 비견되는 무위를 지녔을 그런 자들을 두 명이나 일시에 때려눕힌 게 된다.

표양신으로서는 말이 되지 않는 일이라고 여길 만했다.

기껏 작호반에서 간단한 쌍수반호와 반수포월의 초식조차 익히지 못해 쩔쩔맸던 자가 아닌가.

그 뒤로 동료 위사들 몇 명을 때려눕혔고, 그래서 타고난 싸움꾼이라는 소리를 들었으며, 비호반의 위사들마저 꺾어서 독갈자라는 별명까지 얻기는 했다.

하지만 위사는 위사일 뿐이다. 그들이 비록 연무관에서 삼 개 과정을 거치며 무예를 배웠다고 해도 그것이 상승의 무공은 절대 될 수 없었다. 그저 위사 노릇을 하기에 부끄럽지 않을 만큼의 수준을 갖춘 데 지나지 않다.

강호에 나가면 삼류를 면치 못할 것이고, 특출하다고 해봐야 이류가 될까 말까 하다.

하지만 지존보의 사천(四天) 중 하나인 백천수호대의 청년 고수들은 그렇지 않았다. 개개인이 모두 일류에 근접해 있는 후기지수들인 것이다.

당연히 류는 그중 한 명도 당하지 못하고 곤욕을 치렀어야 옳았다.

그러나 결과는 그렇지 않았다. 혼자서 한주먹씩을 뻗어 백천수호대의 두 명을 병신으로 만들어 버린 것이다.

그들이 비록 방심하고 있었다고 해도 그건 결코 있을 수 없는 일이었다.

그렇다면 류의 실력이 이미 일류고수를 뛰어넘을 경지에 이르렀다는 게 된다. 표양신은 그걸 믿을 수 없었다.

류는 자신이 실수했다는 걸 비로소 깨달았다.

'남을 속이기 위해서 나부터 속이려고 작정하고, 그렇게 해왔다고 여겼는데 그만 실수를 하고 말았다.'

그런 후회가 물밀 듯 밀려들었다.

그때, 입해관 앞에서 그 두 놈을 때려 눕혀서는 안 되는 것이었다. 적당히 얻어터져 주고 물러났더라면 표양신이 이처럼 의심하지 않았을 것이다.

'아니, 그전부터 실수를 해왔다.'

류가 입술을 깨물었다.

작호반과 양호반의 떨거지 몇 놈을 때려눕힌 거야 누구든 그럴 수 있다고 여길 것이다. 하지만 양호반의 교두인 철비두타 포양을 꺾은 일은 실수였다. 게다가 비호반의 다섯 놈을 반죽음으로 만들어놓은 일도 그랬다.

그 덕에 독갈자라는 아름답지 못한 별명까지 얻었고 황룡문도들 모두의 주목을 받지 않았던가.

표양신은 그때부터 의심을 품었을 수도 있다. 아니, 그뿐만이 아니라 어쩌면 황룡문의 실력자들 모두가 의심을 품게 되었는지도 모른다.

류의 등에 식은땀이 흘렀다.

아직 나를 드러내서는 안 되는 시기인데 너무 경솔하고 생각이 깊지 못했다는 후회 때문에 가슴이 서늘해진다.

강호에서의 경험이 많지 않은 탓이라고 스스로 자위해 보아도 위기감이 느껴지기는 마찬가지였다.

하지만 후회는 어리석은 짓이라는 것도 안다. 아무리 가슴을 치며 뉘우친들 되돌릴 수 없기 때문이다.

'있는 그대로.'

류가 지그시 입술을 깨물었다.

이렇게 된 이상 지난 일을 두고 연연해서는 안 된다. 이제는 닥쳐올 일에 대한 대비를 할 때라고 생각했다. 당당하게 부딪치고, 깨뜨리거나 깨질 뿐이다. 그리고 지금 류는 자신이 깨질 수도 있다는 건 생각하지 않았다.

오직 넘치는 자신감이 있을 뿐이었다.

"말해봐, 네가 나를 친구라고 생각한다면."

'친구……'

표양신의 그 한마디가 비수보다 날카롭게 가슴을 찔렀다.

여태까지 친구라는 존재를 가져본 적이 없는 류였다. 그의 인생에 있어서 처음으로 그런 존재를 갖게 되었다는 기쁨으로 들떠 있었는데, 그와의 관계에 지금 금이 가려 하고 있다.

'하지만 나는 말할 수 없다.'

다섯 사형과 사저, 그리고 사부의 한. 그것을 어찌 입 싸게

나불댈 수 있을 것인가.

'말하지 않으면 친구를 잃을 수도 있다.'

나를 지키기 위해서 그런 아픔을 감수해야 하는 거라면 너무 고통스럽다. 차라리 팔이나 다리 하나를 잘라 버리는 게 마음 편할 것이다.

"남자는 말이다, 적어도 네가 사내자식이라면 말이다."

표양신이 울 듯한 얼굴이 되어서 겨우 말했다.

"여자처럼 굴어서는 안 되는 거야."

"……?"

"여자는 끝없이 사랑을 받아먹으며 산다. 그거면 돼. 하지만 남자와 남자끼리는 서로 마음을 주어야 하는 거야. 너는 받기만 했지 네 마음을 주지 않았다."

"……!"

"지금도 그래. 그래서 나는 정말 슬프다."

화가 난다는 말보다 슬프다는 그 말이 류를 더욱 고통스럽게 했다.

여자가 슬프다고 말할 때와 남자가 그렇게 말할 때의 마음이 어찌 같을 것인가.

류는 표양신을 똑바로 바라볼 수 없었다. 그에게 큰 죄를 지은 심정이다.

무거운 침묵.

"내가 어떻게 해주면 되는 거냐?"

류가 어눌한 음성으로 겨우 그렇게 말했다.

표양신이 입술을 바르르 떨었다. 간신히 울음을 참고 있다. 그래서 그의 말도 어눌하고 답답하게 띄엄띄엄 흘러나왔다.

"진실을 말해…… 줘. 내가 원하는 건…… 그것…… 뿐이다."

'진실…….'

류는 비로소 그것을 말하는 게 얼마나 힘든 일인지 깨달았다.

거짓말은 쉽게 할 수 있다. 길바닥에 널려 있는 수많은 돌 중 아무거나 집어 던지듯 할 수 있는 게 거짓말이다.

하지만 진실은 보석이다. 아무리 눈을 씻고 찾아보아도 자갈밭에서는 찾을 수 없는 것. 그러니 진실을 누구에게 준다는 건 얼마나 어려운 일인가.

내가 진심으로 사랑하고 아끼는 사람이 아니고서는 진실을 함부로 줄 수가 없다.

'하지만…….'

류는 입술을 깨물었다. 짜르트한 통증이 머릿속을 맑게 한다.

'표양신은 내 친구다. 친구브다 소중한 사람이 또 있을까?'

그렇다면 진실을 주어야 한다. 내가 겨우 찾아낸 아름다운 보석을 그에게 아낌없이 주어야 하는 것이다.

그래서 류는 제 가슴속의 보석을 꺼냈다.

"나는 이름이 없다. 성도 없지."

"……?"

"류? 이건 내가 멋대로 지어 가진 이름에 불과해."

"아!"

"사람들은 나를 개새끼라고 불렀고, 거지새끼라고 불렀다. 도둑놈이라고도 했지. 그래서 어렸을 때는 그게 내 이름인 줄 알고 살았다."

이제는 표양신이 할 말을 잃은 채 침묵했다.

"그러다가 사부를 만났다. 다섯 명의 사형과 아름다운 사저도 있었지."

"그들은……."

"다 죽었다."

"아!"

"내 한 몸에 당신들의 영혼과 한을 옮겨놓고 모두 죽은 거야. 십삼 년 전의 일이지."

"그럼 너는 네 사부로부터 무공을 배웠군."

"아니."

"……?"

"사부가 나에게 물려준 것은 복수심밖에 없다."

말이 끊어졌다.

표양신과 류의 눈이 하나가 된 듯 이어졌다. 떨어질 줄을 모른다.

한참 만에야 표양신이 어눌하게 입을 뗐다.

"그럼 너의 그 솜씨는 어떻게 된 거냐?"

"스스로 터득한 거야."

"그런 말도 안 되는……."

"안 믿어도 할 수 없다. 하지만 나는 스스로를 매일매일 죽음으로 몰아넣으며 단련시켰다. 그 세월이 무려 십 년이었어. 너는 상상도 할 수 없을 거다."

"……."

"나는 내 몸과 마음을 세상의 그 어떤 증오와 적개심에도 끄떡하지 않을 만큼 단단하고 두텁게 만들었지. 하지만 감정만큼은 그렇게 무쇠처럼 만들 수 없더구나. 그래서 너에게 처음 이런 말들을 하고 있다."

"너는 불쌍한 놈이었구나."

"큭큭, 이름도 없는 놈에게 남의 동정을 받아둘 여유가 있겠어? 나를 동정하지 마라."

"그래서 원수를 찾겠다고 강호로 나온 거로구나?"

"그렇다. 그때까지는 아무에게도 나를 드러내지 않으려고 했는데 이제는 생각을 바꿔야겠구나."

"내가 괜한 걸 물어보았다. 차라리 모르고 있는 게 마음 편할 뻔했어."

“후회하지 않아, 너는 내 친구니까. 네 말처럼 마음을 주어
야 하고 진실을 주어야 하는 존재니까.”

표양신의 눈길이 파르르 떨렸다.

“원수는 찾았어?”

“아직.”

“누구인지 알기는 하는 거냐?”

“모른다.”

“이런, 이런!”

표양신이 제 일인 것처럼 발을 구르며 안타까워했다.

그리고 류의 손을 덥석 잡았다.

“고맙다, 네 진실을 말해줘서.”

“이제 나를 욕하지 않을 거지?”

“미친놈, 나쁜 놈.”

“응?”

“하하하, 이놈아, 친구끼리는 욕하는 재미로 사는 거야.”

“썩을 놈 같으니.”

류가 눈을 하얗게 흘겼다. 표양신이 얼굴을 온통 활짝 편
채 웃었다. 그러나 그의 두 볼에는 뜨거운 눈물이 흘러내리고
있었다.

류가 그의 손을 마주 잡았다. 그리고 아무 말도 하지 않았
다.

길고 오랜 시간이 그렇게 뜨거운 침묵 속에서 흘러갔다. 류

가 가만히 손을 뻗어 표양신의 볼에서 눈물 자국을 닦아주었
다.

"사내자식이 툭하면 찔찔거리니…… 쯧쯧, 이래 가지고 장
가나 갈 수 있겠어?"

"쳇, 빌어먹을 놈 같으니."

터덜터덜 돌아오는 길은 휘영청 밝은 달빛으로 흠뻑 젖어
있었다.

표양신은 목욕을 하고 난 듯 개운해져서 즐거워했지만 류
의 마음은 여전히 무거웠다.

제 사문에 대해서, 구양진결에 대해서는 끝까지 감추고 말
해주지 않았다는 죄책감 때문이었다.

류가 아직 감추는 게 있다는 걸 눈치 챘을 텐데도 모르는
척 덮어준 표양신의 그 마음이 더욱 그를 괴롭게 했다.

'미안하다. 하지만 언젠가는 내 가슴을 갈라서라도 그 안
에 꼭꼭 숨겨두고 있던 모든 걸 너에게 보여주겠다. 약속하
지.'

류는 그렇게 자기 자신과 굳은 약속을 할 수밖에 없었다.

저 멀리 입해관의 높은 망루가 어슴푸레 보이는 언덕 위에
서 표양신이 걸음을 멈추었다.

"고민이 하나 있다."

"응?"

“나 사랑이라는 걸 하게 된 것 같다.”

“그건 또 무슨 엉뚱한 소리냐? 하면 하는 거고 말면 마는 거지, 하게 된 것 같다니?”

“이런 감정을 느끼는 건 처음이거든. 뭐라는 건지는 모르지만 아마 이런 게 사랑이라는 건가 보다.”

“달콤하냐?”

“쓰고 두렵고 고통스럽다.”

“그럼 사랑인지 지랄인지 그런 거 하지 마라.”

“미친놈.”

류를 흘겨보는 표양신의 얼굴 가득 그늘이 져 있었다.

‘이 바람둥이 같은 놈이 정말 사랑에 빠졌군.’

류는 그게 누구인지 짐작했다.

어디 한곳 진득하게 머무는 법 없이 바람처럼 싸돌아다니기만 하는 표양신이 아닌가. 그런 그의 마음을 이렇게 붙잡아 둘 수 있는 여자라면 그녀밖에 없을 것이다.

하지만 짐짓 모르는 척 물어본다.

“대체 누구냐?”

“비밀이다.”

“뭐라고? 이 나쁜 놈 같으니. 친구 사이에는 그런 게 없어야 된다고 떠들 때는 언제고 이제는 뭐? 비밀이라고?”

류가 쥐어박을 듯 주먹을 쳐들었다. 표양신이 히히, 웃으며 물러선다.

"나쁜 소식과 기쁜 소식이 있다. 어느 것부터 말해줄까?"

"응?"

"골라봐."

"좋아. 기쁜 소식부터 듣자."

"히히, 그녀가 너를 위사로 부리겠단다."

"그녀라니?"

"염가연."

"뭣이?"

류가 깜짝 놀라 소리쳤다.

"소수옥녀 염가연? 아니, 그녀가 왜?"

"히히, 네놈이 마음에 든 모양이지. 축하한다."

"그게 축하받을 일이냐?"

"쯧쯧, 이게 정말 멍청한 놈이라니까. 이놈아, 강호의 그 많은 청년 고수들이 왜 앞 다투어 지존보에 들어가려고 하는 지 아냐? 그들이 하나같이 원하는 게 뭔지 알아?"

"……?"

"바로 그녀 때문이다. 그녀를 조금이라도 가까이에서 지켜 보려는 거야."

"어째서?"

"예쁘니까."

"으음……."

류가 깊은 탄성을 흘렸다. 그날, 입해관에서 마차의 휘장 사이로 살짝 보였던 그녀의 얼굴 반쪽. 그것만으로도 얼마나 놀라 가슴이 내려앉았던가.

사람의 얼굴이라고 믿을 수 없었다.

그런 그녀가 자신을 지목했다니 뭐라고 말할 수 없는 감회가 인다.

이만하면 류가 충분히 음미하고 즐길 시간을 주었다는 듯 표양신이 짓궂은 얼굴을 하고 말했다.

"이번에는 나쁜 소식이다."

"말해봐."

"그녀가 너를 위사로 삼겠단다."

"뭐야, 똑같은 말이잖아."

"하지만 이번에는 분명히 나쁜 소식이다."

"어째서?"

"너를 고통스럽고 괴롭게 하겠다는 심보가 틀림없으니까."

"……?"

"생각해 봐. 굶어 죽을 지경이 된 놈 코앞에 진수성찬을 차려놓고는 먹지 말고 냄새만 맡으라는 거 아니겠어? 그러니 그것보다 지독한 고통은 세상에 없을 거다. 쯧쯧, 불쌍한 놈……."

류가 의미심장한 미소를 띠었다.

기쁜 소식을 들었을 때 그는 어리둥절했는데, 나쁜 소식을 듣고 나서는 음흉한 미소를 짓고 있으니 표양신은 그 속이 궁금해졌다.

류가 목소리마저 음침하게 해서 말했다.

"흐흐, 누가 굶어 죽을 지경이 된 자고 누가 먹을 수 없는 진수성찬인지는 두고 봐야 알지."

"너, 너, 무슨 엉뚱한 생각을 하고 있는 거냐?"

표양신의 낯빛이 핼쑥해졌다.

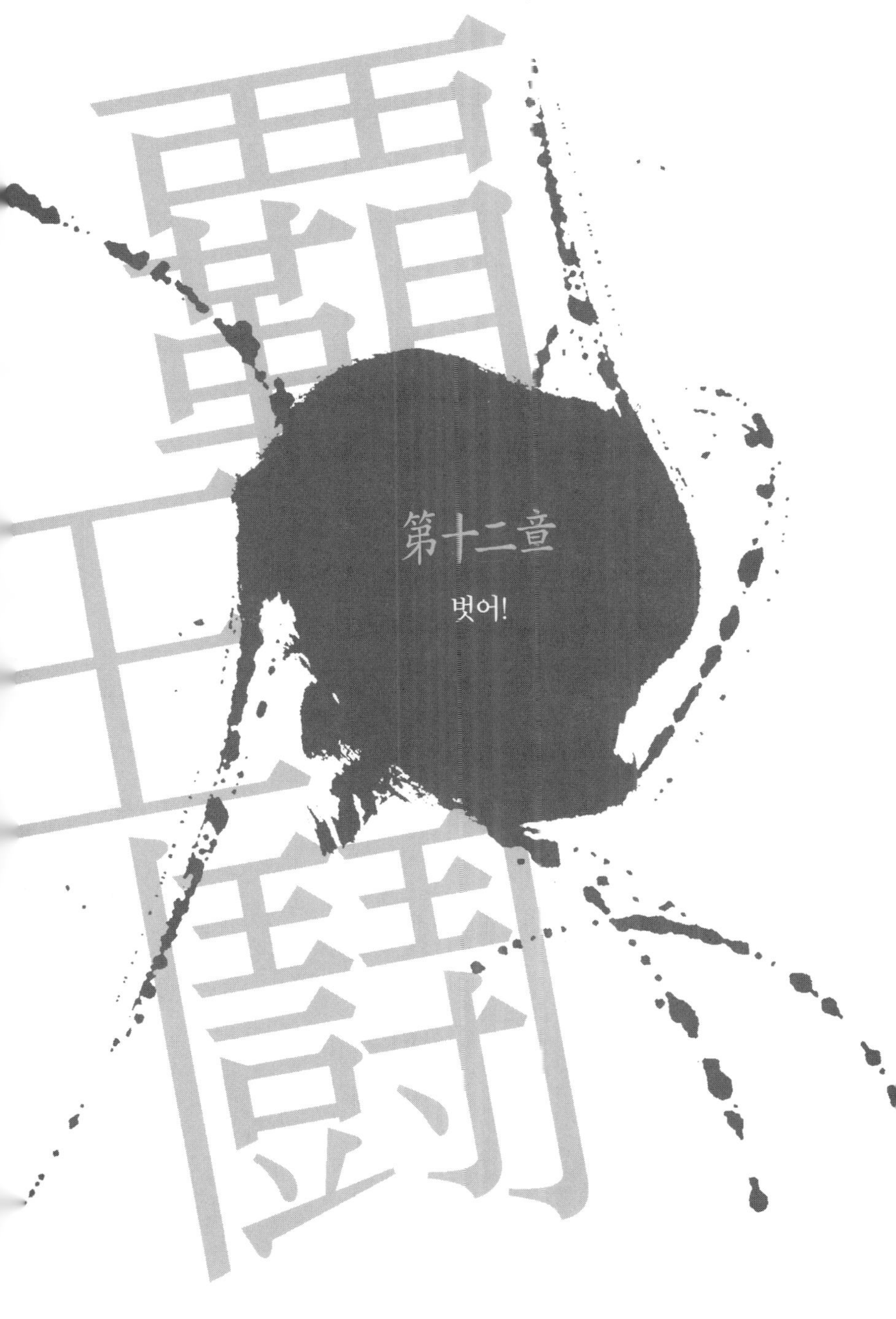

第十二章
벗어!

第十二章

"가지 않겠소."

류가 완강하게 뻗댔다. 마음속에는 이미 결정을 내리고 있었지만 줄다리기를 하는 것이다.

입해당주 문효성이 난감한 얼굴로 그런 류를 물끄러미 바라보았다.

"이놈아, 여기가 네 집 안방인 줄 아느냐? 떼를 쓴다고 통할 것 같아?"

"당주, 당주는 수하를 그렇게 쉽게 내주는 사람입니까? 수하를 내 몸처럼 사랑한다는 말은 어디로 갔습니까?"

"에휴, 듣기 싫다. 가라면 가. 제발 좀 가줘라, 응?"

“내가 마음에 들지 않았나요?”

“마음에 들고 안 들고가 어디 있어? 위에서 그렇게 하라고 시키면 하는 거야.”

“누가 명령을 내렸단 말입니까?”

“문주님이지. 그러니 시끄럽게 떠들지 말고 그냥 곱게 가라. 제발 부탁이다.”

“그래요? 그럼 가야지요.”

언제 뻗댔었느냐는 듯 류가 벌떡 일어서더니 성큼성큼 걸어나간다. 그를 멍하니 바라보던 문효성이 한숨을 쉬었다.

“참, 알다가도 모르겠고, 모르다가 어이없어지는 놈이라니까.”

류는 자신의 실수로 인해서 이제는 문주까지도 의심을 품기 시작했다는 걸 직감했다. 그 아래의 장로며 전주들 역시 마찬가지일 것이다.

이번 일은 문주가 자기를 시험해 보는 것인지도 모른다.

류는 지금 제 처지가 아슬아슬한 외줄 위에 올려진 것과 같다고 생각했다. 성급하게 군 실수 때문이다.

과거는 돌이킬 수 없다. 되돌릴 수 없는 일에 집착하는 것처럼 어리석은 짓은 없으리라. 류는 그것을 잘 알았다.

지난 일로 후회하기보다 앞으로의 일을 계획해야 하는 게 현명하다는 것도 잘 안다.

한순간이라도 방심하면 깊은 나락으로 추락해 버리고 말

리라.

그건 곧 죽음이다. 아니, 죽음은 달콤할 것이다. 하지만 사형과 사저, 사부의 한을 풀어드리지 못한다는 건 고통이고 치욕이다.

‘일단 부딪치는 거야. 멋대로들 생각하고 판단하라지. 남자의 뚝심이 뭔지를 보여줄 뿐이다.’

류의 입가에 독한 미소가 스쳐 갔다.

자신감이면서 불끈 일어서는 오기의 발현이기도 했다.

밖에는 두 명의 백의청년 검사가 버티고 서 있었다. 그들의 날카로운 눈길이 당주의 집무전에서 걷어나오는 류의 온몸을 훑었다. 적의가 느껴진다.

“가자.”

류가 모르는 척 태연하게 말했다. 왼쪽의 청년이 싸늘한 조소를 띠었다.

“네가 독갈자 류냐?”

“그렇다.”

“입해관에서 잘도 내 동료 두 명을 병신으로 만들었겠다?”

“그게 부러웠구나? 그렇다면 공손하게 부탁해 봐. 기꺼이 너에게도 그렇게 해주지.”

까드득!

왼쪽의 청년이 이를 갈았다. 오른쪽의 청년이 나서서 스산하게 말한다.

“흥, 기껏 황룡문의 위사 따위가 감히 우리를 얕잡아보다니. 곧 뜨거운 맛을 보여주마.”

그들로서는 류가 함부로 말하고 있다는 것 자체가 큰 모욕이었다. 하지만 이곳이 황룡문이고 염가연의 명이 있었던 터라 발작하지 못하고 애써 눌러 참고 있는 중이었다.

“갈 거냐, 말 거냐?”

류는 여유만만하기만 했다. 일부러 그러는 것처럼 그들을 무시한다.

두 청년이 류의 좌우에 서서 걸었다. 마치 죄인을 압송해 가는 듯한 형상이다.

멀찍이 떨어진 곳에 입해당의 위사들이 삼삼오오 모여서 류를 바라보고 있었다. 수군대는 그들의 얼굴과 눈 가득 부러워하고 걱정하기도 하는 기색이 떠올라 있다. 류가 그들을 둘러보며 가볍게 손을 흔들어주었다.

“기다리고 있어, 다녀올 테니까.”

그녀는 내성에서도 가장 깊숙한 곳에 있는 취운각(聚雲閣)에 기거하고 있었다.

주위에 아름드리 소나무가 가득하고 세 겹의 담으로 둘러싸여 있어서 사람의 기척이 닿지 못하는 곳이다.

잘 가꾸어진 정원에 넓은 연못이 있는데, 산중에서 내려오는 개울이 흘러들어 언제나 맑고 깨끗한 물로 가득 찼다.

연못 북쪽에 태산을 축소해 놓은 것 같은 가산(假山)이 있고, 기기묘묘한 모양의 태호석(太湖石)들이 숲처럼 가산을 두르고 서 있다.

가산 위에는 날아갈 듯한 정자를 세워놓았는데, 연못을 가로지르는 운교(雲橋)가 그것에 이어져 있었다.

류는 황룡문 내에 이러한 곳이 있다는 걸 여태까지 알지 못했다. 비단 류뿐만 아니라 외성의 당주들도 알지 못할 것이다. 취운각은 귀빈을 모시기 위해 특별히 마련된 곳으로써 평소에는 절대로 열리지 않았기 때문이다.

그 취운각을 한 아가씨가 통째로 쓰고 있었다. 황룡문에서 뽑아 보낸 다섯 명의 시비가 밤낮없이 그녀의 시중을 들었고, 동서남북 사방에는 여덟 명의 호위무사가 번을 섰다.

지존보에서부터 그녀를 호위해 온 스무 명의 백천수호대 무사는 취운각의 서쪽 담 밖에 있는 기린정사(麒麟精舍)에서 생활했다.

그들은 오직 밤낮으로 교대하며 주변의 경계를 서는 일에 최선을 다했을 뿐, 황룡문에 온 이래 한 번도 취운각의 세 겹 담 밖으로 나가지 않았다. 때문에 황룡문에서는 어느덧 그들의 존재를 잊을 지경이 되어 있었다.

그녀, 염가연이 오면서부터 취운각은 황룡문 속의 또 다른 별천지가 되어버린 것이다.

두 명의 안내자를 따라 그 취운각의 남쪽 문으로 들어선 류는 눈을 휘둥그레 떴다. 아름다운 그곳의 경치와 고요하게 멈추어 있는 바람이 인간 세계의 풍경 같지가 않았던 것이다. 내가 말로만 듣던 선계의 한 곳에 발을 들여놓은 것인가? 하는 의심마저 들었다.

류는 그녀가 불쑥불쑥 황룡문에 찾아온다는 걸 뒤늦게 알았다. 바로 이 취운각이 마음에 들어서라고 했는데, 바보라고 해도 그 말을 그대로 믿지는 않을 것이다.

그녀가 무엇 때문에 아무 연고도 없는 황룡문을 제집처럼 드나드는지는 모른다. 하지만 그녀가 찾아오기 시작한 몇 년 전부터 황룡문이 그녀를 위해서 언제나 문을 활짝 열어두었고, 취운각에 그녀 외의 다른 사람은 들이지 않는다는 걸 모두는 잘 알고 있었다.

그녀는 지존보에서는 옥봉각주이지만 황룡문에 오면 취운각주가 되는 것 같았다.

그 취운각 돌계단 아래에 류가 우뚝 섰다. 곧 사방에서 눈부신 백의 무복을 입은 영준한 청년 검사 네 명이 소리도 없이 다가와 류를 에워쌌다.

칼끝 같은 적의가 온몸으로 느껴진다.

그들의 깨끗하고 준수한 모습에 비해 입해당의 푸른 위사복을 입고 있는 류는 허름하고 꼬질꼬질해 보였다.

그러나 높이 든 턱과 꾹 다문 입술에선 도도함을 지나쳐 오만하기까지 한 기상이 엿보인다. 오직 취운각의 돌계단 위에 활짝 열려 있는 문을 바라볼 뿐, 백의청년 고수들에게는 곁눈질 한 번 하지 않았다.

주렴을 드리우고 있어서 그 안에 앉아 있을 그녀의 모습은 알아볼 수 없었다. 하지만 코끝에 스쳐 가는 바람 속에서 은은한 그녀의 향기가 맡아진다.

"당신이 독갈자 류인가요?"

그 주렴 안쪽에서 여인의 조용한 음성이 흘러나왔다.

"그렇소."

"처음 당신을 보았을 때는 번개 같은 솜씨에 놀랐는데 지금은 그 오만함에 또 한 번 놀라게 되는군요."

"그렇소?"

"당신은 왜 여기에 와 있는 건지 아나요?"

"그렇소."

류는 마치 그 말밖에 모르는 사람 같았다.

잠시 침묵이 흐르더니 그녀가 웃음을 겨우 참는 음성으로 다시 말했다.

"말해보세요."

"가라고 해서 갔고, 오라고 해서 왔을 뿐이오."

"그렇소만 말하는 사람인 줄 알았더니 아니군요. 다행이에요."

"그렇소?"

"문주님께 특별히 부탁을 했지요, 이곳에 머무는 동안 당신을 내 개인 위사로 달라고.”

“그렇소?”

“이제 당신의 임무가 무엇인지 알았겠지요?”

“그렇소.”

“좋아요. 그 말을 이제부터 주인에게 절대 복종하겠다는 서약으로 듣겠어요.”

“나는 소저의 종이 아니오.”

“아니면?”

“위사라는 걸 모르시오?”

“당신은 내 명령에 복종해야 해요. 그게 위사의 본분이기도 하니까.”

“그렇군. 그건 종과 다름없는 거로군.”

류가 비릿한 비웃음을 달고 자신을 잡아먹을 듯 노려보고 있는 사방의 백의미청년들을 돌아보았다.

마치, ‘너희는 모두 종이구나?’ 하고 놀리는 듯하다.

백의미청년들의 눈매가 더욱 매서워졌다. 하지만 그들은 감히 한마디도 내뱉지 못했다.

류가 천천히 주렴을 향해 말했다.

“지존보에서는 그렇게 하는지 몰라도 황룡문에서는 그렇지 않소. 위사를 종이라고 생각하는 사람은 아무도 없지.”

“그래요?”

“나는 문주님의 명령을 받았으니 당신이 황룡문에 머무는 동안 위사로서의 직분에 충실할 것이오. 하지만 종으로서의 역할은 하지 않겠소."

"당신은 정말 입해당 문 당주 휘하의 위사가 맞나요?"

"그렇소."

"이상하군요. 내가 황룡문에 여러 차례 와봤지만 당신 같은 위사는 보지 못했어요."

"나도 황룡문에서 여러 달 있었지만 소저 같은 사람은 보지 못했소이다."

황룡문의 일개 위사가 지존보의 수뇌부 중 한 명을 대하는 태도라고는 믿을 수 없는 당당함이었다.

기분이라도 상한 듯, 주렴 안에서 무거운 침묵이 오랫동안 계속되었다.

그럴수록 류를 에워싸고 있는 백의미청년들은 긴장했고, 류에 대한 분노로 거친 숨을 몰아쉬었다.

백천수호대의 우상이나 다름없는 그녀가 보잘것없는 황룡문의 위사 앞에서 나긋나긋하게 공대를 하고 있으니 기가 막힐 일이기만 하다.

그런 것 때문에 백의미청년들은 류에 대하여 더 큰 증오를 느끼고 있었다. '질투심' 이라는 것이다.

한참의 침묵을 깨고 다시 염가연의 음성이 흘러나왔다.

"좋아요. 당신은 문주님보다도 더 뻣뻣하게 구는군요. 황룡문에서는 위사의 직분이 문주보다 높다는 걸 처음 알았어요."

비꼬는 말투였지만 류는 그것마저 무시하고 뻔뻔하기까지
한 얼굴로 느긋하게 대꾸했다.

"근무지에서 근무에 임하는 동안 위사는 확실히 문주님보
다 높소."

그게 황룡문의 규칙이었다.

'모든 근무자는 황룡문을 대표한다.'

그게 황룡문주 당고한의 철학이자 믿음이었던 것이다.

장로에서부터 가장 말단의 위사라고 해도 제 근무지에서
만은 그 누구보다 막강한 권한을 행사할 수 있다. 그곳에서
그는 제왕이 될 수 있는 것이다.

문주는 늘 말했다.

"책임을 물으려면 그만한 권한을 먼저 주어야 한다. 각자
제 권한에 대한 자부심을 갖게 된다면 책임을 가볍게 여길 리
없다. 그런 마음이 사라지지 않는 이상 황룡문은 결코 무너지
지 않을 것이다."

때문에 근무자는 누구로부터 어떤 간섭도 받지 않고 저에
게 주어진 일에만 집중할 수 있었다.

그게 곧 황룡문의 힘이 되어 오늘날 이처럼 성세를 이루게
했음은 두말할 것 없다.

류는 마음속으로 그런 문주의 사고방식에 깊은 감명을 받
고 있는 중이었다. 그런데 이 알 수 없는 아가씨는 대뜸 위사
를 종이라고 했다. 모멸감이 들지 않을 수 없다.

다시 잠시의 침묵이 흘렀다. 네 청년 검사의 거칠어진 숨소리만 고요한 뜰에 퍼져 나갔다. 그들은 당장 그녀의 입에서 저 발칙한 놈을 잡아 꿇리라는 호통 소리가 터져 나올 것을 기대한다.

하지만 한참 만에야 주렴 안에서 흘러나온 그녀의 음성은 그들을 절망으로 떨어뜨렸다.

"좋아요. 당신은 아주 재미있는 사람이군요. 가까이 오세요."

그래서 그들은 제 절망의 크기만큼 류에 대한 적의를 키웠다.

지존보의 옥봉각주이자 여신과 같이 지고지순한 존재인 그녀가 류라는 촌뜨기를 위사가 아니라 마치 가까운 지인이라도 되는 것처럼 대하고 있다는 것을 용납할 수 없는 것이다.

머뭇거림없이 뚜벅뚜벅 계단을 걸어 올라가고 있는 류의 태도 또한 네 청년에게 증오와 살기를 품게 했다.

"당신들은 그만 물러가세요."

꾸짖듯 낮고 차가운 음성이 흘러나왔다. 류에게 하던 것과는 전혀 달라서 마치 다른 사람이 갈하는 것 같았다.

계단 아래에 멍하니 서 있던 네 명의 빈의미청년이 처참해진 얼굴을 숙여 공손히 인사하고 각자 제가 맡은 자리로 돌아갔다.

계단 위에서 류는 주인에게 쫓겨난 강아지처럼 어깨를 축

늘어뜨린 채 맥없이 돌아가는 그들의 모습을 물끄러미 바라
보고 있었다.

그녀 앞에서는 그 뾰족하던 기상도, 오만한 자부심도 다 내
버린 채 그야말로 겁 많은 종처럼 변해 버리는 그들의 행동이
불쌍하기도 했다.

"갈아입으세요."

주렴이 살짝 젖혀지더니 섬섬옥수가 한 벌의 눈처럼 흰 위
사복을 내밀었다.

류는 멍하니 그 손을 바라보았다. 흰옷보다 더 희고 투명한
손. 시녀를 시켜도 될 텐데 손수 옷을 건네주는 그 손.

류가 옷을 받아 들고 묵묵히 돌아서자 주렴 안에서 다시 낭
랑한 그녀의 음성이 들려왔다.

"그 자리에서 갈아입으세요."

"……?"

"첫 명령이에요."

'이 여자가?'

무슨 생각을 하고 있는 건지 알 수 없어서 당황했다. 아무
리 주렴으로 가리고 있다 해도 눈앞에서 혈기왕성한 사내의
벌거벗는 모습을 지켜보겠다니, 이해할 수 없다.

'변태적인 취향인가?'

불쑥 그런 의심까지 든다.

들고 있던 백천수호대의 위사복을 펼치자 그 안에 깨끗한

속옷 일습이 들어 있었기 때문이다. 눈앞에서 벌거벗으라는 말이나 다름없지 않은가.

머뭇거리던 류가 질끈 입술을 깨물고 천천히 푸른 위사복을 벗기 시작했다.

이왕 보여줄 거라면 당당하게. 자랑스럽게 보여주리라는 오기가 생긴 것이다.

원하는 그 이상으로 해 보이는 것. 류는 그게 지금 그녀를 비웃어주고 당황하게 하는 유일한 길이라고 생각했다.

주렴을 마주 대하고 서서 그 안의 어둠 속에 숨어 있는 염가연을 노려보기라도 하듯 똑바로 바라보며 옷을 벗는다.

입해당의 푸른 위사복이 떨어지고 꼬질꼬질한 속옷이 나왔다. 부끄럽다는 생각은 하지 않았다.

류가 거칠고 박력있게 상체를 가리고 있는 속옷을 벗어 팽개쳤다.

청청한 햇빛 아래 그의 깡마르고 검은 상체가 활짝 드러났다.

군살이라고는 눈을 씻고 봐도 찾을 수 없는 몸이다. 뼈 위에 근육들만 찰싹 달라붙어 있는 것 같은 그런 몸은 쉽게 볼 수 있는 게 아니다.

류의 눈 속에 불이 확확 일었다. 지그시 주렴 안을 노려보던 그가 치부를 가리고 있던 속옷마저 벗어버렸다. 그의 우람한 남성이 드러났다.

환한 대낮에, 취운각 앞에서 알몸으로 우뚝 서 있는 깡마른 사내 하나.

청동으로 주조한 듯 번쩍이는 검붉은 몸뚱이가 오히려 아름답다.

근육질의 사내에게서는 찾아볼 수 없는 단단함이고 정제된 긴장이다.

류는 고산도의 그 벼랑 위에 우뚝 서 있던 자신의 모습을 떠올렸다. 깊이 꽂힌 깃대같이 단호하던 그 모습. 그것이 지금 취운각의 주렴을 마주하고 서 있다.

주렴 안에서는 아무런 기척도 없었다. 눈을 감은 건지도 모른다. 아니다. 맛있는 고기를 앞에 둔 짐승처럼 군침을 흘리며 지켜보고 있으리라.

불쑥 흘러나온 그녀의 음성이 그것을 증명해 주었다.

"그대로 한 바퀴 돌아보세요."

'이 계집이?'

그 말 한마디에 갑자기 밀려든 수치심이 노여움을 불러일으킨다. 하지만 류는 어금니를 질끈 악물었을 뿐, 자신의 마음을 감추었다.

천천히 한 바퀴 맴돌았다.

"됐어요."

류는 무표정한 얼굴로 속옷을 입고 백색 무복을 입었다. 붉은 띠를 질끈 동이고 나자 전혀 다른 사람이 된 것처럼 보였다. 주렴 안에서 그녀가 제 감상을 말했다.

"아주 좋은 몸이군요."

"고맙소."

"잘 마른 장작처럼 단단하고 검은 바위처럼 굳세요. 물에 불린 등나무 껍질처럼 질긴 피부가 마치 갑옷을 두른 것 같으니 그런 몸은 정말 보기 힘들 거예요."

"……."

"당신은 특별한 수련을 한 사람이군요. 아주 지독하고 힘든 수련 과정을 거쳤을 게 틀림없어요."

'이거다!

류는 비로소 그녀의 의중을 알아챘다.

변태적인 취향을 가져서가 아니라 류의 본래 모습을 보고 싶었던 것이다. 그 속에서 어떤 궁금증에 대한 해답을 찾으려고 한 것인지도 모른다.

"당신은 물론 황룡문의 제자가 아니고, 황룡문의 무공을 배운 것도 아니겠지요?"

"그렇소."

"대단하군요."

"무엇이 그렇단 말이오?"

"당신을 위사로 부리겠다고 마음먹은 문주의 안목이 대단하고, 그 뜻을 받아들여 위사 노릇을 하고 있는 당신의 심기가 대단하다는 뜻이에요."

"좋은 의미로 알겠소."

"상관없어요. 어쨌든 당신은 위사고, 지금은 내 수신호위 니까."

말을 계속할수록 그녀의 심중을 알기가 힘들어진다.

류는 그녀가 굳이 자신을 지목해 수신호위로 삼은 데에 다른 뜻이 있다는 걸 어렴풋이 짐작했다. 그리고 그의 잘 발달된 느낌은 그것이 어쨌든 좋지 않은 징후라고 말해주고 있었다.

하지만 류에게는 자신이 있었다.

'네가 아무리 대단하다고 한들 계집이다. 너에게 굴복할 정도밖에 되지 않는다면 나는 다시 강호를 떠나 십 년간 수련을 더 하고 나올 것이다.'

류는 다시 한 번 자기 자신에게 말해주었다, 반드시 그녀를 꺾어버려야 한다고. 이제 그것은 짓밟힌 자신의 자존심을 위한 것이기도 했다.

검을 허리에 찬 류가 그때까지도 열리지 않고 있는 주렴을 향해 싸늘하게 말했다.

"언젠가는 내 앞에서 당신이 옷을 갈아입게 될 것이오."

여자라면 참고 넘어갈 수 없는 모욕이다. 하지만 염가연은 오히려 즐겁다는 듯 명랑한 웃음을 터뜨렸다.

"호호호. 그렇다면 정말 그날이 오기를 기다려 보는 것도 즐겁겠군요, 죽음을 기다리는 자의 심정으로."

끝말이 어둡고 섬뜩하다. 류는 잠깐 의아했지만 더 이상 생각하지 않고 돌아섰다.

사흘이 지났다. 아무 일도 일어나지 않았다.

류는 혼자였다. 하지만 너무나 익숙한 일 아닌가. 초조하지도 지루하지도 않았다.

그는 아침부터 밤중까지 흰색 돌계단 위에 꽂힌 깃대가 되어 그렇게 서 있기만 했다. 그동안 취운각의 주렴은 한 번도 걷히지 않았고, 염가연의 음성도 들은 바 없다.

"이제 됐습니다."

여느 때나 다름없이 교대 시간을 알려주는 시비의 음성. 류는 아무 대꾸 없이 발자국이 찍힐 정도로 서 있던 자리를 떠나 돌계단을 뚜벅뚜벅 걸어 내려갔다. 한 번도 뒤돌아보지 않는다.

그가 취운각 아래에 이르렀을 때 저쪽에서 네 명의 백의청년이 자로 잰 듯한 걸음걸이로 다가왔다. 역시 늘 있던 일이다.

류는 곁눈질 한 번 하지 않았지만 네 사람의 따가운 눈길은 그를 그대로 스쳐 가지 않았다.

류는 적의가 지나쳐서 살기가저 띠고 있는 그 눈길에 감추어진 어떤 차가운 느낌을 받아들였다.

그들은 밤새 류를 대신해 취운각을 지킬 것이다. 그리고 류는 오늘 밤에는 무언가 재미있는 일이 있을 것 같다는 작은 기대를 품고 정원을 가로질렀다.

많은 방들이 붙어 있는 기린정사의 긴 낭하가 텅 비어 있었다. 다들 아직도 식당에 있는 모양이다. 아니면 오늘은 저녁 식사 시간이 늦어진 건지도 모른다.

류는 맨 끝에 있는 자신의 방에 들어 검을 풀어 던지고 간단하게 세수를 했다.

저녁 식사를 하고 돌아오면 따뜻한 목욕물과 갈아입을 옷이 준비되어 있을 것이다.

스무 명의 백천수호대 청년 고수를 위한 문주의 배려가 얼마나 세심하고 깍듯한지는 그 일만 봐도 알 수 있었다.

그들은 매일 최상의 식사를 했고 목욕을 했으며, 깨끗한 옷으로 갈아입었다.

그건 스물한 번째 호위무사가 되어 있는 류에게도 똑같이 베풀어지는 혜택이었다.

기린정사에 배정되어 있는 다섯 명의 시비와 다섯 명의 잡역은 매일 똑같이 반복되는 그런 일을 소리 하나 내지 않고 능숙하게 처리했다.

아래층에 있는 식당에서 구수한 음식 냄새가 선선한 바람을 타고 올라왔다.

第十三章

독갈자(毒蠍子) 류(流)

第十三章

네 놈이 류를 에워싼 채 노려본다.

구석의 빈 탁자를 차지하고 앉아서 류는 한껏 느긋하게 저녁 식사를 하고 있는 중이었다.

야수처럼 노려보는 여덟 개의 눈을 구시하고 다른 때보다 더욱 느긋하게, 여유있게 식사를 하고 있는 동안 다시 네 명이 다가와 둘러쌌다.

남아 있는 네 놈은 한 사람을 호위하듯 한 채 저쪽 구석의 식탁에 앉아 있었다.

수하들의 호위를 받으며 당당하게 얼굴을 들고 바라보는 사람.

백천수호대의 검기령주(劍旗領主)인데, 황룡문에 와 있는 스무 명의 우두머리다.

류는 그가 여자라는 것을 기린정사에 온 다음에야 알았다. 모두가 똑같은 복장을 하고 있었기에 그녀가 여자라는 걸 언뜻 보아서는 알아채기 힘들었던 것이다.

그녀는 스물대여섯 살쯤 되어 보이는 싸늘한 안색의 아가씨인데, 특이하게도 차갑고 열정적인, 상반되는 두 개의 느낌을 지니고 있었다.

기련빙화(祁連氷花) 단목향(檀木香).

대막(大漠)의 지주(地主)라는 기련검파(祁連劍派)의 여제자이면서 강호의 뭇 후기지수들 중에서도 단연 돋보이던 여고수.

그녀는 이 년 전 조작량의 부름에 순응하여 지존보에 들어갔고, 그 즉시 백천수호대의 검기령주에 발탁되었다. 그것만 보아도 단목향이 어떤 여자인지 충분히 짐작할 수 있었다.

그녀가 얼음을 박아 넣은 듯한 싸늘한 눈길을 가끔씩 류에게 던졌다.

처음 이놈들의 우두머리가 아가씨라는 걸 알았을 때 류는 속으로 마음껏 비웃었다.

'밸도 없는 놈들 같으니. 두 계집의 치마폭에 파묻혀서 해롱거리느라고 언제 숨 쉴 틈이나 있겠어?

지금도 그 마음은 변함이 없다. 그리고 그런 류의 마음이 염가연과 단목향에게 전해지지 않았을 리 없었다.

취운각의 염가연은 아직 아무런 반응이 없는데, 단목향은 기린정사의 이 식당에서 참고 참았던 무엇을 터뜨리려 하고 있는 중이었다.

'재미있는 일이지. 개 떼들이 왕왕거리며 이리저리 뛰어다니는 걸 구경하는 건 말이야.'

젓가락을 내려놓고 수건으로 입을 닦으며 류는 속으로 마음껏 조롱했다.

"나가자."

지루했었다는 듯 덩치가 가장 돋보이는 놈이 묵직한 음성으로 그렇게 말했다.

류가 '왜?' 라고 묻는 눈길을 던졌다.

"개인적인 일이야."

"개인적이라고?"

머리를 갸웃거린 류가 피식 웃고 일어섰다.

"그렇다면 혼자 찾아와서 조용히 해결해도 될 텐데 개 떼처럼 몰려왔구나? 왕왕 짖기라도 할 작정이냐?"

"이놈이?"

곁에 있던 자가 분노를 감추지 않고 이를 갈았다.

이놈들의 의도는 명백하다. 류는 곧장 그 의중을 치고 들어갔다.

"배불리 먹었으니 자기 전에 운동을 좀 하는 것도 좋은 일이지.”

　류가 일부러 이를 간 놈의 어깨를 거칠게 젖히고 뚜벅뚜벅 걸어나갔다. 그 뒤를 덩치와 그의 일행들이 우르르 따른다.

　“어느 정도까지 할 생각이십니까?”

　그녀, 기련빙화 단목향을 호위하던 네 놈 중 한 놈이 낮게 물었다. 붉은 입술을 잘근잘근 깨물고 있던 단목향이 스산한 눈길을 허공에 둔 채 낮게 말했다.

　“할 수 있는 데까지 해. 책임은 내가 진다.”

　죽여도 좋다는 암시다.

　질문했던 자가 빙긋 웃고 서둘러 밖으로 나가는 걸 보며 단목향도 천천히 몸을 일으켰다.

　취운각을 에워싸고 있는 첫 번째와 두 번째 담 사이에 방원 십여 장의 둥근 공터가 있었다. 외문과 중문 사이에 있는 것인데, 지금은 문이 굳게 닫혀 있는 터라 그곳의 일을 어디에서도 알 수 없을 것이다.

　흑석이 깔려 있는 그 공터 복판에 류가 우뚝 섰다. 공터 가장자리를 둥글게 에워싸고 있는 백의청년들.

　“할 말이 있는 놈은 나와라.”

　하나같이 강호의 일류고수를 넘본다는 후기지수라는 자들. 열두 명이나 되는 백천수호대의 청년 고수들에게 에워싸여 있으면서도 류는 조금도 두려워하지 않았다. 오히려 그들 모두를 합한 것보다 류 혼자의 당당함이 더 돋보였다.

'본때를 보여주는 거야.'

류의 머릿속에는 이미 행동 지침이 서 있었다.

'온실 속의 화초 같은 놈들.'

그런 비웃음이 자꾸만 스며 나온다.

류는 웬일인지 백천수호대라는 이 청년 고수들에 대하여 호감을 갖지 못했다.

'이놈들은 황룡문의 사람이 아니니 봐줄 필요 없다. 게다가 이처럼 꽉 막힌 공간이고, 이놈들 외에 다른 사람은 아무도 없다. 내가 죽어 나가도 세상이 알지 못할 것이듯 내가 이놈들의 목을 비틀어 버려도 세상에 알려지지 않을 것이다.'

그런 생각이 류에게 더욱 투지를 불러일으켰다.

류를 밖으로 끌어냈던 덩치가 천천히 걸어나왔다. 남쪽에서는 단목향이 팔짱을 낀 채 지켜보고 있었다. 그녀의 도도하고 오만한 얼굴이 달빛을 받아 차갑게 빛나는 것 같았다.

'계집, 언젠가는 네 그 반질거리는 낯짝에도 손을 봐주마.'

류가 그녀를 향해 흰 이를 드러내고 히죽 웃어 보였다.

"나는 오릉파(吳陵巴)다. 검기령의 열일곱 번째 검사지."

"그런 건 관심없어. 할 일이나 어서 하고 들어가 자자."

"선택해라."

"뭘?"

"검으로 할 것인지, 두 손으로 할 것인지 말이다."

"그날 입해관에서 내 손에 병신이 된 놈들의 복수를 하겠답시고 나선 자리지?"

"잘 알고 있으니 다행이다."

"그럼 원한을 품고 있는 네가 결정해. 무조건 따라주지."

모두 한꺼번에 덤벼도 좋다는 듯 류가 빙 둘러서 있는 자들을 휘둘러보았다.

오룡파가 스산하게 말했다.

"죽거나 병신이 되어도 원망은 없겠지?"

"그 멍청한 놈들이 나를 원망하던가?"

"호호호, 메뚜기 같은 놈. 한낱 황룡문의 말단 위사 주제에 감히 우리에게 그렇게 말하다니. 그것만으로도 너는 열 번 죽어도 할 말이 없을 것이다."

"지존보가 뭐 하는 곳인지 나는 모른다. 네놈들이 그곳에서 어떤 밥을 처먹고 사는 건지도 몰라. 내가 아는 건 한 가지뿐이지."

"으드득!"

"여기는 황룡문이고, 나는 황룡문을 지키는 위사라는 것. 그러니 문만 지키는 게 아니라 당연히 황룡문의 명예도 지켜야겠지?"

"잘도 지껄이는구나."

"너는 방금 황룡문의 명예를 훼손시켰다. 사과하지 않으면 평생을 후회하며 살게 될 거야."

"해봐!"

노여움을 더 이상 참을 수 없게 된 오릉파가 검을 풀어 던지고 나섰다.

류도 검을 풀어 던지고 옷소매를 걷어붙였다.

살기가 낱낱이 읽힌다. 그리고 놈의 으중이 환한 대낮처럼 드러나 보인다.

'지금!'

본능의 명령이 떨어지면 지체없이 따르도록 류는 자기 자신을 그렇게 단련해 왔다.

피웃!

류가 도약한 순간, 다섯 걸음이 한순간에 사라졌다.

꽝!

얼굴 앞에서 십자로 엇갈린 오릉파의 깍지동이 같은 팔뚝에 류의 주먹이 부딪쳤다.

오릉파의 눈 깊은 곳에서 언뜻 경악의 빛이 스쳐 지나갔다.

'이놈이?'

막 공격하려는 순간, 자신의 그런 의도를 들여다보기라도 한 듯 류가 먼저 부딪쳐 왔던 것이다.

그 때문에 호흡을 빼앗겼다. 그리고 눈이 부시다.

오릉파는 얼떨결에 두 팔을 교차시켜 제 얼굴을 가렸고, 그 팔뚝에 떨어진 류의 한주먹에 놀랐다.

무어라고 형언할 수 없는 빠름, 그리고 폭발적인 맹렬함.

그것이 류의 장기인 것 같았다.

류가 보여준 한 번의 공격은 그를 지켜보고 있던 모두를 경악하게 했다. 단목향의 얼음 같은 얼굴에도 놀람의 기색이 드러났다.

'사람의 몸이 저렇게 빠를 수 있을까?

고개를 갸웃거리게 만드는 의문.

그리고 류는 그 의문에 대답해 주듯 다시 움직이고 있었다.

팡팡팡!

두 손이 흐릿한 잔상을 남긴다. 그의 손이 마치 밀가루 반죽을 편 듯이 허공에 넓게 펴진 것같이 보였다.

그렇게 류는 제 앞의 공간을 지배했다. 우성촌의 언덕 위에서 했듯이 다시 한 번 제 몸을 중심으로 한 반 장의 공간에 치밀한 거미줄을 친 것이다.

그 중심에서 류는 반 장의 공간을 지배하는 절대자가 되어 있었다. 어느 누구도 그것을 깨뜨릴 수 없고, 그 안에서 무사할 수 없을 것이다.

그 거미줄에 걸린 한 마리 나방처럼 오룡파는 필사적으로 허우적대고 있었다. 그럴수록 거미줄은 더욱 끈적끈적하게 감겨오고, 드디어 독거미의 촉수가 뻗어온다.

꽝!

류의 무릎이 오룡파의 가슴에 틀어박혔고, 우두둑! 하고 갈비뼈 박살 나는 소리가 들렸다.

오룡파가 본능적으로 얼굴을 기울여 류의 주먹을 흘려보낸 순간, 류가 그의 무릎을 차고 그 탄력으로 뛰어오르며 가슴에 무릎치기 일격을 때려 넣은 것이다.

번개처럼 이어진 다섯 차례의 공격을 잘 막고 피해냈지만 그것이 끝이었다.

"우욱!"

오룡파의 거구가 가랑잎처럼 날려 땅에 떨어지고 주르륵 미끄러졌다.

부러진 갈비뼈 조각이 폐 속으로 파고든 듯 울컥울컥 검붉은 피를 토해내느라 비명도 지르지 못했다. 새우처럼 몸을 웅크리고 고통으로 바들바들 떨 뿐이다.

"……!"

그것을 본 모두가 경악으로 입을 벌린 채 침묵했다.

섬서의 기린아로 촉망받던 자운곡(紫雲谷)의 소곡주.

천부적인 힘과 끈기로 명성을 얻은 오룡파가 류의 주먹과 발길질을 막고 피하느라 정신없이 쩔쩔매기만 했다는 것.

그리고 눈 깜짝할 사이에 저렇게 걸레처럼 만신창이가 되어 처박혔다는 것이 믿어지지 않았다.

더욱 그들을 경악하게 한 건 오룡파가 단 한 번의 공격도 하지 못했다는 것이었다. 류의 빠른 속공은 그럴 틈을 주지 않았다.

그처럼 빠르게 움직이는 자를 그들은 브지 못했다.

의식을 잃고 축 늘어진 오릉파를 안아 들고 상세를 살펴보던 자가 머리를 설레설레 흔들었다. 갈비뼈 네 대가 박살 났고, 일부는 폐를 찌르고 깊이 박혔으니 목숨이 위태롭다.

살아난다고 해도 그는 더 이상 힘을 쓸 수 없는 폐인이 되어버리고 말 것이다.

"이 잔인무도한 놈!"

식당에서 이를 갈았던 놈이 비분한 기색으로 소리치며 나섰다.

창!

짧고 날카로운 검명이 울린다.

"나는 하북 용호장의 왕동천이다! 네놈에게 정식으로 도전하겠다!"

철골협심(鐵骨俠心)으로 하북 지방에서 이름을 떨치는 청년 검객이다.

그는 무의식중에 '도전' 이라는 말을 썼다. 그리고 아무도 그 말을 이상하게 생각하지 않았다.

그들에게 류는 어느덧 '상대할 수 없는 무서운 놈' 으로 인식된 것이다.

황룡문에 들어와 두 명의 동료가 입해관에서 류라는 위사에게 당해 불구가 되었다는 소식을 들었을 때는 모두들 당한 자와 류를 한꺼번에 비웃었다.

하지만 눈앞에서 오릉파가 무너지는 걸 보고는 마치 제가 당한 것처럼 등줄기로 소름이 좌악, 달려나갔다.

두려움이라는 것을 처음 느낀 것이다.

'어떻게 저런 놈이 황룡문의 일개 위사로 있단 말인가?

그런 의문이 동시에 떠올랐다.

이제는 누구도 류가 자신들으 아래라고 생각할 수 없게 되었다. 그래서 왕동천이 '도전'이라고 말했지만 하나도 부끄럽거나 어색하게 여겨지지 않는다.

"검을 뽑아라!"

왕동천이 이를 갈며 소리쳤다. 누구도 그를 말리지 않았다. 저쪽에 뚝 떨어져 있는 기련빙화 단목향도 마찬가지였다.

그녀는 오히려 더욱 싸늘해진 눈빛으로 류를 뚫어지게 노려보고 있었다. 너의 검법은 어떤지 그것도 한 번 보자는 듯하다.

'철저하게.'

류는 자기 자신에게 다시 일러두었다. 손을 대지 않았으면 모르되, 한 번 작심하고 손을 댔으니 철저하게 부수어주고, 철저하게 자존심을 뭉개주어야 한다. 대가리를 쳐들 여지를 줘서는 안 되는 것이다.

"죽어도 상관없다면 원하는 대로 해주지."

류가 피식 웃고 검을 뽑아 들었다.

그는 아직 검을 들고 싸워본 적이 없었다. 고산도에서 죽음의 단련을 할 때에도 검법 따위를 익히고 연습한 적은 없다.

하지만 그는 스스로 잘 알고 있었다.

'내 본능과 감각에 맡겨두면 된다.'

그건 곧 이미 그의 뼛속에 깊이 새겨져서 하나가 되어 있는 구양진결의 비결에 스스로의 의지를 맡기고, 그것이 이끄는 대로 따를 뿐이라는 의미이기도 하다.

류가 그렇게 마음먹자 어느덧 검은 신외지물(身外之物)이 아니라 그의 팔이 되었다. 한 몸에서 뻗어나온 또 하나의 손이었다.

그저 되는대로 검봉을 불쑥 내밀어 앞을 가리키는데, 마주 선 왕동천은 가슴을 답답하게 누르는 검의 기운을 느끼고 당황했다.

'설마 검신일여(劍身一如)?'

불쑥 그런 생각이 든다.

류의 몸은 점점 검봉에 가려져 사라지고 그가 내밀고 있는 검만이 커다란 그물이 되어서 온통 눈앞을 뒤덮고 있지 않은가.

그것에서 느껴지는 무지막지한 기운.

그것은 류가 유허진결을 통해 제 기운을 감추고 주위의 기운을 빨아들여 검끝으로 밀어낸 결과였다.

내 힘은 하나도 들이지 않고 주위의 기운을 이끌어 쓴다. 그러니 종일을 싸워도 지칠 리가 없다.

게다가 적의 기운이 강하면 강할수록 그것을 되쏘아 보내는 힘도 강해진다. 하지만 누구도 그런 내막을 알 리가 없었다.

왕동천의 이마에 땀방울이 맺히기 시작했다. 시간이 지날수록 커지는 검기의 압박을 견디기 힘들다.

그는 고양이 앞에 선 생쥐와 같이 되어버렸다. 아니, 그런 생각조차 떠올릴 여력이 없을 만큼 오직 류의 검봉에서 쏟아지는 검기에 집중하고 있었다.

머릿속이 텅 비어버렸다.

제가 익힌 그 많은 검초며 변화들이 하나도 떠오르지 않았다. 어디로도 검을 뻗어 찌를 수가 없고, 그럴 엄두도 낼 수 없었다. 무한히 깊은 어둠. 그 허공을 어찌 상대할 수 있을 것인가.

다른 사람들은 왕동천의 망설임을 이해하지 못했다. 류가 엉성하기 짝이 없는 자세로 검을 가볍게 뻗고 있을 뿐인데 왕동천이 점점 사색이 되어가고 있으니 그렇다.

류의 검기가 왕동천에게 집중되고 있는 까닭이었다.

조금 전 오릉파와 싸울 때는 반 장의 공간에 삼엄한 그물을 쳐놓고 그것을 지배했는데, 지금은 오직 한 점에 의식을 집중하고 그것만을 지배했다.

한 점의 지배자.

그것의 무서움을 류 자신도 모르고 있었다. 아직 한 번도 제가 펼치고 있는 그런 의식과 마주 서보지 못했기 때문이다.

하지만 그의 의식은 지금 왕동천을 움직이지 못하게 하고 있었다. 질긴 동아줄로 온몸을 꽁꽁 묶어놓은 것과 같다.

'죽는다.'

왕동천의 가슴이 쿵, 하고 떨어졌다. 바로 지금, 이곳에서 저 검에 의해 보잘것없이 죽고 말 거라는 두려움 때문에 그는 더욱 얼어붙었다.

"그만!"

그것을 깨뜨리는 날카로운 일성.

기련빙화 단목향이 내내 끼고 있던 팔짱을 풀고 앞으로 나섰다. 그녀의 손바닥은 저도 모르게 검자루에 닿아 있었다. 그만큼 긴장에 빠져든 것이다.

"그만 해!"

류가 피식 웃으며 검을 거두었다. 비로소 덫에서 풀려난 것처럼 왕동천이 땀으로 범벅된 얼굴을 한 채 검을 늘어뜨리고 물러섰다. 비틀거리는 걸음이고, 멍한 얼굴이다.

"너, 대체 그게 무슨 무공이지?"

단목향이 여전히 긴장으로 몸을 굳힌 채 물었다. 음성마저 딱딱해져 있다.

"이름 따위는 없어. 있을 필요도 없지."

"뭐라고?"

"어쨌든 좋은 판단력이다. 수하 하나를 살린 거야."

"이, 이놈이?"

단목향이 이를 악물었다. 류의 느물거리는 말투와 거침없는 반말에 지독한 모욕을 느낀 것이다.

하지만 류는 조금도 개의치 않았다. 검자루를 움켜쥐고 있는 그녀를 물끄러미 바라볼 뿐이다. 허볼 테면 해봐. 얼마든지 기다려 주지. 하고 말하는 것 같다.

"으으음―"

단목향이 떨리는 신음을 흘렸다. 가까스로 자신을 눌러 참는 것이다. 류는 그녀의 인내심이 대단하다는 걸 알고 새로운 눈으로 단목향을 바라보았다.

"돌아간다!"

신경질적으로 소리친 그녀가 횅하니 돌아섰다. 류를 둘러싸고 있던 청년 검사들이 영주의 뒤를 따라 줄줄이 중문 안으로 사라진다. 누구도 류와 눈을 마주치려 하지 않았다.

"이쯤 했으면 이제 더 이상 시비를 걸어오지 않겠지."

류가 바라는 것은 오직 그것 하나뿐이었다.

"보셨소?"

어둠 속에서 낮고 무거운 음성이 가만히 흘러나왔다.

"똑똑히 보았습니다."

"어떻게 생각하시오?"

"뭐라고 말씀드리기가 힘들군요."

"역시 그렇지?"

"초식이 아니면서 초식인 듯하고, 무공이 아니면서 무공인 듯합니다. 구름도 아니고 안개도 아닌 것 같지만 어쨌든 숲을 짙게 뒤덮고 있으니……."

수염을 쓰다듬으며 한껏 곤혹스런 표정을 짓고 있는 자는 황룡문의 대장로인 팔비검로(八飛劍老) 서봉한(徐峰寒)이었다.

그 곁에 뒷짐을 지고 서 있던 문주 당고한 역시 곤혹스러워하는 얼굴이다.

그가 혼잣말처럼 중얼거렸다.

"참으로 알 수 없는 아이로군. 대체 저게 뭐라는 걸까?"

잠시 생각하던 당고한이 불쑥 말했다.

"알아보았느냐?"

어둠 속에서 감찰대를 맡고 있는 추혼삼절(追魂三絶) 백무운(白武運)이 천천히 걸어나왔다.

"틀림없이 우성촌에서 온 자입니다. 촌장 이하 마을 사람들 모두가 증언해 주니 달리 의심할 구석이 없더군요."

"그래? 우성촌이라면 동풍구(同風區) 아래에 있는 작은 마을이 아니냐?"

"고작 열다섯 호가 모여서 사는 가난한 어촌이지요. 근처 이십 리 안에는 다른 마을도 없습니다."

"괴이하군."

"어쩌면 그래서 아무의 눈에도 띄지 않았던 건지도 모르지요.”

“누가 저놈을 우성촌의 어부였고 먹량산의 사냥꾼이라고 믿을 것인가.”

잠시 침묵하던 당고한이 저 멀리 우두커니 서 있는 류에게 눈길을 준 채 중얼거렸다.

“그렇다면 천고의 기연이라도 만났었단 말인가?”

그들은 취운각이 내려다보이는 산비탈 위에 서 있었는데, 나뭇가지 사이로 멀리 보이는 모습을 제 손바닥 들여다보듯 하고 있었다.

“알아봤나요?”

당고한 등이 사라지고 난 시간에 취운각 안에서도 같은 질문을 하는 사람이 있었다.

영롱하지만 차갑고 어둡게 가라앉아 있는 음성.

옥봉각주 염가연 앞에 두 손을 모으고 공손히 서 있는 기련 빙화 단목향이 부르르 어깨를 떨었다.

“저는 그가 빠르고 거칠다는 것밖에는 알아볼 수가 없었습니다.”

“초식은?”

“없었습니다.”

“없었다고요?”

“그렇습니다. 하지만 어디 한 곳 예리하지 않은 곳이 없었습니다.”

“그럼 마구잡이 주먹질인데, 당신의 검기령에 속한 검사 한 명이 변변히 저항도 하지 못하고 맞아서 병신이 되었단 말인가요?”

“부끄럽게도 그렇습니다.”

“검법은?”

“그게, 좀……..”

“왜요?”

“싸우지도 않고 끝났습니다.”

“응? 그건 또 무슨 말인가요?”

“십삼 검사인 왕동천이 나섰지만 그자의 검 앞에서 꼼짝도 하지 못했습니다.”

“싸우지도 않고 말인가요?”

“그자는 단지 어설픈 모습으로 검을 뻗어낸 채 서 있었을 뿐입니다. 그런데 왕동천은 겁에 질려 꼼짝하지 못했습니다. 싸웠다면 당장 목숨을 잃었겠지요.”

“한 번 해볼 수 있겠어요?”

단목향이 말없이 검을 뽑아 들었다. 그리고 류가 왕동천을 노리던 자세를 그대로 재현했다.

검봉이 한 점을 가리킨다. 그 점의 연장선에 염가연의 미간이 있다.

염가연은 그 검봉을 통해서 무엇을 찾으려는 듯 뚫어지게 노려보았다. 하지만 그것뿐이다. 그녀가 알아낼 수 있는 건 아무것도 없었다.

"정말 기이한 일이로군."

염가연이 머리를 설레설레 흔들었다

잠시 생각하던 그녀가 손가락을 까닥거렸다.

"이리 가까이 와보세요."

다가온 단목향의 귀에 대고 한동안 무슨 말인가를 속삭였다. 단목향의 얼굴이 점점 굳어져 갔다. 그리고 염가연의 말이 끝났을 때는 얼음장처럼 차갑고 딱딱해진 채 고개를 숙였다.

"명을 받듭니다."

다음날이다.

언제 무슨 일이 있었느냐는 듯 류는 날이 밝기 무섭게 밤 근무자들과 교대하여 취운각 앞에 우뚝 섰고, 백천수호대 소속의 검기령 예하 청년 검사들은 주변을 지켰다.

더 이상 류에게 살기를 드러내 보이는 자는 없었다. 하지만 적의는 더욱 짙어졌다. 류에게는 처음이나 지금이나 상관없는 일이기도 했다.

닷새가 지났지만 그에게는 아무 변화도 없었다. 하지만 주렴 안에 틀어박혀 꼼짝하지 않고 있던 염가연에게는 커다란 변화가 생겼다.

"외출하겠어요."

좌라락 하고 주렴 걷히는 소리와 함께 불쑥 그녀의 음성이 들려왔다. 류가 천천히 돌아본 곳에 그녀가 우뚝 서 있었다.

'이런 제기랄!'

류는 가까스로 터져 나오려는 비명을 삼켜야 했다. 그리고 필사적으로 제 표정을 감추었다. 이를 꽉 물고 있다.

요지선녀(瑤池仙女).

그 말밖에는 달리 표현할 수 없는 놀라움.

한 여인이 제 모습을 드러내는 것만으로도 이처럼 다른 사람에게 충격을 줄 수 있다는 게 믿어지지 않는다.

그녀가 죽립 위로 걷어 올리고 있던 면사를 늘어뜨렸다. 그 순간 류는 소중한 무엇을 잃어버린 것 같은 허탈함을 느꼈다. 갑작스럽게 세상이 온통 어두워진 것 같은 느낌이다.

잠깐 동안이지만 류는 그녀의 얼굴을 정면에서 똑똑히 보았다. 그리고 촌각의 그 시간에 뜨거운 불덩어리가 되어 가슴에 박혀 버렸다. 이제는 영영 지울 수 없을 것이다.

당장 달려들어 저 면사를 찢어버리고 싶은 충동을 가까스로 눌러 참았다. 마음에 커다란 고통이 아프게 자리했다.

"말을 가져오세요."

류에게 하는 명령이 아니다. 싸늘하고 감정이 없다.

취운각 주변의 짙은 나무 그늘 아래에서 작은 술렁임이 일었다. 그리고 얼마 지나지 않아 백의무사가 두 필의 건장한 말을 끌고 왔다.

담 너머에서는 이미 출발 준비를 끝낸 검기령의 호위대가 기다리고 있는 듯 말들의 투레질 소리가 들려왔다.

"호위는 필요없어요."

"각주…… 하지만 그것은……."

"실속없이 요란하기만 한 호의는 남들의 이목을 끌 뿐이겠지요. 이 사람 하나면 충분해요.'

누구나 알아들을 수 있는 조롱이다. 그리고 냉기가 풀풀 돈다.

하지만 백의청년 무사들은 붉게 달아오른 얼굴을 숙였을 뿐 아무 말도 하지 못했다.

돌변한 염가연의 싸늘함이 정수리에 얼음덩이를 올려놓은 것처럼 떨어진다.

류는 번쩍 정신을 차렸다. 잠깐 동안이지만 사뭇 평정심이 흔들리고 만 자기 자신에 대하여 화가 났다.

'기껏 해골 위에 덧씌워놓은 가죽을 보고 놀라다니. 너는 아직도 멀었다!'

사부의 질책하는 음성이 머릿속에 가득해졌다.

자신을 바라보는 사저의 슬픈 눈길이 허공에 떠 있다. 다섯 사형의 노여워하는 얼굴들……

류가 입술을 깨물었다. 저르르한 아픔이 가슴에 밀려든다.

다시 무심한 마음과 얼굴을 되찾은 그는 염가연과 나란히

계단을 내려왔고, 감히 그녀를 똑바로 바라보지도 못하고 있는 백의무사에게서 말고삐를 넘겨받았다.

그자가 마지막으로 만류했다.

"보주님께서 아시면…… 저희 모두에게 벌을 내리실 겁니다."

"보주님은 멀리 있고 나는 지금 여기 있어요. 보주의 채찍보다 나의 손이 가까이 있다는 걸 잊었단 말인가요?"

서릿발 같다.

나긋나긋하고 부드럽던 그녀와 이처럼 뾰족해져 있는 그녀가 전혀 다른 사람 같았다.

"속하는, 속하는 다만 각주님의 안위를 염려해서……."

짝!

그자의 뺨을 섬섬옥수가 훑고 지나갔다. 그자는 감히 더 이상 가로막지 못하고 비켜섰다. 입술이 터져서 피가 스며 나오지만 그것마저 알지 못하고 있는 듯하다. 멍하니 염가연을 바라볼 뿐이었다.

"이럇!"

그녀가 거칠게 말 배를 박찼다. 말이 한차례 우렁찬 울음을 터뜨리고 미친 듯 달려나갔고, 혀를 찬 류가 어쩔 수 없다는 듯 그녀의 뒤를 따랐다.

두 필의 말이 쏟아지는 눈사태처럼 산 아래로 달려 내려갔다. 황룡문을 거침없이 헤집고 내달리는 그것들을 아무도 가로막지 못했다.

염가연은 옅은 초록빛 옷자락을 마구 펄럭이며 달리는 말에 쉬지 않고 채찍질을 해댔다. 그녀와 류 사이가 점점 벌어진다.

단숨에 내성을 나와 외성마저 벗어났다. 그녀 앞에 창룡관과 입해관은 없는 거나 마찬가지였다.

눈을 부릅뜨고 말을 몰아 그녀의 뒤를 따르며 류는 정말 이상한 일이라고 생각했다.

'어째서 황룡문에서는 그녀에게 이렇게 대하는 것일까?' 하는 의문을 풀 수가 없었다.

그녀가 황룡문주의 하나뿐인 딸이라고 해도 이처럼 안하무인으로 날뛰지는 못할 것이다. 평소 그처럼 엄격한 황룡문의 규칙들이 그녀에게는 허깨비 같을 뿐이니 이해할 수가 없었다.

'종잡을 수 없는 여자. 무례하고 도도한 여자.'

그런 생각이 굳어진다. 그리그 그럴수록 모욕의 더러운 물을 끼얹어 버리고 싶다는 충동이 커졌다.

운명이라고 할 수밖에 없는 일이다.

『패왕투』 2권에 계속…

청 어 람 신 무 협 판 타 지 소 설

최고의 신무협 작가 『설봉』의 최신작!

다시 한 번 당신을 잠 못 들게 만들
불후의 대작!

사자후
獅 子 吼

사자후(獅子吼) / 설봉 지음

깊게 깊게 빠져드는 몰입의 세계!
온몸을 전율케 하는 찌를 듯한 강렬함을 느낀다!

그에게서는 묘한 악취가 풍겼다. 그가 창을 겨눴을 때……

화염이 이글거리는 눈동자를 보았을 때……

비로소 악취의 정체를 짐작해 냈다.

피와 땀이 켜켜이 쌓여 자연스럽게 뿜어져 나오는 살인마의 냄새.

그는 허명(虛名)을 좇아 비무를 즐기는 낭인(浪人)이 아니라 야성(野性)이 살아서 꿈틀거리는 진짜 살인마였다.

투지가 끓어올라 활화산처럼 꿈틀거렸다.

그의 눈길을 정면으로 맞받으며 묘공보(妙空步)를 밟기 시작했다.

우리의 첫 만남은 그렇게 시작되었다.

- 환봉개(幻棒丐)의 회고록(回顧錄) 中에서 -

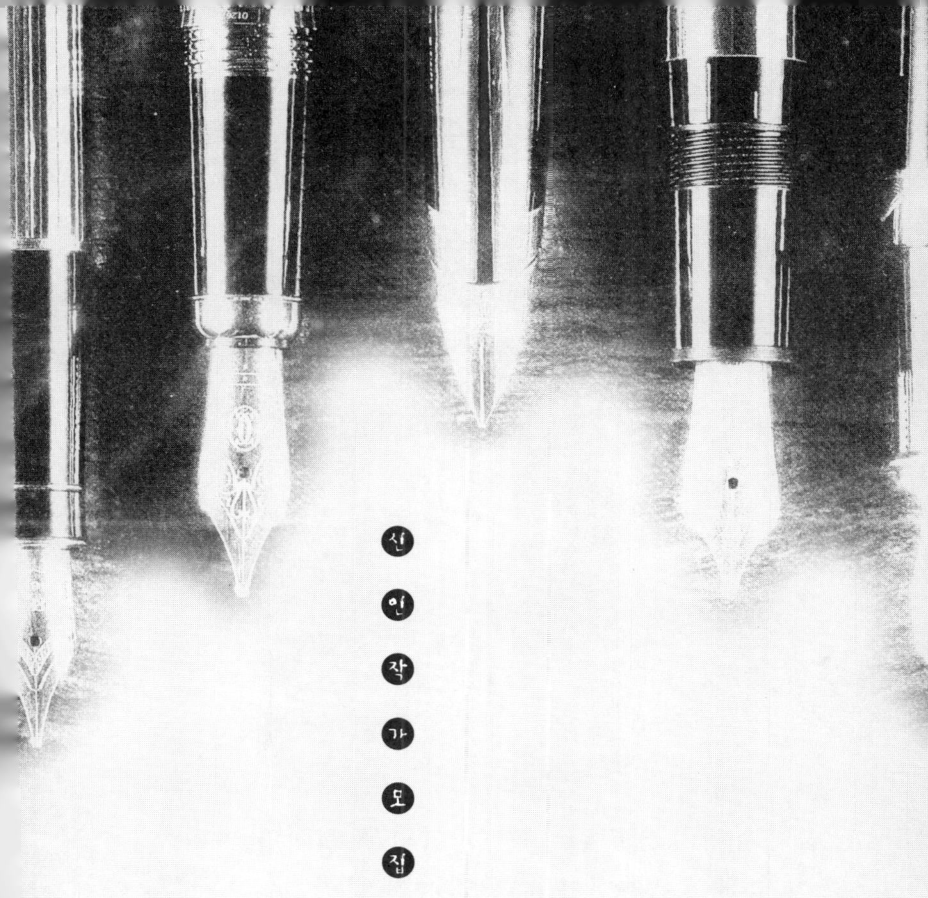

청어람 판타지의 재도약!!

다세포 소녀 원작 만화 출간!!

2006 부천 국제만화상 일반부문 수상!!

전국 서점가 최고의 화제작!

OCN 슈퍼액션 드라마 시리즈 방영!

왜? 사람들은 다세포 소녀에 주목하는가!
상식을 뒤엎는 기발하고 엉뚱한 상상력!

『다세포 소녀』의 숨겨진 힘!!

다세포 소녀 원작만화 (전 5권 예정)
B급 달궁 글·그림 | 값 9,000원 / 부록 예이츠 시집

몇 페이지만 읽어도 좌중을 휘어잡을 이야깃거리가 넘쳐난다!
둔감해진 머리에 영감을 주는 아이디어가 마구마구 솟구친다!
원작을 더욱더 빛내주는 기발한 댓글 퍼레이드!
300만 다세포 폐인을 열광시킨 상식을 뒤엎는 엉뚱한 상상력!

또 하나의 이야기! 또 하나의 재미!

소설 『다세포 소녀』

초우 장편소설 | 값 9,000원 / 원작자 B급 달궁

"그건 모르겠고, 나는 외눈의 사랑이야. 사랑을 줄 수는
있어도 마주 할 수 없는 사랑이지. 두 눈을 가진 사람은 주
고받을 수 있지만, 나는 주는 것만 할 수 있어. 나는 주는
사랑으로 족해. 외사랑이지."
-외눈박이

초등학생이 반드시 읽어야 할 좋은 책 49권

각 학년별로 초등학생이 반드시 읽어야할 좋은 책을 선정하여 통합논술의 기본이 되는 '올바른 독서법'을 일깨워 줍니다.

교과서와 함께하는 초등학교 통합논술

초등1학년 | 값 12,000원 / 초등2학년 | 값 9,500원 / 초등3학년 | 값 11,000원 / 초등4학년 | 값 9,500원 / 초등5학년 | 값 9,500원 / 초등6학년 | 값 11,000원

♣ 혼자 할 수 있어요.

엄마가 책 읽는 방법을 가르쳐 주어도 좋아요.
독서지도하는 선생님이 가르쳐 주어도 좋답니다.
"초등 교과서와 함께하는 통합논술 시리즈"는
아이 스스로 독서할 수 있도록 꾸며진 책이에요.
엄마와 선생님은 요령만 가르쳐 주시면 된답니다.

♣ 교과서의 중요한 내용이 총정리되어 있어요.

각 학년별로 중요한 교과 내용이 함께 수록되어 있어요.
초등학생은 교과서 내용을 충실하게 공부해야 합니다.
아울러 그와 병행한 독서가 대단히 중요하지요.
"초등 교과서와 함께하는 통합논술 시리즈"는
두가지 방법 모두 알려준답니다.

♣ 이 책은 훌륭하신 선생님들이 함께 쓰신 책이랍니다.

동화작가 선생님들이 쓰셨어요. 소설가 선생님도 쓰셨답니다.
국어 논술독서지도 선생님들도 함께 쓰셨지요.
"초등 교과서와 함께하는 통합논술 시리즈"는
엄마의 마음으로 모든 선생님들이 함께 꾸민 책이랍니다.

입소문을 통해 아는 분은 다 알고 계십니다!
올 한해 공인중개사 최고의 화제작!

1~2권 합본 | 이용훈 지음
3~4권 합본 | 이용훈 지음
5~6권 합본 | 이용훈 지음
용 어 해 설 | 이용훈 지음
1~2차 문제풀이집 | 이용훈 지음

수험생 기본 필독서

만화 공인중개사

제목 : 만화공인중개사 쓰신 분에게 감사드립니다.

학원을 두달 다녔어요. 근데 과연 그 숫자 외우기 그렇게 몇 문제나 나올까 생각을 했어요.
아니라는 생각이 드네요. 학원강의를 뒤로 하고 서점을 갔어요. 내 머리에 가장 이해될 수 있는
책이 없나 하구요. 거기서 만화를 발견했어요. 무조건 세번 봤어요. 3개월 걸렸어요. 문제집을
보라고 했는데 그건 시행을 못했어요. 근데 합격을 했네요.

어떻게 감사의 말을 해야 될지…

도서관에서 만화책 들고 다니니까 사람들이 비웃더라구요. 만화책으로 공인중개사를 공부한
다고 미친사람처럼 보더라구요. 근데 그거 다 감수하고 했던 내가 자랑스럽습니다.

어떻게 감사의 말을 해야 할지 정말 감사합니다

부디 행복하세요. 제 나이 41살에 좋은 스승을 만난 거 같습니다.

엎드려 감사드립니다.

-본사 홈페이지에 독자분이 올린 메일 中 에서 발췌-

잘나가고 싶은 사람은 읽어라!

그에게 한눈에 반했다! 그것은 분위기 탓?
애인과 나란히 걸어갈 때 당신은 좌, 우 어느 쪽에 서는가?
이성은 왜 서로 끌리는 걸까? 그 심층 심리를 해명한다!

30초의 심리학

■ 30초의 심리학
아사노 하치로우 지음 / 계일 옮김 | 값 8,500원

처음 본 사람인데 와 닿는 느낌이
너무나도 강렬한 사람이 있다.
흔히 하는 말로 '필이 꽂힌 사람',
그래서 잊혀지지 않는 사람,
한눈에 반했다고 하는 것이 바로 그것이다.
이런 인간의 감정을 논하는 데
남녀의 구분이 있을 수 없다.
사랑하는 그, 혹은 그녀를
생각하는 것만으로도 가슴이 두근거린다.
이상할 것 없다. 당연히 그럴 수 있는 것이다.
그렇기에 인간을 감정의 동물이라 하지 않는가.
그러나 그렇게 좋아하는 그 사람이
어느 날 갑자기 싫어지는 경우는 왜일까?

Psychology